老騎士巴爾特·羅恩與哥頓·察爾克斯道別之後，
再次渡河來到奧巴河西岸。
為了於前往洛特班城舉行的邊境武術競技會觀戰，
見證女騎士多里亞德沙參加對戰的結果。
老騎士應該以旁觀者身分在場邊見證，
卻由於意想不到的發展，被捲進了這場競技之中。
接下來，巴爾特將踏足帕魯薩姆王都。
不料他此次前往王都，將成為捲入整個中原地帶的動亂序章。

MAP

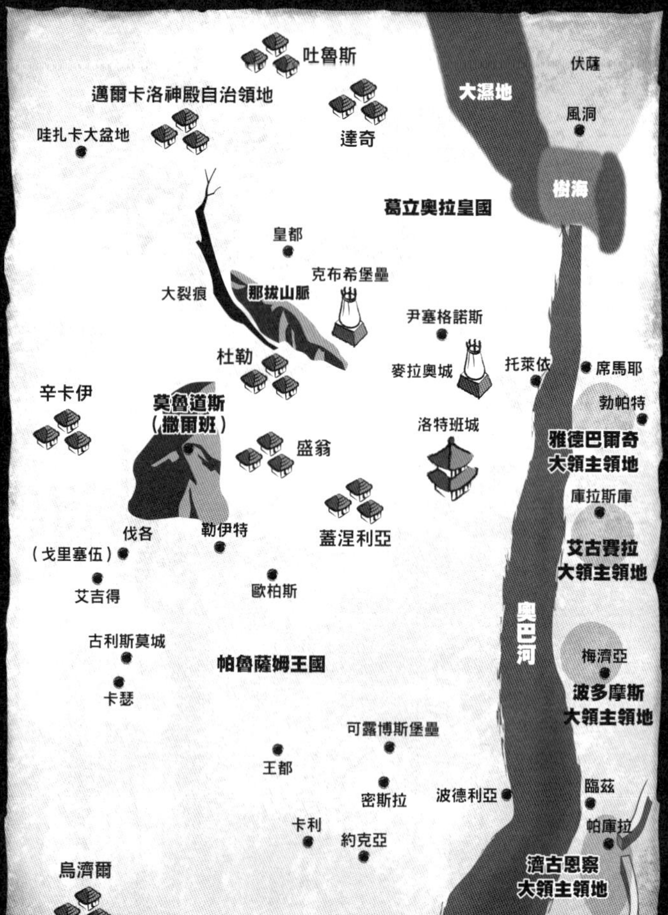
吐魯斯
伏薩
大濕地
邁爾卡洛神殿自治領地
風洞
哇扎卡大盆地
達奇
樹海
葛立奧拉皇國
皇都
克布希堡壘
大裂痕
那拔山脈
尹塞格諾斯
杜勒
麥拉奧城
托萊依
席馬耶
辛卡伊
莫魯道斯
(撒爾班)
勃帕特
洛特班城
雅德巴爾奇
大領主領地
盛翁
庫拉斯庫
伐各
勒伊特
蓋涅利亞
(戈里塞伍)
艾古賽拉
大領主領地
艾吉得
歐柏斯
奧巴河
古利斯莫城
梅濟亞
帕魯薩姆王國
卡瑟
波多摩斯
大領主領地
可露博斯堡壘
王都
臨茲
密斯拉
波德利亞
帕庫拉
卡利
約克亞
濟古恩察
大領主領地
烏濟爾

邊境的老騎士

THE OLD KNIGHT
OF A FRONTIER DISTRICT

巴爾特・羅恩與王國太子

3

作者
支援BIS
插畫
笹井一個

Kadokawa Fantastic Novels

CONTENTS

第五部・邊境武術競技會

邊境的老騎士

第一章——重逢

—泥燉牛肉—

1

「巴爾特閣下，幸好您們趕上了。競技會開場前一天時，外門會關起來。」

「我們都不知道多擔心，很高興見到您們平安抵達。」

巴爾特和葛斯抵達洛特班城時，邊境騎士團長翟菲特及副團長麥德路普還特意前來迎接。原來他們聽見巴爾特抵達，什麼也沒多想就趕了過來。巴爾特心頭升起一股暖意。

今天是大陸曆四千兩百七十二年三月三十八日。邊境武術競技會將於四月一日，也就是五天後開始。巴爾特歸還俸祿，踏上流浪之旅的那一天是四千兩百七十年的七月，代表至今他的旅程已經過了一年又六個月。

——我這趟走得還真遠，在人生的最後走了一趟很棒的旅程呢。

雖然他接到溫得爾蘭特國王的傳召，但是坦白說，巴爾特認為帕魯薩姆王都是個與他八竿子打不著的地方。現在他身在從帕魯薩姆來看位於東方之境，而以巴爾特土生土長的大陸東部邊境來看，卻是西方盡頭的洛特班城，只是來看看多里亞德莎的戰果而已。

——能不能在競技會結束後，讓我消融在空氣中呢？

不過巴爾特心中有個小小的牽掛——喬格．沃德，這個像野獸一樣的男子一直將巴爾特視為仇敵，伺機行動，他不可能這麼沉默下去。畢竟他可是不惜拋棄領地及身分，緊追在巴爾特身後來到邊境。此時不知道為什麼，竟安於蓋涅利亞大將軍這等身分。蓋涅利亞離這座洛特班城相當近。在巴爾特前往邊境，再次回到這裡的途中，他一直很擔心會遇上喬格。要是認真一戰，巴爾特無法全身而退，應該會丟掉性命。因此巴爾特不希望在邊境武術競技會前遇上喬格。不過在武術競技會結束後又如何呢？

——呵呵，要是那麼想跟我一戰，我也不是不能奉陪。

此時的巴爾特心裡這麼想著。

2

「這位是堤格，另一位是榮加。」

翟菲特介紹了兩位少年給他們認識。兩位少年的身分雖然是從騎士，但是在巴爾特和葛斯停留在此的期間，這兩位將擔任他們的勤務兵。

——這位少年就是堤格艾德啊。沒想到會派來跟在我們身邊做勤務兵呢。

堤格有著黝黑的膚色、捲曲的黑髮及細長的藍眼睛，與翟菲特十分相似。他們會如此相似也是天經地義，畢竟兩人是父子。

翟菲特原本有位名為費露米娜的妻子，還有兒子堤格艾德。後來庭貝露男爵庫里尼克・拉佐前來遊說翟菲特，迎娶他的么女可里娜。庫里尼克保證，即使他把費露米娜以側室的身分留在家中也完全沒有問題。

庭貝露男爵是帕魯薩姆王國南部有權有勢的貴族，坐擁遼闊的領地及強大的經濟能力。庫里尼克是男爵家的第三位男丁，年輕時曾投身王軍，而他正是拉拔翟菲特父親的人。後來因為兩位兄長亡故，才由他繼承了男爵家。當時翟菲特跟在名為溫德爾蘭特王子這位見不得光的人身邊，是個沒有身分地位及爵位的窮苦騎士，還剛遭逢喪父之痛。可里娜是再婚，會帶個男孩，還說會讓她帶著大筆嫁妝和養老金嫁過來。

翟菲特雖然不知所措，但面對這位該稱為恩人的庫里尼克提出的提議，他也很難開口拒絕。而且從中可以感覺到他想提拔翟菲特的善意，更是讓他騎虎難下。最後他接受了這個提案，並在取得國王的批准後，預計於翟菲特下次隨軍歸來時舉行婚禮。

當翟菲特立下功勞，返回王都時，男爵還特意前來迎接，這讓翟菲特大感疑惑，而男爵卻提出請求，希望他讓費露米娜和堤格艾德離開家中。

男爵沒有明講理由，不過恐怕是可里娜小姐改變心意了。而文靜乖巧、心地善良的可里娜小姐為何改變心意，撤回前言就不得而知了。

翟菲特感到十分為難。原本能與費露米娜和堤格艾德共築一個安穩的家庭，是翟菲特最大的幸福，也是他唯一必須守護的事。如果當初有提及非得離婚，他絕不會接受與可里娜小姐的婚事。

話雖如此，事到如今這件婚事已經獲得國王批准，他也無法當做沒這回事。而且，既然理應位居正宮的可里娜小姐堅持無法接受費露米娜及堤格艾德的存在，就算硬把他們兩個留在家中生活，想必也不會多快樂。最重要的是，恩人庭貝露男爵都放下身段出言請求，他也無法貿然拒絕。

翟菲特悲痛不已地把費露米娜送離家中。他讓她帶上由祭司發出的結婚證書、寫有堤格艾德確實為他翟菲特之子的便條、刻有家徽的短劍和印章，將她安置在摯友——布德奧爾子爵伊斯特．哈林家中。

此時，翟菲特也把名為榮加的少年一併送了過去。榮加是他已故部下的遺孤，後來翟菲特將他帶回家中扶養。而榮加也是堤格艾德的兒時玩伴兼好友。

翟菲特與可里娜小姐結婚後，生了兩個孩子，都是男孩。託養老金之福，他們得以買棟新房子，也開始有能力培養家臣團。繼子賀甫利斯塔漸漸長成了個耿直的孩子。可里娜為翟菲特盡心盡力，行事恭敬謹慎，家庭十分美滿。賀甫利斯塔在其他家族累積了勤務兵的經驗後，來到翟菲特親信身邊鍛鍊，後來成了從騎士，並在幾年前就任騎士後，加入了近衛軍。

翟菲特受封伯爵，接到任命為邊境騎士團長的內部命令後，將堤格艾德及榮加調過來。在這邊境地帶，可里娜管不到這裡來。只不過為了小心謹慎，他從未向任何人提起堤格艾德是他兒子的事實。

而他將堤格艾德派來作為巴爾特的勤務兵，顯示出他對巴爾特破格的敬意。

3

「在那之後真是場精采好戲。安格達魯閣下不斷地重複喊著：『把尤莉嘉．察爾克斯和凱涅．察爾克斯交出來！』，城牆上的人們非常混亂。而在這場戲上演的期間，人質也被救了出來，所以哥頓．察爾克斯閣下就現身宣戰。他當時的模樣真是意氣風發！他宣告：『我忠義的家臣們！現在開始，我要討伐這些心術不正的人們！你們可別搞錯狀況，出手反抗！』

後，衝進城門發動突襲，我、拉荷里達和葛爾喀斯特人們都在巴爾特閣下的指揮下，衝入城內！」

「你們居然幹了這種事。」

「團長閣下，我們好久沒打過那麼熱血沸騰的戰鬥啦！敵方雖然人數眾多，但是最讓人遺憾的是他們缺乏雄心壯志，大部分的敵人沒認真打鬥就投降了。哈哈哈！哎呀呀，真是一場絕無僅有的經驗啊！」

「巴爾特閣下，看來我們的副團長在奧巴河東方活躍了一番呢。」

「嗯，翟菲特閣下，正因為有麥德路普閣下及安格達魯閣下在，才能在無人犧牲的狀況下收復失城。但是他似乎沒有跟您報告，他在梅濟亞領地大展拳腳一事呢。不知道他是否已經跟您回報與安格達魯閣下之間的交流狀況？」

「有，畢竟這才是他的任務，當然已經聽過他的回報了。」

「那麼，您是否有聽說，當安格達魯閣下誇讚麥德路普閣下的父親是位值得尊敬的戰士時，他就當場大哭了起來？」

「哦？」

「巴、巴爾特閣下！這種事不必說吧！」

「麥德路普，你哭了嗎？我可沒聽你報告這件事。」

「我、我才沒有哭，只是心裡感慨萬千而已！」

這天的晚餐是泥燉牛雜（莫爾羅格）。這道菜是將牛的各種部位與蔬菜一起燉煮，但是湯汁的顏色卻黝黑如泥。不過這黑色湯汁的味道可是一絕。

翟菲特表示，廚房為了邊境武術競技會忙成一團，可能得吃上一段時間的燉菜，請眾人見諒。然而這道泥燉牛肉感覺得出來十分費工。從漆黑的湯汁中冒出了不同品種的牛隻的各種部位。巴爾特將這些肉放入口中咀嚼，一一享受每個部位不同的口感。

他先放入口中的是含有較多纖維質的肉塊。輕輕一咬，肉塊順著纖維崩解。在崩解的過程中滲出的肉汁也非常美味。在充分咀嚼，享受這滋味後，再喝口紅酒和著肉碎吞下。落入喉嚨的肉塊纖維與紅酒混在一起，為喉嚨帶來難以言喻的滿足感，再滑落五臟六腑之中。

接下來，巴爾特將一塊柔軟得直晃動的肉放進嘴裡。一口咬下，滲出的肉汁非常甘甜。嚐到這滋味，巴爾特才發覺剛才吃下的那塊肉片帶著淡淡的苦味。就是因為之後才吃下這塊肉片，才顯得這塊肉更加甘甜吧。在口中壓碎肉片，毫無阻礙地漸漸崩解。雖然接下來他又喝了一口紅酒，但是這次紅酒的味道和肉的甘甜滋味保有各自的滋味，滑落至喉嚨深處。

巴爾特接著放進嘴裡的還以為是肉，卻是蔬菜。他知道這是什麼蔬菜，是伯特芋。在泥燉牛雜中燉煮過的伯特芋也別有風味，濃醇的滋味在口中化開。

話說回來，這道泥燉牛雜的湯汁真美味。聽說其中加了紅酒和麵粉，不過應該還加了形形色色的辛香料。雖然帶有強烈的特殊氣味，但同時也是極致的頂級菜餚。肉的甘甜滋味完全釋放出來，也大大提昇了整道菜的風味。

雖然巴爾特第一次停留在洛特班城時，石燒牛背肉的滋味也讓他驚為天人，但這道泥燉牛肉也讓他非常驚豔。巴爾特問，帕魯薩姆的牛肉都這麼好吃嗎？翟菲特回答他，這是養來擠奶的牛，所以肉質沒有特別好。

——要是到了什麼王都，就能吃到更好吃的肉嗎？

這勾起了巴爾特對王都的一點點興趣。

當天夜裡，麥德路普心情極佳地說個不停。

「當時哥頓閣下真是做出了明快的裁決啊！他在公開叔叔庫里多普閣下的非法行為之後，當場揮下戰槌，打爛了庫里多普閣下的頭顱。」

「喔～真是個鐵了心的決斷呢，不過他做得非常正確。」

「沒錯、沒錯。很少見到在眾人眼裡都認為既明確又正確的裁決，不過這次的裁決正是受到眾人贊同。但是真正感人的橋段還在後頭。」

結果這天夜裡的餐敘，從頭到尾就在麥德路普的述說中度過。葛斯則是默默地將料理及酒水送進肚子裡。

餐敘結束後，在堤格艾德的帶領下，巴爾特回到了房間。他洗了把臉，脫下衣物，準備就寢時，對堤格艾德說：「辛苦了，去休息吧。」正要離開房間的堤格艾德停下腳步，回頭對巴爾特說：

「那、那個，巴爾特大人。」

「嗯？怎麼了？」

「謝謝您。」

「謝什麼？」

「自從翟菲特團長赴任以來，這個騎士團的騎士大人們，對團長閣下都抱持著……呃，不太友善的態度。」

「嗯，你應該是想說抱持著反感或是排斥感吧？」

「是、是的。但是在與那些葛爾喀斯特對決以後，大家的態度都有了明顯的轉變。」

「因為他對騎士葛普拉的處置？」

「是的。團長閣下挑戰葛爾喀斯特的指揮官，向他提出決鬥要求，拚了命也要保住葛普拉閣下的頭顱。我覺得大家看過這一幕後，心裡都有些感觸。」

「嗯，當時翟菲特閣下的那段話非常精彩。」

「不過都是託您的福，才能夠避免那場決鬥發生。巴爾特大人，您是團長閣下及這座洛特班城的恩人。」

「哈哈哈，那只不過是偶然罷了。」

「不只如此，今晚副團長閣下還在團長閣下的房裡一同用餐。」

「嗯，吃得很開心呢。」

「這可是第一次。」

「嗯？」

「副團長閣下造訪團長閣下的房間並一同用餐，這種事還是頭一遭。而且他看起來還那麼開心。」

「哦？是嗎？」

「麥德路普副團長是最毫無來由地討厭團長閣下的人。然而這點在他與巴爾特大人一同旅行後，有了一百八十度的轉變。是巴爾特大人改變了副團長。此外，我覺得正因為有巴爾特大人您一同列席，副團長才能像那樣，表現出衷心享受餐敘的模樣，和團長閣下敞開心胸地談天說地。我想為了這件事情跟您致上謝意。」

「嗯，堤格艾德，我完全明白了你的心意。」

堤格艾德驚訝地倒抽了一口氣。

這個名字在這座城裡是個祕密。巴爾特表明自己知道這個名字，還說完全明白了他的心意。這個行為應該讓堤格艾德明白到，巴爾特認同他對翟菲特的仰慕之情及擔心。

少年以手抵胸，向巴爾特敬了一個禮後離開了房間。巴爾特以溫柔的眼神目送他離開。

4

隔日一早，翟菲特來到巴爾特的房間，一起用了早餐。

早餐是牛的奶(布依由)配上鹽漬牛大腿的薄片。這牛奶真是好喝得不得了。至今巴爾特所喝過的所有動物的奶都比不上它。不對，如果要這麼說，跟他之前所熟悉的牛奶也是天壤之別。

早晨起床散步的時候，巴爾特重新觀察了一下洛特班城的牛。牠們的身形巨大，跟他熟悉的邊境牛比起來，背部到腹部的壯碩程度大概差了兩倍，不，應該有三倍之多。身長大概也多了兩成。想必體重也很驚人，但是感覺不可怕，反而有種悠閒生物的印象。

巴爾特只含了一小口牛奶在口中，它的口感卻十分紮實。他用牛奶在口中輕漱品嚐，滋味甘甜馥郁，分量十足。而且含有驚人的大量脂肪，給人和煦的感覺，是種生命帶來的和煦之感。這杯奶是從牛身上榨出來的生命之水。這杯牛奶能引出飲用者的生命之力，並將其強化。與其說是飲料，更像是食物。感覺每嚥下一口，就輸送一些活力至體內。如果大陸中央的騎士們從小就是喝這種牛奶長大，肯定個個都長得健壯無比。

「安格達魯閣下專程順路來了一趟洛特班城。他說，由於恩凱特・巴爾特和托里・麥德路普的來訪，他才得以重新回歸氏族。還說，總有一天恩凱特・巴爾特會前往索伊氏族喝酒吃肉，到時巴爾特肯定也會邀請騎士翟菲特一起來。」

「哈哈哈，這可是給了麥德路普閣下天大的面子呢。」

「是啊。但是，更有面子的人是我。畢竟是索伊氏族的族長居然邀請我這個人類前往一同用餐，這種事簡直是前所未聞。」

「太好了，這正是翟菲爾閣下您積的德帶來的福報。」

「巴爾特閣下……對了，我有件事要通知您。居爾南特殿下將於明天抵達。」

「什麼！」

「邊競武術競技會的主辦方是以國家為單位。葛立奧拉皇國很早就公布，此次將由雪露妮莉雅殿下代表參加，帕魯薩姆則是任命居爾南特殿下前來參加。」

溫得爾蘭特國王今年五十歲，雖然必須趕緊立下繼承人候補人選，但是居爾南特當上王子的日子很短，國王還不了解他的人品及個性。此時溫得爾蘭特國王決定，除了在王子身邊集結優秀人才、施行精英教育，同時也得讓他做點實際的作為出來。

其一是任命他為國王直轄軍的最高司令官，也就是上軍正將。

其二是與命他負責與他國之間的交涉。帕魯薩姆王國北方有蓋涅利亞國及盛翁國，而從盛翁國再往北而去，還有一個杜勒國。他讓居爾南特拜會這些國家，進行通商及軍事方面的相關交涉。

其三則是與國內北部的各個有力都市之間進行交涉。讓居爾南特前往這些城鎮，以王太子候補人選的身分露臉，同時也進行重新審視守護契約等內容的相關交涉。這些工作都講求相當程度的交涉能力及毅力，如果能夠在沒有重大錯誤的情況下圓滿完成，將可一口氣衝高王子的聲望。

而在作為實際作為的其中一項工作，國王下令要他以邊境武術競技會的主辦人身分前往洛特班城。在交涉之旅中，他原本就會經過洛特班城附近，所以也沒有理由放過這個機會。

「這樣也能給兩位未婚的年輕王族認識的機會，這個命令中應該也有這層涵義吧？」

「不，如果要審視聯姻的可能性，反而不會讓兩位當事人事先見面吧？這場武術競會並不適合作為相親的場合。而且，其實現在有兩個公爵家正在採取行動，意圖讓自家小姐成為居爾南特王子的妃子，不會有人能搶在他們前頭。」

——居爾，我可以見到居爾南嗎……

這一天，也就是三月三十九日的下午，葛立奧拉邊境騎士團團長、副團長及團員為了準備，提前抵達了會場。

5

隔天，三月四十日，居爾南特王子一行人抵達了。王子在接受兩國騎士幹部的問候後，馬上把巴爾特和葛斯叫了過來。

巴爾特在引領之下進入房間後，他望了一眼居爾南特王子，心下驚嘆不已。

——喔喔……喔喔！

居爾南特身穿藍色及白色的寬鬆襯衫，腰間繫著點綴著金銀裝飾的寬版皮革腰帶，站在他眼前。

這是多有威嚴，這是多麼高尚。這次見到居爾南特已是睽違一年五個月。然而這短短的歲月在居爾南特身上造成的變化，只可用劇烈一詞來形容。他以前就是個斯文的孩子。在巴爾特的教育之下，更成長為一位強悍健壯、氣質凜然，卻又有著剽悍長相的青年。

但是此時在他眼前的居爾南特，已經不是巴爾特過去認識的他了。在得知他是大國帕魯薩姆的王子，並將他迎接到王都後的每一天改變了居爾南特。即使是大國的上級騎士們，站到這位青年面前，都必須主動下跪行禮。

在天上的愛朵菈不知道會有多高興，巴爾特不禁感到眼角濕熱。

居爾南特特意站起來迎接巴爾特的到來。這是對待老師的禮儀。

「老爺子，有段時間不見了。看見你精神飽滿真是太好了。來，坐吧。」

「居爾南特殿下，確實有段時間沒見了。那麼恭敬不如從命，我先坐了。」

「在老爺子寄來要外出旅行的信件後，母親大人把格里耶拉閣下叫了過來。她拜託他說：『那位大人至今為德魯西亞家鞠躬盡瘁，現在他終於可以為自己而活，所以麻煩您開心地送他離開。』自從伯父大人過世之後，老爺子您一口氣老了很多，格里耶拉閣下和所有人都很擔心。大家都希望你出外旅行後，能恢復精神。」

居爾南特口中的伯父，即是邊境名門德魯西亞家的前代家主渥拉。由於居爾南特的母親愛朵菈是渥拉的妹妹，所以相當於是現任家主格里耶拉的姑姑。

「我很開心能看見你在臨茲伯爵府上大鬧一場。大家聽聞這件事，也都開心得不得了。話說回來，介紹一下你身後的這位男人吧。」

「這個男人是葛斯．羅恩，是我的養子。」

「嗯，葛斯．羅恩。能稱得上老爺子的親傳弟子的，只有我和西戴蒙德．艾克斯潘古拉兩人，那麼你就算是我的弟弟，以後你就把我當作你的哥哥吧。嗯？老爺子，你在笑什麼？難得你正好在這時期來到這裡，應該是想要觀看武術競技會吧？我以主辦方的權限，將老爺子和葛斯視為招待國代表進行接待。依慣例，大領主領地的地位是等同國家地位。你們就算是濟古恩察大領主領地的代表。招待國代表可以和各部門的優勝者進行示範比賽。老爺子，你就參加第四項競技，葛斯就去參加第五項吧。」

——等等，等一下，我確實說過想要參觀邊境武術競技會。但是，為什麼非得參加什麼示範比賽不可？我從來沒提出過這種願望啊。

「嗯，我都開始期待了呢，夏堤里翁。」

「是！」

「就你觀察，葛斯．羅恩的實力如何？」

「難以判斷。他的強度深不可測。」

「喔～居然能讓你做出如此評價，這下我又多了幾分期待。如老爺子所知，第五項競技多了一個參賽者的空缺，所以最後決定由這位夏堤里翁出場。就當作是王子的任性要求，想要見識一下這位新上任的近衛隊長的武藝。」

夏堤里翁．古雷巴斯塔。

這位騎十過去曾和翟菲特一同擔任巴里．陶德王使的護衛。他和巴爾特也曾見過面。而這個男人能當上近衛隊長，其中也另有內情。

古雷巴斯塔伯爵家是阿格萊特伯爵家的分支。阿格萊特公爵家是已戰死的王太子生母的娘家。阿格萊特公爵應該成為下任國王的外戚。但是王太子和國王卻雙雙死亡，最後由溫得爾蘭特國王即位。儘管他們負擔了龐大的戰爭費用，但是阿格萊特家還是無法得到一位與自家關係深厚的國王。

樞密院考量到阿格萊特家的狀況，提了幾個極具魅力的職務提案，其中一個就是近衛隊長。雖然這個職位不符合高等貴族的身分地位，但是在各方面皆頗具影響力，且還能建立人脈。此外，如果當過近衛隊長，將來也可以成為統領大軍的將軍。若是不具實力的人坐上這個位子，或許只會成為笑柄。不過，所幸阿格萊特公爵家的分支中，還有夏堤里翁這號人物存在。國王表示只要他願意成為王子身邊的護衛，就同意這次的派任。而阿格萊特家接受了這個條件。就這樣，一位年輕的近衛隊長就此誕生。在他擔任一定年限的近衛隊長後，再讓他接任樞密院進一步提供的高級職位，應該不久之後就能進入阿格萊特本家了。

看著夏堤里翁的際遇，翟菲特十分擔心。他可是一位具備萬中選一的劍術天分的年輕人，個性也很耿直。只是身世過於顯赫，聚集在夏堤里翁身邊的全是些阿諛奉承之人。這樣下去，他會成為一個沒有深度的膚淺騎士。

這些話不能隨便對其他國家的人提起。這也代表翟菲特極為信任巴爾特。

巴爾特一回到房間，就有客人到訪。

葛立奧拉皇國邊境騎士團長泰德．拿威格，以及副團長克伯．可赫。

帕魯薩姆王國邊境騎士團長翟菲特・波恩，以及副團長麥德路普・葉甘。

原來是因為巴爾特成了武術競技會的招待國代表，所以負責操辦的人員前來問候。

麥德路普自告奮勇地成了介紹人，他先是把泰德和克伯介紹給巴爾特和葛斯。接下來再向這兩位介紹巴爾特和葛斯。接下來就輪到泰德和克伯開口寒暄：

「在下是副團長沙勒德子爵克伯・可赫。今日有幸得見兩位知名人士，深感光榮。在下對戰槌稍微有一點涉獵。請恕我失禮，請問哥頓察爾克斯大人身在何處？」

「哥頓・察爾克斯已經結束了他的旅行，此時正在盡他身為領主的職責。」

巴爾特嘴上這麼回答，腦海中卻縈繞著疑惑的念頭。

——兩位知名人士？這是怎麼回事？他為什麼會知道哥頓・察爾克斯的事？

有種俗話叫做彷彿被精靈灑了迷惑之粉，巴爾特此刻的心境就跟這句話一樣。

6

居爾南特抵達的隔天，也就是三月四十一日中午，葛立奧拉皇國代表團抵達了。

巴爾特登上城牆迎接。共有二十多台的馬車、近五十位騎馬之人，而徒步的人數約是騎馬人數的一倍之多。這個大集團正在往城中的別邸前進。葛立奧拉皇國一方將會使用一整棟的別邸。他們連食材都全部運來，包括廚師、僕人等等也全都由自己國家帶來。

有位一副貴族模樣的美少年，將整個身子從馬車窗戶探了出來。

「嗨！」

接著舉起單手打招呼。但是，巴爾特在葛立奧拉皇國不認識這樣的人。雖然如此，但這張臉倒是似曾相識。

「父親，那是朱露察卡。」

聽葛斯這麼一說，那人確實正是朱露察卡。

過了一會兒，朱露察卡就到巴爾特房間來了，不知道他是去哪裡打聽到他的住處。

「嗨嗨，巴爾特老爺，好久不見～」

巴爾特看著他笑容可掬的模樣，對於他外貌的大轉變感到吃驚。原本朱露察卡的長相就十分端正，但不管怎麼說就是有些髒。頭髮到處亂翹，臉上沾滿了灰塵，身上穿的衣物也很簡陋。手腳纖細，看起來瘦巴巴的，橫看豎看就是個底層的平民。

如今，他瘦削的臉龐圓潤起來，整張臉也充滿光澤，頭髮也剪得美觀整齊，還梳理得十分仔細。不知道是不是抹了油，淡黃色頭髮看起來像明亮的金髮。一對淡褐色大眼咕溜溜地轉，令人印象深刻。但是令人難以認出他的最大理由是衣服。這可不是平民穿得起的衣服，是給身分高貴富有的貴族子弟穿的。

朱露察卡是個盜賊。在巴爾特居住的地帶，他有個腐屍獵人（苟拉徹薩拉）的別名，算是家喻戶曉的壞蛋，但是他無法讓人討厭，而這個人在不知不覺中成了巴爾特的旅伴。

在剛渡過奧巴河的時候，巴爾特和朱露察卡暫時兵分兩路。多里亞德莎在巴爾特等人的相助之下，打倒了大紅熊魔熊，在即將凱旋回到祖國葛立奧拉皇國時，巴爾特讓朱露察卡與她同行。應該是多里亞德莎打倒魔獸的功績得到認可，順利成為了邊境武術競技會的參賽者吧。所以朱露察卡跟著葛立奧拉皇國的參賽者們來到這裡，也沒什麼好奇怪的。

但是，他這身打扮是怎麼回事？這個男人到底在葛立奧拉皇國幹嘛？

巴爾特逼問朱露察卡，要他全盤托出。聽完之後，巴爾特瞠目結舌。

7

騎士亨里丹一回國，立刻動身前往法伐連侯爵家。

法伐連侯爵雖然吃了一驚，但並不想把事情鬧大。這一點，在皇王聽了侯爵私下的報告後也有同樣的想法。目前對外正與多國交戰中，對內也有許多內患。無論如何，皇王都想避免自己仰仗的侯爵家之間發生任何紛爭。

這件事在佛雷斯家也引起了大騷動。畢竟一支引以為傲的騎士隊以幾近全滅的狀態返抵家門，還是因為襲擊了本應保護的多里亞德莎公主，遭到反擊所致。這是極為異常的狀況。

此時，有位王使以慰問之名來到佛雷斯家。佛雷斯侯爵向王使起誓，這絕對不是自己的命令，而且會幫忙徹查真相，不論何種懲罰都甘願承受。

相關人士被祕密召集到皇宮之中。

騎士亨里丹是前任佛雷斯侯爵的親信，也是馳騁戰場、身經百戰的勇士，還曾救過前任皇王的性命。由於某些緣故未受封爵位，終生孤身一人，但確實是位以忠義及勇猛聞名的騎士。

這位騎士亨里丹宣誓並協助作證。包括有人策畫謀殺害多里亞德莎子爵的陰謀，而不知從哪裡來的三位騎士打敗了他們，幫了多里亞德莎子爵的事，以及自己在戰鬥開始後立刻失去意識，對戰鬥狀況毫不知情一事。

「在下恢復意識的時候，見到巴爾特．羅恩大人正跪在我部下的遺骸前，為他們祈禱。他的舉止、風度，沒有任何事物可以比擬。連村人們都被他的高尚情操打動，開始效仿並進行祈禱，讓死者的魂魄得以安息。在下當時心想，能輸給這樣的對手太好了。多里亞德莎大人在邊境的深山中，像魔法般遇見了守護騎士，使我們這些邪惡之輩敗走。諸神果然十分偉大，有正直之心的騎士擁有歷代皇王陛下的守護。一切讓我認知到了這一點。」

騎士亨里丹始終沒有說出是誰命令他去做這件事。所以一切都成了騎士亨里丹的罪過。

然而，在這之後事態卻急轉直下。

瑪莉艾斯可拉王妃身邊的首席女官自殺了。瑪莉艾斯可拉王妃是佛雷斯侯爵的女兒，也是愛莎公主的母親。首席女官將自己目擊到的事實寫成了遺書，以自己的死向皇王控訴這件事。

瑪莉艾斯可拉王妃以前代侯爵對她討厭的騎士——亨里丹的恩義為藉口，硬逼迫他答應去殺害多里亞德莎。而她向兩位同行騎士說的也都是令人厭惡的陰謀詭計。

當侍從長前往確認真偽的時候，瑪莉艾斯可拉王妃發瘋似的到處嚷嚷：

「這都是陛下不好！皇王陛下為什麼要給下賤之人的女兒如此特別待遇？為什麼他不肯理睬我！」

批判皇王可是大罪，她立刻接到了閉門思過的命令。

一位王妃被罰閉門思過，身邊的首席女官自殺——這些事的起因似乎都是源自於對皇王的不滿。這樣的謠言開始甚囂塵上，當時的皇都的狀況之糟，連句氣氛不錯的場面話都說不出來。與兩個北方大國的戰爭一直持續著，即使在西方也常發生一些小較勁，國內也有些紛爭，稅金總是居高不下。此時冒出這麼一個謠言，讓這些未能搬上檯面的私語開始在皇都傳了開來。

「皇王陛下是不是失去了諸神的恩寵呢？」

就在這時，在法伐連家長子——亞夫勒邦的保護之下，多里亞德莎成功凱旋歸來，還逮到了巨型大紅熊魔獸。這件事成了驚天動地的大騷動，將低迷的氣氛一掃而空。

多里亞德莎立刻前往皇宮大廳報告，但她無法鉅細靡遺地說明戰鬥的狀況。因為當時的她已渾然忘我，不記得了。而且就算想說明，她對巴爾特的事也所知不多。她在此時傳喚了朱露察卡。由於平民無法進到皇宮內部，所以賜予他準貴族之位。

「堂下之人，報上你的姓名及身分。」

「是、是～小人是巴爾特·羅恩大人的家臣，名叫朱露察卡。只是個身分低微的人，負責斥候、偵察、傳令及其他主人交辦的事務。」

「你的主人是什麼人？」

「是、是～這個……從這個大奧立葛拉皇國皇都往東一百六十刻里，再往南兩百刻里，就是帕魯薩姆王國的波德利亞交易村。再從波德利亞越過奧巴大河，有個叫臨茲的城鎮。從臨茲再往東方前進，翻過山頭，越過山谷，走個約四十五刻里有個名為帕庫拉的領地，正好面對著『大障壁(吉安·杜沙·羅)』這個大缺口。而其領主德魯西亞家負責討伐從缺口潛入而來的魔獸(基傑露)，從遙遠的上古時代開始為了世人們鞠躬盡瘁。他是這個家族的頂尖騎士，四十年來一直負責討伐魔獸、擊退盜賊。當地領民不用說，連附近的人民也稱他為『人民的騎士（可爾德葛西·古耶拉）』。這位被敬如神祇的騎士，正是我的主人巴爾特·羅恩大人。由於某些原因，主人離開了帕庫拉，與小人一起踏上了前往伏薩的旅程。後來波多摩斯大領主領地梅濟亞的領主——哥頓·察爾克斯及主人的養子葛斯·羅恩大人也加入了我們的行列。個個都是能一騎當千的高手。」

頭顱和毛皮等實物擺在眼前，朱露察卡把擊退魔獸的場面等內容說得活靈活現。

「提到大紅熊（杜沙·羅羅巴），體型本來就十分巨大，正如各位所見，魔獸的體型又遠遠凌駕於大紅熊之上。當魔獸舉起前腳的時候，感覺就像從二樓俯瞰著我們。面對牠恐怖的嚎叫聲，葛斯·羅恩大人毫不畏懼地在前方吸引魔獸的注意力；哥頓·察爾克斯從後方不斷給予痛擊；多里亞德莎大人看準時機，以閃電般的速度衝過來，隨手抓起愛劍，勇敢地衝向了魔獸的側腹部。

啊啊！

啊啊，然後！

牠那刀劍不入，連高手的長矛都會被彈開的鋼鐵皮毛，卻敵不過公主騎士大人使出渾身解數的一擊。多里亞德莎大人的一計突刺深深地剜起可怕魔獸的側腹部。而那把給予致命一擊的劍，正是法伐連侯爵家的祕寶，也是她的兄長大人誠心託付給她的魔劍『夜之少女（夏里·烏露露）』。

瀕死的魔獸似乎想對殺害自己的人報一箭之仇，一邊發出死前的哀嚎，一邊舉起右前腳，打橫往多里亞德莎大人身上招呼了過去。雖然白銀盔甲成功地保護了多里亞德莎大人，但是她

卻被擊飛了出去，而且魔獸還打算往她身上撲過去。危險啊，多里亞德莎大人！

這時！我的主人巴爾特．羅恩的劍一閃，把那隻可恨的魔獸頭顱砍飛出去。多里亞德莎大人搖搖晃晃地站起身子，一靠近魔獸的頭顱，就像這樣用雙手捂住了臉，悄悄地洩漏出幾聲嗚咽聲。那並不是怯懦的眼淚，而是在神的庇護及歷代聖上的恩德之下，完成夙願的騎士所流下的歡喜感恩之淚。正好在場的勇士們也不禁跟著流下了眼淚。」

朱露察卡精彩絕倫的故事結束後，皇宮裡的高官說：

「啊啊，真是精彩的故事。這正是騎士道的精髓！這正是諸神賜給這位為向雪露妮莉亞公主獻上一道榮光，前往挑戰魔獸的少女騎士的試煉。但是，公主騎士果敢面對這個試煉的姿態，獲得了諸神的嘉獎。歷代聖上的恩德，化為流浪於邊境的偉大老騎士之姿現身！這頭顱及毛皮就是最強力的佐證。心正之人啊！只要不放棄，必會得到救贖。歷代聖上是想藉由這個奇蹟的故事，告訴我們這個啟示。如果這不算我葛立奧拉皇國的榮耀之證，那這算什麼呢？雖然我的內心萬分惶恐，但我想向上呈報。再過不久，國內的騎士顯貴也會因新年慶典進宮晉見。我認為也該讓他們及更多人聽聽這個故事。」

朱露察卡獲得高額的賞賜，為期七天的期間，他都在對貴族們講述多里亞德莎的英勇事蹟。

事情到此還沒有結束。最後決定應該也讓平民們聽聽這個故事，所以又在皇宮前廣場舉行了七天的說書大會。在這期間，還特別公開展示了大紅熊魔獸的頭顱及毛皮。

本應是護衛的騎士隊攻擊多里亞德莎的這件事，變成他們因為神的試煉而被妖魔（基耶魯卡諾斯）附身。因為戰神瑪達．貝利在賜予一個人榮光之前，會先給予這個人試煉。一連串的冒險故事，最後成了諸神及歷代皇王陛下的靈魂引導之下的產物。

而多里亞德莎參加武術競技會的事定了下來。

瑪莉艾斯可拉王妃在愛莎公主的結婚典禮後，以生病為由離開了後宮，回到娘家去了。

騎士亨里丹的處罰則交由佛雷斯侯爵全權決定。結果亨里丹捨棄了佛雷斯侯爵家的騎士地位，並拿走首席女官的頭髮後，就此銷聲匿跡。根據朱露察卡收集來的謠言指出，亨里丹和首席女官在年輕時曾是一對戀人。

佛雷斯侯爵將全部領地的三分之一給了法伐連侯爵。

聽了這段報告，巴爾特還是有些事想不通。葛立奧拉邊境騎士團的副團長為什麼會指著巴爾特等人說出「兩位知名人士」這句話呢？為什麼他會對哥頓．察爾克斯感興趣？

「咦？哎呀，我就說啦！巴爾特老爺，你們變成是戰神瑪達．貝利的使者，是幫助多娜打敗了具有優勢的騎士隊，並出色地打倒了巨大魔獸的英雄喔。然後啊～騎士亨里丹那個人好像滿出名的！像是就算被眾多敵人包圍，他還是以寡敵眾，成功地保護了主君；就算受盡打擊，也從來沒有倒下過。好像還有個『不倒的騎士』之類的綽號～能夠一擊打倒這位騎士亨里丹的哥頓．察爾克斯是何方神聖？好像有人這樣說。有好～多人來問哥頓老爺的事，所以我鉅細靡遺地做了說明，鉅細靡遺地喔！」

第二章——武術競技會開幕

頂級方糖

1

「巴爾特大人，那個……」

「堤格，怎麼了？」

「巴爾特大人和哥頓·察爾克斯十分親近對嗎？」

「嗯，應該可以稱得上盟友吧？我們一起旅行，還共同經歷了許多冒險。」

「是嗎？請問……」

就在堤格艾德欲言又止的時候，房間外傳來聲音。

「請問這裡是帕庫拉騎士，巴爾特·羅恩大人的房間嗎？」

榮加立刻回答道：

「正是，請您稍等。」

榮加這麼回答後，走到房間外面接待對方。

「我是雪露妮莉雅・托爾特巴達公主派來的使者。為答謝巴爾特・羅恩大人助公主的學伴——多里亞德莎公主一臂之力，雪露妮莉雅公主希望能請他喝杯茶。」

2

巴爾特的注意力被桌上的三樣物品吸引住了。

桌子另一側坐著原本不可能有機會同席而坐的公主。

第一項深深吸引巴爾特目光的是茶。

這是將完全熟成的茶葉仔細烹煮至散發出醇郁香味的茶，但是不單只是如此，還加了牛奶下去烹煮。巴爾特雖然喝過加了山羊（庫伊庫）奶的茶，但是跟這次喝到的茶完全不能比。高雅且味道深奧，每一口都美味。煮茶人將茶葉帶有的澀味及苦味釋放到了極限，反倒產生了一股甜味。同時透過加入口感極柔和的牛奶，抑制茶的刺激口感。

第二項是起司。

巴爾特曾吃過山羊奶做的起司，但是這與那個是天壤之別。這是用牛奶做成的起司。首先是香氣絕佳，帶著些許酸味的黏膩香氣，一直在鼻孔深處繚繞不去。這是一種高雅卻帶著紮實存在感的香味。口感和入喉的感覺都很棒，最棒的還是在口中滑順地化開來，刺激味蕾的那種感覺，實在令人印象深刻。

第三項是砂糖。

紅色、白色、綠色、黃色的方型砂糖，每塊都透著淺淺的顏色。巴爾特不知道這方糖是用什麼方法凝固製成，但是它的外表很光滑。原本端出砂糖是為了讓巴爾特加在茶中的，但是雪露妮莉雅公主彷彿看穿了巴爾特的心思，出言請他直接將砂糖拿起來食用。

說到這味道！

將砂糖放上舌頭的瞬間，馥郁醇厚的甜味讓嘴裡瞬間滿口生津。這才稱得上甜味啊！先以舌尖享受這股甜味，再狠狠將砂糖咬碎。幸福的感覺在整個口腔中蔓延開來，在下顎的兩側引起陣陣疼痛。身體感到不知所措，不知道該對如此驚人的美味做出什麼反應。

砂糖在邊境地帶是高級品，甜味和美味幾乎是同義詞，加了砂糖的料理或點心本身就是一種奢侈的饗宴。巴爾特從來沒有想像過，會有精製到如此精美的砂糖。他現在才明白，純粹的砂糖有多美味。若是能拿著十多顆彩色方糖，讓它一個個地在口中融化，想必能度過一段幸福的時光。

公主笑容可掬地看著巴爾特的樣子。

葛斯和朱露察卡站在巴爾特身後。這也是當然的，一般人根本不用想在皇女面前落座。但是巴爾特卻坐著。當然是因為公主開口請他坐下，但是再怎麼私人的場合，這都是破格的待遇。

「能像這樣跟巴爾特先生見面，我真的很幸福。而且，居然還能見到葛斯先生。要是告訴姊姊們，她們肯定會羨慕得不得了。」

如果要用一句話來形容雪露妮莉雅公主，那就是包在花中的砂糖點心。她的頭髮高高綁起，穿著粉紅色的高雅禮服，肌膚更是如粉雕玉琢一般細緻。巴爾特幾乎從來沒看過這麼美的人，但是她身上又帶著些許飄飄然的感覺，飄散出不會讓人產生戒心的柔和氣息。聽說這是她有生以來第一次踏出皇宮，至今的旅途上，每一樣東西對她來說都十分稀奇。她雖然已經十八歲，但雙眼發亮地敘述著這些事的模樣，說是十四五歲還比較合理。話題雖然幾乎都圍繞在食物上，但是她也巧妙地藉著食物的話題，提及巴爾特的經歷及為人。

由於對方是泱泱大國的高貴公主，所以巴爾特一開始也十分拘謹。但是雪露妮莉雅公主在話題的安排上非常自然，最重要的是巴爾特徹底地愛上了茶、起司及方糖，所以現在放鬆了下來。

只是他不能掉以輕心。會這麼說是因為當巴爾特詢問朱露察卡，雪露妮莉雅公主是什麼樣的人的時候，朱露察卡這麼回答：

「嗯～我只有一次稍微跟她說了兩句話而已。不知道為什麼，讓我想起了潔德奶奶。啊，這個潔德奶奶是負責磨粉的班克爺爺的老婆。班克爺爺老是生氣地罵潔德奶奶什麼廢物、冒失鬼或是慢郎中之類的話，但總是不知不覺間就對潔德奶奶言聽計從。比如潔德奶奶說，下午好像會下雨呢，班克爺爺就很生氣地罵她，妳是白痴嗎？然後在一番你來我往的爭論後，結果就開始做下雨的準備，讓粉不至於淋濕。而且，潔德奶奶呢～都會在口袋裡放點心之類的東西。偶爾還會發給我們吃，真好吃。」

既然朱露察卡感覺到了什麼，那必定另有內情。

話題回到了多里亞德莎身上。

「多里亞德莎能平安回來，真的不知道該怎麼感謝巴爾特先生才好。一聽到她真的要動身去擊退魔獸，我都不知道責備了自己多少次，心想自己怎麼會允許她這麼亂來。但是，巴爾特先生，她是個很不可思議的人。以前曾經有許多種顏色的線纏繞在一起，而她輕鬆地挑起一根線之後，很順利地把線解開，理得整整齊齊的。她不會漏聽神祇對她細訴的任何話語，也會毫不猶豫地踏上神祇所指示的道路。而事後，我們才得知那是正確的路。為了參加武術競技會，她前去擊退魔獸的事也一樣。我本來在想，她為什麼要去做那種事？結果她的冒險在神祇的保祐下順利成功，在因戰爭連綿而疲乏的人們心中，吹起了一道心曠神怡的風。皇王陛下也非常開心，我的夢想也稍微實現了。我的其中一個夢想，是讓全國上下的男人們覺得女人也有點本事。我非常明白女人有女人的責任，但是不知不覺間，男人們根深蒂固地認為女人是次等動物。他們認為女人只要聽從男人說的話，遵守自古定下的規矩即可，不可以做其他事。有很多位本來可以活得更加精彩的女人，卻為了社會和其他人，最後在一事無成的情況下逐漸老去。我看過很多這樣的女人。」

巴爾特突然察覺到一件事──為什麼他看著多里亞德莎，會覺得心中一陣騷動？為什麼會感到一陣甜蜜的酸楚？

那是因為愛朵菈──多里亞德莎就是愛朵菈。她不是現實中的愛朵菈，而是如果一直以熱愛冒險的凜然少女之姿成長下去，會長成如此模樣的另一位愛朵菈。

沒錯。愛朵菈正是一位本來可以活得更精彩的女性。如果世間能再給女性多一點自由，選擇自己的生存之道，她必定能在世上做出貢獻，為人們創造幸福及豐富的生活。

這位公主或許認識好幾位像愛朵菈的人，認為是世人的眼光束縛了女性。她希望在這方面能注入一股新風潮。

「所以，巴爾特先生，我非常期待她能在這場武術競技會中做出什麼事；從這些事中，又能產生什麼新的東西。我不會出手干預，只想抱著期待，在一旁守護。您、我，甚至是令人敬畏的皇王陛下，似乎都認可她想做的事，且出手助她一臂之力，或許大家都是試圖引導她的神祇所派來的人。」

這位公主不只是位被命運牽著走的女性。她既對自己身為大國公主的職責有所自覺，也理解並排斥世俗規定及習俗的不合理之處。她是一隻想讓命運大吃一驚，伺機而動的母老虎。她就是如此心高氣傲，也可以說她就是這麼不服輸的個性。

巴爾特也開始期待起來。將在兩天後開始的武術競技會中，多里亞德莎會有什麼樣的表現呢？

一回到房間，雪露妮莉雅公主就送來了禮物，共有一桶葡萄酒、兩瓶燒酒、兩塊起司還有一盒彩色方糖。葛斯和朱露察卡也分別收到了禮物。

3

邊境武術競技會開始了。

圓形競技場直徑約百步，四周被高及腰部的石牆包圍著。它的四周是觀眾席，外圍被高約五步的厚重土牆覆蓋，從外面無法窺見戰鬥情形。

北方的觀眾席是葛立奧拉皇國參加者的休息處，南方的觀眾席則是帕魯薩姆王國參加者的休息處。

主辦人席次則設在西方略高一階的地方，居爾南特和雪露妮莉亞將在此觀戰，周圍還跟著護衛騎士及侍女。

東側則設了臨時的貴賓席。巴爾特就坐在這裡，葛斯和朱露察卡則是站著觀戰。遺憾的是堤格艾德和榮加無法進入競技場。

附帶一提，雖然朱露察卡吃喝拉撒睡都是待在葛立奧拉一方的房間裡，不過聽說在比賽期間會以巴爾特的隨從身分觀戰。巴爾特本來心想這樣好嗎？不過好像沒有人出言責備。

開幕儀式極為簡樸，先由翟菲特・波恩騎士團長做簡短的致詞，再由祭司進行祈禱，最後在裁判長說明規則後結束。由於此次的會場是由帕魯薩姆王國準備，武器和盾則是由葛立奧拉皇國準備。而馬和盔甲是由參賽者自行準備，武器和盾要使用大會提供的物品。因為武器和盾是由葛立奧拉皇國準備，由帕魯薩姆王國的參賽者先挑選武器和盾。葛立奧拉皇國派出一位裁判長，帕魯薩姆王國則派出兩位副裁判長。

每個項目將由兩個國家各派出四個參賽者，第一項競技到第三項競技則是採淘汰制。

第一天將舉行第一項競技，是馬上槍比賽。競技場一隅設有武器放置區，擺了幾面盾和長槍。

聽到唱名人員的聲音後，雙方參加第一場比賽的參賽者從休息處走了出來。葛立奧拉的騎士是個壯漢，但是帕魯薩姆的騎士更加高大。參賽者身後是各自的勤務兵牽著馬匹入場。

在馬匹後方，有一位兩手空空的勤務兵入場。

巴爾特的眼光被帕魯薩姆的騎士吸引住了。

這是位壯漢。但不是單純的壯漢，他有異樣的存在感。在板甲的覆蓋之下，看不見臉和身體。不過巴爾特看得出來，他的肌肉如野獸般強韌。偶爾會出現這種打出生以來就擁有猛獸般體魄的戰士。

但是比起他的體型，那位騎士的異樣之處反倒是頭部。

好奇怪的頭盔，看起來像是把鳶形盾牌直接貼在臉上。形狀扁平卻極為巨大，而且不知道是哪來的構思，扁平的頭盔上裝設著筒子，裡面還插著一朵花。

看到這位打扮出奇的騎士，葛立奧拉方掀起一陣騷動。

兩位騎士在選好盾和長槍後給勤務兵，走進了競技場中央。在裁判長高喊兩人的名字之後，兩位騎士向西邊的主辦人席次行了一禮。原來那位將盾當成頭盔戴著的騎士名為苟斯・伯亞。

——嗯？

巴爾特感到奇怪。因為苟斯在走到自己馬匹的所在之處前，看向坐在東邊貴賓席的巴爾特。這絕對不可能是錯覺。他清清楚楚地轉過頭來，瞪了巴爾特一眼。雖然這些動作僅在數秒間完成，臉龐也藏在頭盔之下，但是巴爾特確確實實地感覺到他的瞪視——也可說是感覺到了殺氣。

——哎呀，我可不記得我曾得罪過帕魯薩姆的騎士。

荷斯借助勤務兵的協助騎上馬，再從另一位勤務兵手上接過盾及長槍。就在競技場的另一邊，葛立奧拉的參賽者也正在做同樣的動作。兩人的位置幾乎靠近競技場的最南方及最北方。換言之，兩人之間有約一百步的距離。

據聞在大陸中央舉辦的馬上槍比賽都相當講究排場，也是賭博的對象。馬身上也會掛一些奢華的裝飾，不過在這場邊境武術競技會中，馬雖然也穿了盔甲，但依大會樸實剛建的主旨，盔甲上只做了極少的裝飾。

巴爾特壓抑不了雀躍的心情。這是他第一次觀賞這種類型的大會，特別是馬上槍比賽讓他十分期待。

比賽以鐘聲作為開場信號。在與競技場中央拉開足夠距離的位置，有拿著鐘的大會人員正在待命。他們左手上所提的鐘是一種圓筒形的筒鐘，長度與人的上臂相當。右手則是拿著鐵槌，等待裁判長的信號。

裁判長向大會人員發出信號。鐵槌擊中了筒鐘的最上方，強而有力的鏗鏘鐘聲響遍競技場。

不一會兒，兩位騎士開始衝刺。

這場面真是驚心動魄。

騎士是戰爭中的怪物。讓一個人類具備最強的攻擊力、最高的防禦力及最大的機動力，即為騎士。特別是在馬上槍比賽中，這些特質更表露無遺。毫不吝嗇地投入了大量金屬的全身盔甲、精心培育的巨馬、高大且高質量的金屬長槍，其破壞力相當強，只要結實地挨上一擊，連葛爾喀斯特或魔獸都能一擊斃命。光看就覺得嚇人的暴力集合體踩踏在大地發出隆隆聲響，衝刺而來。即使比賽用的長槍尖端都已磨圓，視擊中的方式也可能造成死亡。

馬上槍的比賽很單純。只要落馬就算輸，僅此而已。

只要雙方都沒有落馬，彼此會調頭，互相交換突擊開始位置，再次開始衝刺。只要其中一位連輸兩次，比賽就此結束。雙方會重複衝刺，直到分出勝負。

雙方在轉眼間抓住了對方武器的空檔。

葛立奧拉的騎士手上的長槍被荀斯的盾彈開。

荀斯的長槍也擊中對方的盾，然後直接擊碎了盾，手上的長槍刺中了對方騎士身體的正中央。對方騎士彈飛出去摔下馬匹，倒在地面上。

「荀斯．伯亞閣下，一勝！」

對方的騎士完全無法動彈。藥師們飛奔到他身邊，為他進行治療。由於對方被判定無法繼續比賽，所以宣布了由荀斯獲勝。

苟斯把馬騎回原來的位置之後才下馬，在隨從的協助下脫下了頭盔。

巴爾特倒抽了一口氣。

異於常人的長相。

那是一張怪物的臉。他的臉極長且寬大，最接近的形容詞就像把馬的臉壓扁攤平開來似的。高高上揚的細長雙眼之間距離很遠，與其說是長在臉的前方，更像是長在臉的兩側。即使跟他的魁武身體相比，臉的尺寸也壓倒性的巨大，看著他的臉會產生遠近感錯亂的錯覺。

苟斯走到主辦人席次前行了一禮，回到了休息處。

4

最後在馬上槍比賽中勝出的人是苟斯·伯亞。

馬上槍比賽的優勝者跟其他項目的優勝者不同，無法參加第六個項目的綜合競技。但是，相對的大家似乎會視此優勝為較大的榮譽，不論參加什麼戰役，得到此競技優勝的人都能擔任領頭衝鋒的人。

巴爾特能夠欣賞七場如此魄力十足的比賽，內心感到非常滿足。

雖然如此，但是巴爾特心裡有件事放不下。那就是帕魯薩姆方的參賽者都會瞪視他。在晚餐後，翟菲特告訴了他緣由。

「巴爾特閣下，請容我先為了騎士們的無禮致歉。」

「為什麼帕魯薩姆的參賽者們都要瞪我呢？」

「直截了當地說，這都是居爾南特殿下的錯。」

近幾任的帕魯薩姆國王都在著手進行改革，包括稅制及軍制等各項制度。居爾南特被以王子身分迎入帕魯薩姆後，立刻了解了其中的涵義，並開始為了推動改革而採取行動。他毫不避諱的說話方式讓某些人覺得很痛快，另一方面也有人對此反感。據說這些抱有反感的人都稱居爾南特的做法為「邊境流」，借此奚落他。

「此次的參賽者中，似乎有對他反感的貴族之親戚朋友。這些人在一旁大肆地煽風點火，而那位教導王子『邊境流』的人——也就是您也出現在這場武術競技會中。而且大家都知道，您將在示範比賽中出場。他們正等著看您在比賽中一敗塗地，去嘲笑居爾南特殿下。」

若巴爾特輸了，這些人會議論紛紛地說：「居爾南特王子雖然講得很厲害，但那位師父根本沒什麼了不起。王子說的那些話也只不過是耍嘴皮子。」這些將會成為居爾前路的絆腳石。萬一處理得不好，可能也會影響立太子一事。

——哎呀呀，事情怎麼變得這麼嚴重。這下子，我不就輸不得了嗎？

5

第二天舉行的是第二項競技。

由拿雙手劍的參賽者進行對決。雙方不騎馬，而是穿上盔甲，舉起長劍對擊。果然所有人都穿了板甲，最後是由人高馬大的葛立奧拉皇國騎士獲勝，不過第二名是個頭略小的帕魯薩姆王國騎士。每一場比賽都非常精彩，兩國的年輕騎士的技藝果然都十分精湛。

這天晚上，多里亞德莎到訪。

「巴爾特閣下，請您一定……一定要幫幫我。昨晚我和公主一起用晚餐，但是在席間，她說的全是關於居爾南特殿下的事。從公主的眼神、說話的態度還有嘆息看來，我敢肯定，公主愛上了居爾南特殿下！」

——什……麼？

由於巴爾特聽說過，兩國沒有計畫讓居爾南特和雪露妮莉雅共結連理，所以他完全疏忽了這件事。話說如此，反正巴爾特對現今的居爾特的婚姻完全沒有影響力，也無法判斷什麼樣的對象比較適合他。

「多里亞德莎閣下，關於這件事，妳是不是找錯商量對象了？」

「這件親事很難由皇國開口。一方是帕魯薩姆王國英雄之王的長子，再過不久後會被立為王太子。我聽說除了上軍正將之外，他還身負眾多顯赫的職位。另一方雖貴為葛立奧拉皇國的皇王之女，但是她是么女，王位繼承順位也較低，是位沒有特別的身分地位的公主。如果由皇國提出這場婚事，必須付出不少的嫁妝。不對，更重要的是，就算提出這樁婚事，也不知道對方會不會接納。當然會做出政治聯姻的判斷，但是事態遠比這樣更嚴重。簡單來說，那個……該怎麼說呢？就算一點點也行，不知道殿下對公主是否心懷愛慕呢？當、當然，公主如您所見是位優秀的人，我覺得殿下肯定會鍾情於她。」

「多里亞德莎閣下，換句話說，就是這麼回事吧？妳希望我去問問居爾南特殿下，他對雪露妮莉雅公主有什麼想法。然後如果印象不錯，再由公主寫封信給他之類的。」

「怎、怎麼可能！不能讓公主做出寫信給殿下如此不成體統的事。而且如果寫了信，最後兩人走到結婚這一步，整件事會變成是由公主寫信起頭才成了這樁婚事，這樣可就糟了。如、如果可以，那個……也就是說，是否能請您為公主和殿下引見呢？這麼一來，公主也能再次確認自己的心意吧？而殿下也能了解到公主的出色之處。」

「就算妳說要讓他們兩人見面，但他們不是已經見過面了嗎？在帕魯薩姆主辦的晚宴上應該也有交談過，在武術競技會觀戰的時候，兩人也坐在隔壁。我也聽說等武術競技會結束之後，這次將換葛立奧拉皇國舉行晚宴招待眾人。如果妳覺得這樣還是不夠，那在武術競技會舉行期間舉辦餐會或茶會不就成了嗎？」

「王族間的會談不是這麼簡單的事。晚宴是十分制式化的流程，兩位主辦人雖然併肩而坐，但是幾乎沒有面對面的機會，什麼時候該說什麼話幾乎都是決定好的。要是在兩國騎士拚命較勁彼此的武威時，擅自舉辦餐會等活動，會被人說是不合時宜。此外，是由哪方讓兩人見面的事在將來也會成為問題。我實在是投鼠忌器。然而，巴爾特閣下您在這裡，巴爾特閣下幫助了執行公主任務的我，所以您也是公主殿下的恩人。而且，您還是居爾南特殿下的師父兼引導人。巴爾特閣下，就算您以個人名義邀請雪露妮莉雅公主及居爾南特殿下暢談，也是十分自然的事。」

——這可是極不自然！在哪個世界裡會有流浪騎士，把大國的公主及相當於其他大國的王太子叫來喝茶聊天的？

巴爾特壓下想怒吼的衝動。雖然這是個意圖明顯的方法，但是如果這個方法可以保全兩國顏面，又能給這兩人確認彼此心意的機會，倒也不算壞事。雖然兩人進行面談一事也可能帶來危害，但是這部分應該由居爾南特來判斷。

「嗯，先讓我去跟居爾南特殿下聊聊吧。」

6

「老爺子，這提議不錯呢。嗯，不錯。不管由誰來介紹都很麻煩，但是如果是由老爺子來引見就沒問題了。」

「我聽說你正在跟兩個公爵家的千金談親事，那邊不會有問題嗎？」

「他們打的是利用下一代爭奪王位的算盤，所以似乎正在動手破壞其他的親事，但是他們無法影響到本國以外的對象。我一直在思考，要是後宮被有力的公爵家把持，我將難以與之抗衡。如果對方是葛立奧拉的皇女，我可以迎娶她為我的正妃。那群傢伙肯定會急得像熱鍋上的螞蟻。」

「你不能讓他們這麼著急吧？」

「也不是不行，不過還是讓事情合理地進行吧。我會賦予夏堤里翁王位繼承權。夏堤里翁的祖母是王家出身，所以他有資格獲得王位繼承權。由於他不是王族，所以無法登上王位，但是對於阿格萊特家是相當高的榮譽。貝斯白朗家那邊容我再想想。」

「嗯，你如何看待雪露妮莉雅公主的為人？」

「我覺得她很了不起。她裝做和侍女說話，卻是在對我準備的料理及一切表達感謝之意，還不著痕跡地關心我的身體狀況。她長得花容月貌，看起來也很健康。我也中意她老奸巨滑地利用老爺子來說媒。但是，沒想到老爺子會來牽這條紅線，真不像你會做的事。」

巴爾特自言自語地說了一句，先是要我這副老骨頭做東做西，還說不像我會做的事，這也太過分了。居爾南特聽見後大笑出聲。

最後訂在第三天的競技結束後，在巴爾特的房裡進行會談。巴爾特決定不端上飲料及食物。因為一旦端上這些東西，兩國的試毒人員似乎就會排成一條人龍。這可不是開玩笑的。

「話說回來，老爺子，在這裡的生活怎麼樣？有沒有不自在的地方？」

此時，巴爾特突然想先將堤格艾德引見給居爾南特。

「沒有，非常舒適。畢竟翟菲特閣下派了一位特別的專屬隨從給我。這位年輕人心地善良，也相當機靈，對我的照顧可說是無微不至。」

「那位特別的隨從是什麼人？」

「是翟菲特閣下的親生兒子。」

「什麼！」

巴爾特簡略地將波恩家的情況說了一遍。

「嗯嗯，老爺子，我想見見那位名為堤格艾德的從騎士。」

「了解。」

回到房間後，巴爾特寫了一封信託給堤格艾德。

「堤格，不好意思，能麻煩你幫我把這封信送去給居爾南特殿下嗎？」

巴爾特讓榮加也一起跟去。

不久後，回到房間的堤格艾德一臉興奮地向巴爾特報告道：

「王子殿下對我在哈林家修行的狀況做了許多探問，還說他對我的將來抱有期待！不只是我，他還放下身段，親切地跟榮加攀談，叫他要好好地支持我。願意對我這種小角色都用心至此，巴爾特大人對王子殿下來說，是位相當重要的人呢。」

一直到很久以後，巴爾特才知道此時他將堤格艾德引見給居爾南特一事，簡直是上天的巧妙安排。

7

第三天的競技是打擊武器的項目。

武器放置區裡擺滿了戰斧、戰槌、棍棒、鏈錘等武器。巴爾特抵擋不了誘惑，在取得裁判的許可後，走近檢視武器。雖然禁止觸碰，但是巴爾特很好奇自己是不是能拿得起最大型的棍棒（庫拉布）。

居然有位參賽者選了超大型棍棒。這是帕魯薩姆王國的騎士，他第一戰的對手單手持盾，使用流星錘當武器，但他愚蠢到想以盾抵擋巨型棍棒的一擊，結果盾被擊飛了出去，想必他的手腕也受了重傷。即使如此，他依然揮舞著流星錘追擊。拿著巨大棍棒的騎士毫不閃躲流星錘的球體，舉起棍棒後往下一揮。這一擊直接擊中了對方的頭盔。對方頹然倒地，再也不動了。裁判長立刻宣布手持巨大棍棒騎士的勝利，並喚來了藥師。所幸，似乎保住了一命。

結果是由手持巨大棍棒的戰士獲得第一名，第二名則是使用兩把戰斧的葛立奧拉騎士。

8

傍晚時分，巴爾特的房間。

在桌子的另一頭，居爾南特和雪露妮莉雅坐在巴爾特對面。房間的四個角落站著一位帕魯薩姆騎士、一位文官、一位葛立奧拉騎士和一位侍女，還有葛斯和朱露察卡。

居爾南特和巴爾特交談；雪露妮莉雅也與巴爾特交談；居爾南特和雪露妮莉雅不直接進行對談。簡單來說，這狀況只是由兩人分別與巴爾特交談，而不是由居爾南特和雪露妮莉雅進行會談。

「老爺子，我聽說你從臨茲出發，一路旅行到了雅德巴爾奇大領主領地。越過邊境山谷的旅途十分辛苦吧？南方和北方的山岳及樹木樣貌是否有不同？」

雖然居爾南特說得好像很熟悉，但是在不久前，他應該也對雅德巴爾奇大領主領地這個地方一無所知。看來到了帕魯薩姆後，他也學了很多。

「山岳形態沒有太大的差別。生長的樹木感覺越往北方，長得筆直的樹木越多，樹葉也較為細長。」

「嗯，那花朵應該也有南北之別吧？如果要把北方的花移到南方種植，你怎麼看？」

這個問題看起來像是在問巴爾特，事實上並非如此。他是在問雪露妮莉雅是否已做好心理準備，要嫁到氣候及文化都不同的帕魯薩姆王國。既然如此，巴爾特回答這個問題就不能太過逾越分寸。

「隨花的品種而異吧。」

不出所料，公主立刻開口對他說道：

「巴爾特大人，多里亞德莎說過跟您一同旅行時，每天都能吃到美味的料理。請問北方料理和南方料理的味道是否不同呢？」

「嗯。即使是同一種魚，棲息在不同的河川，味道也會不同。鹽巴的味道也會根據採集地有所不同。我認為人類在味覺方面，若要說是依每個地方而異，確實也是如此。當然隨著地區不同，能採收到的蔬菜及辛香料也不同，料理方式和喜愛的口味也不相同。雖然我不太了解奧巴河西岸的情況，不過如果是極端的南方和北方之間，料理的口味應該也有很大的差異。」

「巴爾特大人，您是否練就了不論走到哪哩，都能立刻適應不同味道的本事呢？」

「在艾古賽拉大領地的時候，常常吃到以水炊煮的布蘭果實。這個名為炊布蘭的料理有股獨特的風味，隔段時間就會立刻變硬，所以起初我完全不覺得它好吃。然而，某一天我卻遇上了讓我覺得美味的炊布蘭。於是不可思議地，我完全喜歡上了炊布蘭，後來在吃當地料理的時候，沒有配上炊布蘭一起吃就覺得少了什麼。我也得知最能突顯當地料理滋味的是布蘭酒。我是這麼想的，或許每片土地都有最適合當地的食材及料理方式，當地的酒則是配上當地料理才最適合。這樣是否有回答到您的疑問？」

「哎呀，真是精彩的故事。我也想前往新的土地，以當地的方式嚐嚐看當地的料理呢。一開始或許會有些不知所措，不過我想過了一陣子，我一定能明白當地料理的美味之處。而且呢，巴爾特大人，雖然這會是很久以後的事，但是當地食材配上我所學的調味方式，或許能產生新的料理呢。」

聽完這段話，居爾南特勾起唇角一笑。

巴爾特則是感到佩服不已。

她向巴爾特提問，再利用他的回答婉轉地回應居爾南特的問題。不僅如此，她還透過味道的比喻向居爾南特發出了邀請，問他要不要一起共創新的時代。

這位公主是談話高手，也就是說，她也是位外交高手。

對話持續了一陣子。

當中有些對巴爾特來說意義不明的互動，也有些他不明白的互動。

將兩人送出房門的時候，巴爾特已筋疲力盡。他癱坐在椅子上，喝起燒酒。

——居爾南特完全適應了那個世界的運作方式，真是不簡單啊。

巴爾特取出一顆彩色方糖咬下，依然十分美味。越是感到疲累時，甜食吃起來越美味。

這天晚上，巴爾特喝過燒酒後沉沉睡下了。

第三章——單手劍競技示範比賽

—馬奶酒風味炙燒羔羊肉—

1

巴爾特在平常起床的時刻醒來。

今天是武術競技會的第四天，也是第四項競技，即為持盾的單手劍競技舉行的日子。這項競技的優勝者將與巴爾特進行示範比賽。

巴爾特洗了臉，擦拭身體。拿起水壺倒了一碗水，緩緩將水飲盡。

他走出房間後，往西側迴廊前進。離開賓客住處，在警備兵的敬禮下通過內門，走進種植蔬菜的區域，綠色對眼睛有益。

巴爾特抵達外牆，向警備兵打了個招呼後爬上樓梯，站在城牆之上。

風颼颼吹著，拂過他的白髮、嘴邊和下巴的鬍子。

往遙遠的北方看去，可看見靈峰伏薩。在它的山腳延伸著一片模糊不清的綠色地帶。那是人稱大濕地的地區，相傳大濕地中生長著許多稀奇古怪的植物，還有強大的亞人們及野獸橫行無忌，更有錯綜複雜的水路及沼澤，是人們難以踏足的祕境。

巴爾特稍稍將視線往下移，可以看見在距離城牆稍遠的地方形成了一塊野營地。這些是對比賽結果感興趣的貴族們派來的聯絡部隊。他們特地在此紮營，是為了從警備騎士的口中得知每天的比賽結果，再放出傳令兵前往向主人通報結果。

風很乾燥。或許今天會有點熱。

騎士前來巡邏城牆，對巴爾特恭敬地行了一禮後，與他錯身而過。

朱露察卡忽然從城牆內側探出頭來。

「朱露察卡，你真是的。我不是說過了你這樣會嚇到警衛兵，不准你不爬樓梯，爬城牆上來。」

「我不能讓自己的技巧生疏了嘛，這跟葛斯的揮劍練習是同樣的道理啦～」

之後巴爾特為了探視月丹的狀況，而去了馬場。

這裡真是聚集了眾多精良駿馬，但是月丹的白色巨大身軀格外顯眼。在月丹前進的方向上，其他馬都會讓出一條路，簡直就是王者風範。

克莉爾滋卡稍微晚了幾步，跟在牠的身邊奔跑。克莉爾滋卡是多里亞德莎的馬。在巴爾特一行人與多里亞德莎共同行動的期間，這兩匹馬相處得十分融洽。葛斯的馬——撒多拉和牠們感情不差，但或許是有其主人必有其馬，牠不常與其他馬匹聚在一起。

「巴爾特大人，歡迎您來到馬場。」

「喔喔，是馬場長嗎？月丹、克莉爾滋卡和撒多拉的毛色亮麗，看起來精神很好。你把牠們照顧得很好呢。」

「不不不，我才要感謝您送了我好酒呢。我第一次喝到這麼高級的燒酒。而且馬群們會如此乖順，都是多虧月丹。」

「哦？」

「因為這裡的馬都是戰馬，性情火爆。馬與馬之間的衝突從來沒停過。」

「哈哈，原來如此。」

「人類要是干涉太多也不好，馬群間的秩序該由牠們自己決定。」

「嗯嗯，確實如此。話雖這麼說，但要是發生令馬匹受傷的衝突也很傷腦筋啊。」

「不，只有這次完全沒發生任何衝突。月丹才往幾匹刁鑽的馬匹一瞪，轉眼間，上下關係就定了下來，真是太精彩了。」

「哦？」

「馬群之間只要有了老大，就不會引起糾紛了。要是有不肯停止作亂的馬，我會威脅牠，說我要去跟月丹告狀，然後牠就會立刻罷手。因為牠們可受不了被月丹那麼一瞪啊。哇哈哈哈！」

「哈哈哈，真是有趣呢。」

「話說回來，我聽說巴爾特大人您今天要參加示範比賽，就在想能不能幫上什麼忙。其實昨天有隻羊（伊梅拉）的孩子斷了腳，我就取了牠的肉。請您到這邊來，不好意思，地方有些髒亂。」

巴爾特跟著馬場長進入小屋後，屋內備好了看起來很美味的料理。

「這是羔羊肉，用直火炙烤再浸泡馬奶酒製成的。我聽您提過，邊境地帶的早餐都吃得很豐盛，這裡的早餐吃不飽。」

洛特班城每天早上提供的早餐，是以麵包、牛奶為主，再附上切成薄片的燻肉或水果乾。這些食物容易入口也十分好吃，但就是缺乏了一點飽足感。巴爾特心想這或許是大陸中央地帶的習慣，早已放棄追求早餐的飽足感，不過今天是必須在示範比賽出戰的日子。一大早就能飽嚐肉品，止為他打了一計強心針。

巴爾特咬了一口肉。當甘甜馥郁的肉片填滿口中的瞬間，全身上下的肌肉彷彿都在歡呼。出生半年內的羔羊和成羊有著天壤之別，完全沒有羊特有的腥羶味及澀味，而是被一股輕盈的甜味包裹著。但是在烤過之後，不僅具備恰到好處的嚼勁，還會散發出溫和黏稠的香氣。使勁一咬，肉化了開來似的崩解，滑落喉嚨深處。胃臟也歡天喜地迎接它的到來。

烤羔羊肉的火侯不好掌握。要是烤過頭，會造成鮮美滋味流失，口感乾柴。而這道料理是在烤過之後，以浸泡馬奶酒的方式來彌補這個不足。巴爾特推測，應該拿叉子在羊肉上戳了許多洞，以利馬奶酒滲入其中。不然無法解釋馬奶酒的滋味怎麼能如此深入肉中。一問之下才知道，其中還加了優格。

這道料理大大地振奮了巴爾特的精神。

2

「時間到了。」

負責帶路的勤務兵來呼喚自己，因此巴爾特讓葛斯和朱露察卡跟著自己往競技場移動。兩國的參賽者已進入休息處。南方休息區中，帕魯薩姆方的騎士們正瞪著巴爾特。

——哎呀呀，真是殺氣騰騰。

箇中原因他很清楚。想必是昨天的會談一事傳入了他們耳裡。從他們的角度看來，這次會談可能會發展為關乎下任國母的親事。聽到這個不知打哪兒來的局外人恬不知恥地站出來說媒後，心裡不可能覺得痛快。

即使巴爾特贏了，也不代表他們會加深對居爾南特的信任。但是一旦他輸了，想必他們一定會議論紛紛，師父是這個樣子，弟子的武德也好不到哪兒去。雖然說起來不合理，但是所謂的武人心態就是如此。

而且他們很強大，這三天讓巴爾特讚嘆連連。即使是全盛時期的巴爾特，也很難說是否能跟他們相抗衡。

但是巴爾特已做好了心理準備。既然不得不戰，那唯有出手一戰。他在手指和臉上塗了油，也仔細地按摩放鬆關節。他可不想在眾人面前出糗。

第四項競技的比賽開始了。

不曉得是不是氣勢影響了成敗，第一戰中帕魯薩姆的參賽者在四戰中取得三勝，最後分別摘下第一名及第二名。

3

裁判長宣布招待國代表將與優勝者進行示範比賽。

巴爾特走下座位，前往武器放置區。

一開始他拿起與過去常用的盾相似的鳶盾。但是除了有點過重之外，他覺得握把太細了。

掙著他拿起較大的圓盾，試著揮舞了一下。握把部分太過突出，感覺空隙太大，操作性不佳。再接下來，他挑了尺寸偏小的圓盾。它的握把夠粗，很堅固；厚度較目測來得厚，看起來能充分吸收衝擊。揮舞起來的手感也極佳。他決定用這個圓盾。

接下來他開始挑劍。有一把劍的長度深得他心，他拿起來試揮了兩下。雖然他覺得對現在的自己來說過重，但是揮得動。揮起來的手感相當順，就選這把劍吧。

當他把目光移開武器放置區，放眼環顧會場時，他發現會場的視線都集中在自己身上。

他們的臉色和他挑選武器前時大不相同，全是一副困惑的樣子。

——嗯？這氣氛真詭異。

對方參賽者完全沒有前進到進行開場問候的位置，對裁判長說道：

「裁、裁判長閣下，羅恩大人身上還是穿著皮甲，不用請他更換防具嗎？」

裁判長是葛立奧拉皇國的騎士，而兩位副裁判長是帕魯薩姆王國的騎士。

「艾涅思．卡隆閣下。既然他已來到場上就位，就代表他已經準備好了，不勞你費心。」

——哈哈。因為他自己穿著金屬全身盔甲，而我只穿著皮甲，所以才關心是嗎？真是中規中矩。或許他是覺得打敗一位身上連像樣防具都沒穿的老人，勝之不武吧。話雖如此，我只有這件皮甲。事到如此，我也沒有意願再穿上沉重的金屬盔甲。

此時，整座會場響起了一道宏亮的聲音。

「艾涅思・卡隆！別掉以輕心了！巴爾特・羅恩大人身上穿的那件皮甲，可是用他自己打倒的河熊魔獸毛皮製成的。前些日子，他在沙漠中與暴風將軍（班薩爾・安特拉）對峙的時候，那件皮甲可是擋下了將軍手上的黑色巨劍，還絲毫無損呢！羅恩大人以手甲擊倒暴風將軍，連劍都沒拔就威風地揚長而去。你要知道，他身上的皮甲跟聖硬銀（瑪娜帝多）製成的神聖盔甲是同樣等級！絕對絕對不能大意！」

是帕魯薩姆邊境騎士團副團長——麥德路普・葉甘的聲音。

「什麼？居然接下了暴風將軍的黑劍，還平安無事？」

「艾涅思・卡隆閣下，請你就問候位置。」

在裁判長的催促之下，艾涅斯・卡隆走到問候的位置。

「招待國濟古恩察大領主領地代表——巴爾特・羅恩閣下。對手是第四項競技優勝者，帕魯薩姆王國的艾涅思・卡隆閣下。」

兩人配合裁判長的介紹，向主辦人席次行了一禮。

兩人隔著十步的距離彼此相對時，裁判長對拿著筒鐘的大會人員示意。鏘！比賽開始的聲音響徹會場。

不愧是優勝騎士，艾涅思立刻轉換好情緒，進入戰鬥態勢。

他是大約二十五歲，骨架健壯的精悍青年。巴爾特在比賽的空檔看過他的長相。髮色是略帶灰色的黑髮，嘴邊和下巴的鬍子十分硬挺，炯炯有神的雙眼令人印象深刻。

他身上散發出的氣勢還算強大，但是他太注意巴爾特的劍了。

巴爾特毫不費力地縮短距離後，將劍往後一拉，把盾抵向前方。兩面盾發生了輕微的碰撞，對方更加注意巴爾特的劍。

巴爾特大動作地扭腰並向前踏出半步，用盾使勁壓制對手。由於巴爾特的身高較高，所以演變成巴爾特往下方施壓，壓制住對手的局面。艾涅思的腳猛然一軟，巴爾特的右腳向前踏出，利用左腳往地面重踏的力量，將盾向上一舉，把對手擊飛了出去。完整裝備了鐵製盔甲、盾及劍的騎士具有相當的重量，但是他輕飄飄地飛上空中。

雖然他立刻落地，但是裝備的重量加上被擊飛的勁道，讓他無法調整好自己的姿勢，摔了個四腳朝天。

巴爾特一蹬地，飛也似的追至對手身旁，將劍架上正要起身的對手脖子。

艾涅思的頭盔是用皮帶將突出的護面罩綁在頭盔本體上的款式。這種頭盔和身上的盔甲間會有微小的縫隙。而巴爾特的劍分毫不差地抵在縫隙上。

兩位副裁判長舉起了代表巴爾特的旗子，裁判長也舉起了代表巴爾特的旗子並宣布：

「巴爾特．羅恩閣下，一勝！」

葛立奧拉皇國方爆出了喝采。

4

巴爾特伸出手，想要幫助他站起來。但是艾涅斯卻撥開他的手，怒氣沖沖地喊道：

「居然突然用盾！你太卑鄙了！」

——哎呀，難道大陸中央地帶的規矩禁止用盾攻擊嗎？

巴爾特望向裁判長想提問，卻看見裁判長以冷淡的目光直盯著艾涅思。

「艾涅思．卡隆閣下，請你收回這句話並賠罪。巴爾特．羅恩閣下的行為沒有任何問題。

身為一個騎士，我不能當做沒聽到這句話，快賠罪。」

雖然艾涅思還是滿懷怒氣，他還是站起來，瞪著巴爾特說：

「我收回那句話，請您原諒。」

「我接受你的道歉。」

兩人再次對峙。巴爾特只要再拿到一勝就贏了。

對戰的鐘聲響起。

艾涅斯將盾護在左半邊前方，把劍架在盾前，上半身則稍微前傾。這個動作應該是為了彌補攻擊範圍的差距。看來他是打算使出以刺擊為主的攻擊。

巴爾特跟剛才一樣將盾向前刺出。艾涅斯的注意力毫不鬆懈地放在巴爾特的盾和劍上。這樣是不錯，但他的腳邊滿是破綻。

巴爾特稍稍收回右腳，再把上半身整體用力地往後一退。艾涅斯或許認為這是個好機會，左腳往前一踏，試圖將劍往巴爾特刺去。巴爾特以左腳掃向他的左腳，似乎正好抓到艾涅斯將體重放在左腳的瞬間，使其徹底地失去平衡。

艾涅斯慌張地伸腳想重新將姿勢調整好，但是巴爾特用圓盾邊緣狠狠地擊打他的右手腕。艾涅斯耐不住痛，失手把劍掉在地上。他心下一驚，試圖彎腰撿劍。巴爾特又拿著圓盾從旁邊往他的頭部敲了下去，使艾涅斯整個人摔飛出去。

巴爾特立刻蹲下身子，用盾將艾涅斯的頭部壓制在地，等待判定。

「巴爾特．羅恩閣下，一勝！勝者為巴爾特．羅恩閣下。」

葛立奧拉皇國方又是一陣歡聲雷動。

當巴爾特轉身面向主辦人席次要行禮時，一旁的艾涅斯大聲喊道：

「裁判長閣下！再一次！請再給我一次機會！這是示範比賽，沒有獲得兩勝就得結束比賽的規定！求求您，再一次，請務必再給我一次對戰的機會！」

裁判長帶著困擾的表情看向兩位副裁判長。兩位副裁判長一時之間也說不出話來。眾人面面相覷，臉上滿是為難。裁判長看向巴爾特。

——嗯。從這位年輕人的角度看來，應該是無法接受自己居然連發揮力量、展現招式的機會都沒有就敗下陣。如果再對戰一場能保全他的顏面，我也是可以奉陪。

巴爾特和裁判長四目相交，微微地點了點頭。

裁判長向兩國的主辦人席次行了一禮，開口宣布：

「依參賽者的意願，再進行一次比試！」

巴爾特沒有在追加的這場對戰中取勝的意思。已經夠了，他已經贏了比賽。這下就保住居爾南特的面子了。目前為止，他已經做得超乎尋常的好了。

兩位參賽者就定位。

——哎呀，風向改變了呢。

在邊境的山岳地帶，風向可說是瞬息萬變。但是在奧巴河西岸的沙漠或草原上，一起風就會連續好幾天都吹往同一個方向。今天一大早開始就吹著東風，但現在卻轉成了北風。巴爾特覺得風的溫度也稍微涼了些。

大會人員敲響第三次鐘聲。

巴爾特沒有喪失更多鬥志，但也不執著於取勝。他心境平和地與敵人相對。

相對的，艾涅斯卻如火山噴發，散發出對於勝利的熊熊渴望。

風速突然緩了下來。不對，不是這樣。雖然實際上不是風速緩了下來，但巴爾特的感覺就是如此。艾涅斯的動作變得緩慢，巴爾特能夠看清他接下來打算如何出劍。頭部有個破綻。

巴爾特無心攻擊，卻在舉劍往前一刺時，擊中了那個破綻。

艾涅斯的脖子一沉，身體晃了一晃，接著砰地一聲倒下了。

「巴爾特・羅恩閣下！一勝！」

——哎呀？比賽是什麼時候開始，什麼時候結束的？

巴爾特記得鐘聲響起的那一刻，也記得自己和艾涅斯對峙，並看見了他頭部的破綻，卻沒有自己擊中那個破綻的記憶。應該說，巴爾特沒有出手打擊對方的印象。

艾涅斯沒有起身的跡象，似乎完全不省人事了。藥師們飛奔到他身邊，開始進行救治。

巴爾特向主辦人席次行了一禮，走下場。

兩國的騎士們皆是安靜得不可思議。

5

此時此刻，巴爾特的面前擺著烤熟的肉。今天的晚餐很特別。居爾南特從自己食用的食材中，挑選了這塊肉作為祝賀巴爾特・羅恩大人勝利的賀禮。城裡的廚房忙得不可開交。唯有王子的特別關照，廚師們才會幫忙以火烤這種費工的調理方式料理。

巴爾特知道這是牛肉，不過這塊肉跟至今嚐過的牛肉有天壤之別。

廚師切下的肉極為厚實。寬度較窄，與其說是肉片，更像是肉塊，還擺了一些炒洋蔥在旁邊。表面只烤到略帶焦痕的程度，但是這麼厚的一塊肉，如果只將表面烤到這種程度，裡面應該只有半熟吧？

巴爾特一刀往肉塊切下。

——哎呀！這塊肉跟至今吃過的肉都不同！

巴爾特在刀子切入肉塊時感覺到，切下去的手感跟至今吃過的肉完全不同。這塊肉明明如此厚實又有分量，刀子卻輕巧地沒入肉中，手感十分輕盈。簡單來說，這只能說明這塊肉是極為上等的肉。

巴爾特一刀切下，肉中間的顏色會讓人以為它尚未煮熟。他切下一塊肉，試著將它放入口中。那塊肉放上舌頭的觸感跟生肉不同，沒有生肉的黏稠口感。

他輕輕地嚼了一下送入口中的肉。

——喔喔！

肉汁在口中滿溢開來。這才真的是人稱「肉中之王（夫爾艾利翁）」的牛肉的肉汁，但又沒有任何多餘的味道，連鹹味也淡淡的，肉本身的自然鮮甜一點一點地滲透出來。

最令人驚訝的是它細緻的紋理。如果說把至今吃過的牛肉，比喻成把粗繩般的肉和筋結合在一起，這塊肉就可說是將絲線般的肉集結成塊。

這份驚天動地的美味，讓巴爾特嚐到了令人頭皮發麻的感動。咀嚼了一會兒後，巴爾特一口將肉吞了下去，但是絲毫沒有吞嚥大塊肉塊時的壓迫感。

自從巴爾特來到洛特班城，開始吃牛肉後，他就非常中意牛肥肉獨有的美妙滋味。然而，這塊肉上沒有看似肥肉的油脂。不對，這塊肉上沒有任何肥肉。但是它的肉汁卻是至今從未嚐過的美味——這才是牛肉真正的鮮美。由於它沒有肥肉，巴爾特才能嚐到肉本身毫無修飾的味道。

這令人心蕩神馳的美味，口感也相當濃郁。

就是這個味道嗎？這個味道才是真正的肉牛滋味嗎？

令人驚訝的還不止於此。

肉的邊緣附著了許多深咖啡色的醬汁，像是有人刻意淺淺淋上的。濃稠有光澤的醬汁給人難以形容的好印象。巴爾特用肉片沾取醬汁後送入口中。

——喔……喔……喔。

這是巴爾特不了解的滋味，他也不知道該如何形容。醬汁中混合了甜味、辣味、苦味及濃郁的口感，既強烈又如此協調。沒有什麼比這個更適合配肉吃了。居然有醬汁能如此突顯肉的鮮美滋味。

巴爾特專注地切著肉，沾取醬汁後再送入口中。他重複了這個動作好幾次。然後「呼～」地呼出一口氣，在心裡重新品嚐剛才入口的食物內涵。

——雖然這醬汁很美味，但是關鍵還是在於它的濃稠度。不論是多棒的醬汁，只要滲進肉中或淋在盤子上，和其他汁液混合在一起，味道就會被稀釋掉。但是這醬汁因為質地濃稠，所以不會和其他汁液混在一起，而且能緊密附在肉上。雖然如此，卻又不會滲進肉中，所以肉能保持肉的原味，醬汁也能保持醬汁的原味。嗯～真是太棒了。

泥燉調理法的醬汁顏色和這種醬汁很類似，而且質地也相當濃稠。但是這種醬汁不像泥燉有各種滋味摻雜其中，而是一種優雅高尚的味道。

巴爾特伸手拿起葡萄酒，這也是居爾南特送他的禮物。這是一支名為摩爾德的四十一年紅酒。大口嚥下紅酒後，巴爾特感覺得出來，剛才還沉浸在肉味中的口腔及舌頭，漸漸恢復了敏銳的味覺。這支酒的香氣較為內斂，酒體飽滿，苦味及澀味的平衡也恰到好處，是一支了不起的紅酒，與肉及醬汁這等強勁對手相比也毫不遜色。

眼看杯子裡的酒變少了，勤務兵堤格再往杯中倒入紅酒。

巴爾特也讓葛斯嚐嚐紅酒。當他問這酒如何的時候，葛斯的回答是還不錯。

當巴爾特品著酒，享受比賽後的解放感時，門忽然被打開了。多里亞德莎衝了進來。

「巴爾特閣下！真、真是一場精彩絕倫的比賽。我——不對，不止是我。您給大家帶來了令人全身顫慄的感動，那位輕易打敗我國強者的騎士，在您面前簡直就像個孩子！」

多里亞德莎一股勁地說個不停後，轉而盯著巴爾特的手邊。

「啊！您在用餐？我真是失禮。」

「不會，既然妳都來了，也不需要匆匆忙忙地回去。」

在巴爾特以眼神示意之後，榮加請多里亞德莎坐下來。

「您在吃牛的史克亞魯嗎？真不愧是巴爾特閣下，吃的東西也特別高級。」

「這個叫史克亞魯嗎？」

「這是背骨兩側的肉。不管是哪種動物，這個部位都統稱為史克亞魯。牛的史克亞魯又是另一個檔次的東西了。還有人把史克亞魯中更高級的部分稱為奧．史克亞魯以作區別。」

「喔～這是居爾南特王子送過來的賀禮，祝賀我在今天的示範比賽中得勝。這應該就是妳口中那個叫奧．史克亞魯的部位吧？」

「很難說呢，光只是看也很難下判斷。」

「這樣啊。喔，對了。妳知不知道這種醬汁叫什麼醬呢？」

「嗯？看起來很像隨處可見的醬汁。」

「這濃稠的質地是怎麼調出來的？」

「咦？那應該是加了麵粉之類的東西吧？」

「但是以麵粉來說，這醬汁的口感太過滑順，也看不出有麵粉的粉末。」

「粉末？不不不，要是看得見的粉末，就代表那是幾乎沒經過精製的麵粉，或是沒有攪拌均勻。所謂的高級麵粉，質地是很光滑的。」

原來如此。也就是說，假設這個醬汁是用麵粉調出濃稠感，那想必是巴爾特從未見過的高級麵粉，還是經過精心處理的。大國的都市之中，是不是都對這麼高級的麵粉習以為常呢？如果是，那麼到那個什麼王都去一趟，或許也不是件壞事。

「對了，我在挑武器的時候，為什麼會場的氣氛會那麼詭異？」

「啊？喔，那是因為大家都嚇壞了。眾人可是都看見了巴爾特閣下您單手拿起那把又長又大的劍，還輕鬆地揮來揮去。而且我也不知道該怎麼形容，舉起盾和劍的巴爾特閣下又展現了不同的境界。在那之前，我對那位騎士深惡痛絕，當時卻突然覺得他好可憐。」

「哈哈哈，妳未免太誇大其詞了，這馬屁也拍得太過頭嘍。」

「我哪有在拍馬屁！我覺得那位騎士是位強者，但是一到與巴爾特閣下對峙的時候，他看起來非常沒把握又不安。比賽一開始，巴爾特閣下一副就是這對手不值得您出劍的樣子，用盾就把那個騎士擊飛出去，贏得了勝利。第二擊更令人覺得痛快。您用腳掃過他的起腳，順勢用盾壓制對方，取得勝利。即使是擊敗了我葛立奧拉騎士的那位騎士，在巴爾特閣下的面前，就跟個孩子沒什麼兩樣。」

「哈哈，一切只是湊巧罷了。他也是位本領不俗的騎士。」

「我也知道他是位本領不俗的騎士，但是巴爾特閣下遠遠超出了他一大截。追加的那一擊更讓我驚為天人。您最後應該是秉持著騎士的仁慈之心，而出了劍吧。就一擊，就這麼一擊！一擊就定了勝負。那不是您用盡全力的一擊，甚至也不是您仔細精準的一擊。但是對對方而言，卻是一次避也不是，接也不是的攻擊。而且說起那一擊的威力！明明您打到的是那個堅硬無比的頭盔，對方卻直接倒地不起！我們的心情就像親眼見證武神下凡一樣，只能瞠目結舌地看著這一切。」

「那是我運氣好。面對現役的精銳騎士，我根本不是他們的對手。」

「您這麼說就錯了！我之前就覺得巴爾特閣下您對自己的評價過低了。您自己都沒發覺，您是個英雄嗎？」

——說我是英雄實在太可笑了。但是，等一下。在多里亞德莎的眼裡，或許我確實算是位英雄。畢竟我在她窮途末路的危機時救了她，還把她本來無望得到的魔獸頭顱給了她。話雖如此，事實上是朱露察卡找到她的，而能擊退騎士隊，大部分是葛斯的功勞。而且告訴她魔獸所在位置的人也是葛斯，即使缺了我，那場戰鬥依然可以得勝。

「明天的對戰沒問題吧？」

「什麼？喔喔，我當然沒有疏於修行，雖然我沒料到事情會變成這樣。」

「妳這說法太含糊了。所謂沒有料到會變成這樣，是變成怎麼樣了？」

「咦？您沒聽朱露察卡提起嗎？」

此時朱露察卡並不在現場，他回去吃飯了。

多里亞德莎陳述了整件事的原委。據她所說，葛立奧拉皇國方的細劍競技參賽者都是些不合理的成員。

首先，第一位是瑪吉斯德拉．各里。這個人會出現在這場競技中是極為自然的事。他是男爵家的次子，很早就被發覺他具備劍的才能，他也是位公然宣言要以武藝建功的騎士。

第二位是蓋瑟拉．由地耶魯。這位是即將滿五十一歲的現任將軍，有北征將軍的別名。這個人選很奇怪，因為蓋瑟拉已經參加過二十五年前的邊境武術競技會，而且奪得了第四項和第六項競技的優勝。多里亞德莎表示，從來沒聽說過去曾參賽的人員再次參賽。

第三位是奇利．哈里法路斯，是位近衛武術老師。他的身分是負責指導精英雲集的近衛騎士們武術的人，而他也是教導多里亞德莎劍術的師父。這個人十八般武藝樣樣精通，特別擅長使用細劍，可謂是高手中的高手。

不管是蓋瑟拉將軍也好，奇利老師也罷，他們都不是需要為自己打響名聲、建功立業的人。也不是到了這個時候，還必須參加邊境武術競技會的人物。

皇王選這些不合乎常理的人選，他的目的是什麼？據多里亞德莎所說，這一切都是為了她的優勝。要是這三個人出場，他們肯定不會敗給帕魯薩姆王國派來參賽的年輕武士。只要對上多里亞德莎就故意輸給她，沒遇上就在對戰中取勝。他們想用這種方式讓多里亞德莎撿到第五項競技的優勝。

巴爾特啞口無言。

——她說對方得故意輸給她，這麼做不會損及這三人的名譽嗎？皇王不惜祭出如此強硬的手段，也要讓多里亞德莎閣下優勝的目的是什麼？是為了雪露妮莉雅公主嗎？

此時，巴爾特想起了朱露察卡的話。據說是宮中的高官所說的。

「這頭顱及毛皮就是最強力的佐證。心正之人啊！只要不放棄，必會得到救贖。歷代聖上是想藉由這個奇蹟的故事，告訴我們這個啟示。如果這不算我葛立奧拉皇國的榮耀之證，那這算什麼呢？」

——原來如此。皇宮是把她看成是安定民心、強化權力基礎的好機會，所以才會想讓多里亞德莎優勝，更提昇她的榮譽。她崇高的榮譽成了皇王仁德之心的直接證明。既然如此，不管是以高壓政策決定邊境武術競技會的參賽者，或是無視騎士尊嚴，故意讓他們輸掉比賽，這些事情對皇宮來說根本就不痛不癢。

據聞在葛立奧拉皇國中戰爭不斷，人們相繼死去，且賦稅節節上昇。由於皇王被視為從天而降的神，擁有絕對的權力，一旦臣子或人民背棄他，將會引起相當可怕的反動。多里亞德莎的活躍，正好能夠證明皇王所統治的葛立奧拉皇國並未失去諸神的寵愛。反之，如果眾所矚目的多里亞德莎輕易地輸了，不僅人民會感到失望，還會傷及皇王的權威。

「起初我非常生氣，也非常不甘心。但是，我後來決定換個角度思考。既然如此，我就要在第六項競技中獲得優勝，讓所有人都大吃一驚。不，不止如此。在第五項競技的時候，我也不禁想拿出真本事窮追猛打，堂堂正正地摘下勝利。」

第五項競技是細劍項目，而第六項競技是由第二項競技到第五項競技的第一名及第二名，共計八人進行爭鬥的綜合競技。

「很困難。」

葛斯冒出這句話。

多里亞德莎幾乎可以篤定能在第五項競技中獲得優勝。但是細劍這項武器不可能打得贏身穿重盔甲的騎士，她想在綜合競技中獲得優勝可說是相當困難。

「但是，我還是要去做。我不會讓你的指導白費。」

葛斯那對總是惺忪半閉的雙眼微微睜開。他的眼眸平常是琥珀色的，但是此刻很接近黃色，代表他的情緒十分激昂。當這個男人心情真的激動起來時，瞳色會轉為金色。朱露察卡的體質也一樣，情緒亢奮時瞳色就會改變。原本淺咖啡色的瞳色會變成綠色。隨著情緒或身體狀況的不同，每個人的瞳色其實或多或少都會產生變化。但是這兩人的顯著變化算是十分稀奇。

「我差點把要事給忘了。巴魯特閣下，公主她非常開心。她沒想過可以聽到這麼令人開心的話。她說自己開心得都要飛上天了，還一副很幸福的樣子。她立刻讓侍女到庭院裡升起火堆，感謝太陽神對她的恩寵。」

「令人開心的話的話是指什麼話？」

「居爾南特王子殿下不是說了嗎？說他將在紅色的索莉艾斯比花綻放的時節，寄出信件給公主。在雪露妮莉雅公主殿下的母親大人娘家中，索莉艾斯比是作為女用家徽的花，雪露妮莉雅公主也繼承了這個家徽。而且紅色一詞指的是燃起熊熊愛火的戀情。也就是說，居爾南特殿下是在透露將會提出結婚的要求。」

「哦？那索莉艾斯比的花會在什麼時候開花？」

「應該秋天吧？在葛立奧拉的話，大約是快要進入深秋的時候才會開花。」

那就是半年後了，而且就在冊立王太子典禮結束之後。

——話又說回來，她居然知道該去感謝太陽神的恩寵。

即使是對情愛很遲鈍的巴爾特也知道這個。當貴婦愛上騎士時，會對那位騎士的守護神獻上貢品或舉行祭祀儀式。只要這麼做，這位神祇就會讓騎士的心向著自己。所以對騎士一見傾心的貴婦，第一件會做的事就是打聽對方所侍奉的神祇。而居爾南特選擇獻上誓言的神祇則是太陽神克拉馬。巴爾特心想，這真是位可愛的公主，接著突然在意起一件事。

——等等，雪露妮莉雅公主是怎麼得知居爾南特的守護神的？

守護神這件事不需要完全保密，但也不會輕易對人提起，畢竟要是被人拿去用在惡毒咒語上就糟了。雪露妮莉雅公主究竟是在什麼時候，透過什麼方法得知居爾南特王子守護神的？居爾南特是突然冒出來的王子，他的為人及能力等各方面的情報，連帕魯薩姆國國內的人應該都幾乎一無所知才是。

——真是位深不可測的公主啊。

事實上，居爾南特也事先掌握了雪露妮莉雅公主的女用家徽，他的籌畫安排可說是比公主更勝一籌，但此時的巴爾特想不到這一點。

第四章——細劍競技對戰

—香格斯粉紅葡萄酒—

1

第五天是細劍競技對戰的日子。早餐前，巴爾特帶著朱露察卡前去察看月丹的時候，看見馬場長飛奔而來。

「巴爾特大人！歡迎您的到來。哎呀呀，我已經聽說您在示範比賽上大顯身手的事啦！」

「哈哈哈，別人說的，你信一半就好。」

「然後呢……那個……雖然向您這麼高貴的人推薦這種東西，真的覺得相當失禮……」

聽他這麼一說，巴爾特看了看他遞出的壺裡裝著的東西後，一副喜上眉梢的模樣。

「這是羊肉（伊美拉）香腸啊！」

「是的，這是剛灌好的新鮮香腸。」

雖然馬場長把香腸說得一文不值，但這是因為中原地帶把內臟都視為下等物品。想當然，在羊腸中灌入牛、豬或羊的碎肉製成的香腸也被視為下等食物，聽說騎士們都不吃這種東西。但是在邊境長大的巴爾特對這些事毫不在意，不僅不在意，他還把羊肉香腸視為難得一見的佳餚。

「看起來很好吃，我就心懷感激地收下了。真是不好意思。」

巴爾特忽然期待起晚餐，這香腸看起來新鮮又彈力十足。只要用火烤過，香腸裡就會冒出大量的肉汁和油脂，變得香脆綻裂。巴爾特一想像香腸的肉和油脂在口中起舞，口水都要流出來了。這香腸想必非常下酒。

他到現在都還能回想起第一次吃到香腸的那一天。

那是在他八歲，還沒有開始練劍的時期。收穫慶典和村裡年輕人們的結婚典禮同期舉行，宴會辦得比平常更加盛大。巴爾特也被分配到三根香腸可吃。盤子上盛著三根大大的美食，他拿起木籤往看起來最緊實的香腸刺下去。

「好燙！」

香腸被融化的油脂塞得鼓脹，滾燙的汁液噴了出來，這讓周圍響起一陣笑聲。巴爾特覺得有點難為情，往香腸吹氣，吹涼了才吃。熱騰騰的香腸彈力十足，瀰漫著一股難以形容的迷人香氣，好吃得不得了。

第二根香腸從頭到尾都塞滿了肉。柔嫩有勁的口味，吃起來口感十足。天然的鹹味和油脂混合在一起，讓整塊肉都成了美味。一口咬下，肉就立刻在口中化開來。在口中嚼著水分飽滿的肉就是一種幸福。

第三根香腸，在軟嫩的肉中似乎加了某種脆口的東西，口感十分有趣，所以巴爾特不停地咀嚼了一次又一次。在他一邊咀嚼的時候，其中有些柔軟的部分不可思議地慢慢融解，流入了喉嚨。這種感覺讓他覺得很舒服。

火堆的暖意、木柴燃燒的劈啪聲響、打拍子和唱歌的聲音、正在跳舞的人們的腳步聲。肉烤好的香味、愉悅的交談聲。

兩個靜靜地微笑著的月亮、柔和的風、飄浮在夜空中，有著不可思議形狀的雲。

對巴爾特來說，渲染在羊肉香腸中的是那段幸福的記憶。

正當巴爾特沉浸在回憶之中時，有位騎士出現在他的面前。

「巴爾特閣下，您是來巡視馬的狀況嗎？」

「喔～翟菲特閣下。你也是來視察馬場的嗎？」

「是啊，算是。」

「翟菲特閣下，在綜合競技中，細劍競技的參賽者應該居於下風吧？」

「是的。綜合競技是一對一的對戰，同時也是各種競技項目間的對戰。因此雖然可以換上較厚重的盔甲，但是在武器方面，只能使用各項競技的代表武器。在邊境武術競技會的歷史上，應該從未出現過細劍競技的參賽者在綜合競技中勝出的狀況。」

多里亞德莎雖然衝勁十足，想在第五項和第六項競技中勝出，但這是不可能的事。她還是應該在第五項競技上全力以赴，並多加留意別意外地嚐到無謂的敗績。

2

第一場比賽是奇利．哈里法路斯和夏堤里翁．古雷巴斯塔的對戰。兩人聽到唱名後走入場內，挑選完武器並就定位，向主辦人席次行了一禮，等待開始的鐘聲響起。

奇利是位年屆半百的武士，剪短的黑髮及鬍子很適合他。他全身穿著黑色皮革服飾，衣服裡面應該還穿了鎖子甲，腳上的靴子也是黑色的。他雖然骨架精實，但由於個子高，反而讓他的站姿看起來十分修長。

——唔、唔！居然有這麼一位充滿強烈武人風範的男人！

這才是武人。他的站姿、舉止、眼神及呼吸，所有一切都散發著武人氣息。只看一眼，巴爾特就很欣賞這個男人。

對面的夏堤里翁則是長著一頭黃金般的頭髮，有著白皙皮膚的貴公子。他身上只穿著黑色長褲、白色有領襯衫、皮靴、皮製胸鎧，額頭上還綁了一條皮革頭帶，僅此而已。葛立奧拉皇國方開始騷動。這也難怪，夏堤里翁身上的裝備看起來完全不像來認真比賽的。

但是，這位年輕人也不是等閒之輩。他的腳步靈活，動作流暢且毫無多餘動作。劍就像是他手的一部分，剛剛才拿到的比賽用劍，在他手裡看起來居然如此自然。這也顯示出這位青年是個與年齡不相符的幹練劍士。

對戰開始的鐘聲響起。

鐘聲的餘韻消失在風中，兩人也一動也不動。兩人都維持著將右手的劍指向對方的姿勢。兩人之間隔了五步的距離，以這個距離來看，即使揮劍也劈不中對方。但是兩個人凝視著彼此，彷彿對方都在自己的攻擊範圍中。

奇利伸長手臂，稍微將劍尖往前刺去。

夏堤里翁則彎起手臂，將劍尖移動到自己的左肩前方，再往右移動。他既不把手上的劍推出去，也不拉回來，畫了個圓。奇利配合他的動作，也往右移動。

夏堤里翁筆直地出劍劈砍，五步的距離在一瞬間消失了。他由左往右揮出的這記劈砍，銳利地彷彿可以劈開空氣。

奇利將上半身往後一傾，避過了這一擊。這不是一次單純的迴避。他雖然將右腳往後收起，但是左腳還留在原地。他右腳的動作是為了將重心向後移，才能立刻出手還擊。在夏堤里翁的劍揮過胸前的同時，奇利試圖出手還擊。

但是，他沒有成功。夏堤里翁的劍在空中轉了方向，劃過奇利的右腳。誰能料到以那麼快的速度揮出的劍居然能立刻抽回。奇利作為重心的腳受到打擊，他的動作在剎那間停了下來。

夏堤里翁刻不容緩地再往前踏了一步。趁著奇利將劍由左向右揮的空檔，他一劍刺向對方右側腋下後，突然停下了動作。

兩位副裁判長舉起了代表夏堤里翁的旗子，裁判長也舉起了夏堤里翁的旗子並宣布：

「一勝！夏堤里翁・古雷巴斯塔閣下！」

帕魯薩姆力歡聲雷動，葛立奧拉方則結凍了似的鴉雀無聲。

——奇利老師有些小疏忽啊。

這個疏忽可說是小得不能再小的微小疏忽。應該說是他想摸清對方的本領和戰術比較正確。但是，也因此他出劍的目的就變成是為了應敵。使用細劍的劍士最大的優勢就是動作輕巧靈活，右腳受傷一事比被奪得一分更加致命。

兩人再次就定位。

大會人員再次用槌子敲響筒鐘。

奇利立刻衝了出去，動作迅速地接連出劍直砍後又配上橫劈，這是一次四連擊。夏堤里翁筆直向後退去，在避過了這波攻擊後，他也開始發動反擊。果然也是四次攻擊。這次換奇利後退閃避。

奇利展現出他神速的步法，利用忽左忽右的移動混淆對方的距離感，再使出一左一右的二連擊。

——情況不妙啊。

巴爾特腦袋裡對勝負的直覺低聲訴說著，這時候應該狠下心往前一踏，賭上那一擊啊！夏堤里翁再次躲過奇利的二連擊後，反而往對方的胸前空檔進攻。

他使出忽左忽右的三連擊。由左往右、由右往左，接下來劍又由左轉右。好快。原來他剛才的攻擊沒有發揮最佳的速度。第三擊擊中了奇利的胸口。

奇利急忙後退閃避，兩人暫時停下了動作，互相瞪視著。奇利的胸口出現一道由左至右的長長裂口，傷口已深及身體。已被磨去劍鋒的劍居然還能展現出如此銳利的劍勢。

兩人的劍並未互相交鋒。巴爾特以前的師父，也就是那位流浪騎士曾經教過他：

「用劍高手之間的對戰中，不太會出現兩劍交鋒的狀況。」

原來這句話有著這麼可怕的涵義。

「唔喔喔喔喔喔喔喔喔喔喔喔喔——！」

奇利用力呼出一口氣，將劍高高舉起。他發出一擊足以讓人皮開肉綻、骨斷筋折的攻擊。

他這次著重的不是招式，而是以注入這一擊的精力迎擊敵人。

誓死必殺的一擊從夏堤里翁的正上方襲來。

夏提里翁將劍舉至左方回應他的動靜，似乎要使出什麼招式。但是又中斷了動作。他迅速地往左方移動，用劍狠狠擊中奇利的右臂。

奇利失手把劍掉在地上，右手腕更彎成令人難以置信的角度。

「一勝！勝負已定！夏堤里翁．古雷巴斯塔閣下勝！」

聽完判定之後，奇利用左手將劍撿了起來。

兩個人回到一開始的位置，向主辦人席行了一禮，就各自撤回己方休息區去了。

奇利每走一步，身後就不斷落下點點血跡。雖然救護組急忙趕了過去，但是奇利謝絕了治療，將武器交給大會人員後，直接離開了競技場。

悄然無聲的競技場中，響起震天作響的笑聲。

「哈哈哈！哈哈哈！這是太驚人啦！我本來在想，我們這邊聚集了一群不合常規的成員，沒想到對方安排了更異於常人的人。痛快！真是太痛快了！要是可以跟那種傢伙一戰，就不枉我大老遠從北方盡頭趕到這裡來啦！哇哈哈哈哈！」

一位身形如大紅熊的巨漢，用足以傳達到競技場另一端的大嗓門吼著。

這位就是北征將軍蓋瑟拉．由地耶魯吧？聲音真是宏亮。

——看來是位在實戰磨練起來的猛將。

有趣的男人們接連現身。巴爾特露出微笑。

3

第二場比賽由葛立奧拉皇國的蓋瑟拉·由地耶魯獲勝。

第三場比賽也是由葛立奧拉皇國的瑪吉斯德拉·各里獲勝。

終於來到第四場比賽。多里亞德莎的對手是名為班那·戴爾摩的年輕人。

今天的多里亞德莎穿著皮甲，不過胸口的部分似乎以金屬做了補強。她戴的頭盔覆蓋了眼睛和嘴巴以外的部位，頭盔看起來應該也做過補強。跟金屬製全身鎧甲不同，皮甲讓她女性化的身形表露無遺，柔順的栗色長髮從頭盔後方披洩而下。

在多里亞德莎聽到唱名向前走出來的時候，在帕魯薩姆方引起了相當大的騷動。眾人聽了名字，知道是女性之後，似乎大吃了一驚。

兩人面對面，再向主辦人席次行了一禮後，鐘聲響了起來。

班那舉劍從正面一揮而下。這一擊看來具備了相當的速度及威力。多里亞德莎右腳用力往地面一蹬，向前衝了出去。她舉劍由左至右一劈，使出一計刺突風格的斬擊。下一秒，多里亞德莎的劍已經架上了對方的脖子。

雖然帕魯薩姆王國方吵嚷了起來，但葛立奧拉皇國方則爆出歡呼聲。

「一勝！多里亞多里亞德莎．法伐連閣下。」

兩位副裁判長和裁判長都舉起了代表多里亞德莎的旗子，迅速定下了第一回合的勝負。

鐘聲響起，第二回合開始。

班那發出烈焰般的猛攻。他不動用招式，試圖用粗暴的手法壓制對手。但是，這種手法只有在性格懦弱的敵人身上才行得通。多里亞德莎看穿了所有的攻擊，並一一閃避。

不久後，班那疲於攻擊，動作暫停了一會兒。多里亞德莎乘虛而入，手上的劍隨即架在對方的脖子上。

「一勝！勝負已定！多里亞德莎．法伐連閣下勝。」

葛立奧拉方爆出比剛才更盛大的歡呼聲。而帕魯薩姆方則是鬧哄哄的。

「哇啊，真過分耶。」

「朱露察卡，你說什麼事很過分？」

「沒有啊！因為……很過分啊，說那什麼話。說什麼派女人出戰真是太卑鄙了，還說這樣怎麼能拿出真本事跟她對戰呢？還說要去抗議，讓大會取消她的參賽資格。」

來。

身為大會人員的邊境騎士團騎士走近南方的觀眾席，不知道說了什麼，一群人安靜了下來。

4

第五場比賽，將由第一場比賽的勝者和第二場比賽的勝者進行對戰。也就是由夏堤里翁・古雷巴斯塔對上蓋瑟拉・由地耶魯。

兩人入場，並挑選了各自的武器。

蓋瑟拉將軍向自己的軍隊發出信號之後，有兩位看似勤務兵的人帶著巨大的盾跑了過來。

裁判長對蓋瑟拉說了一些話，蓋瑟拉將軍則是笑著反駁。

蓋瑟拉讓兩位勤務兵撐著盾，一副凶神惡煞的模樣，全身上下蓄滿了鬥氣。

「唔喔喔喔喔喔喔喔喔喔喔喔！」

他的右手依然拿著劍，左手握拳槌向盾牌。隨著一聲巨響，勤務兵們連人帶盾飛了出去。

勤務兵們立刻起身，將盾高高舉起。盾面上出現一個深深的凹痕。

「夏堤里翁！如你所見，我也懂空手鬥術。你最好給我小心點！哇哈哈哈！」

空手鬥術指的是不用武器，以赤手空拳應戰的所有武術統稱。而且剛才的聲音明顯不是毫無裝備的拳頭發出來的。他在裡面裝了擊鐵。由於規定可以穿著金屬盔甲，所以在護手中加入金屬也不算卑鄙的行為。

比賽開始的鐘聲響起。

兩人在近距離對峙之下，體形差異就更加明顯。北征將軍蓋瑟拉是位彪形巨漢，就像一隻大紅熊。他身上穿著厚重的盔甲，而右手中的細劍看起來像用餐的餐刀。

蓋瑟拉揮動細劍。動作遲緩的程度超乎大家的預期。即使如此，他那超乎常人的巨大身軀揮起劍來，攻擊半徑範圍也相當大，威力應該也有一定的水準。

夏堤里翁毫不費勁地躲過了這一擊，接著蓋瑟拉的拳頭從反方向飛了過來。他的拳頭可以有足以打凹厚重板金盾的威力，要是被打中就性命堪憂了。夏堤里翁巧妙地躲過了這一拳，但是接著劍又來了。接下來就重複這樣的循環。

由於蓋瑟拉的身軀太過龐大，無法預料他的劍會從哪個角度飛來。肯定也有從後方殺來的路線。若被劍分散了注意力，就會被拳頭擊中。拳頭可是來得比劍還快。

速度不同的兩種攻擊毫無間斷地落了下來。夏堤里翁確確實實地持續閃避著難以應付的組合攻擊。夏堤里翁的注意力都集中在蓋瑟拉的劍、左拳及上半身。巴爾特發覺，蓋瑟拉其實另有所圖。

——他靴子的鞋尖有著異常突出，應該用了鐵做補強。夏堤里翁若沒發覺，對他的腳發動攻擊可就危險了。

夏堤里翁微微沉下腰，準備要攻擊。蓋瑟拉可沒有放過夏堤里翁跳起來的這個瞬間。蓋瑟拉用右腳使出一記踢擊，捲起了一陣氣浪。

——這下躲不過了！

但是，夏堤里翁年輕敏捷，運動能力超乎了巴爾特的預期。他在空中扭動身體轉了一圈，閃過了這一腳。

夏堤里翁在空中側身轉圈時，蓋瑟拉的劍往他的腹部逼近。夏堤里翁舉劍彈開了這一劍。

接著，蓋瑟拉的左拳帶著轟鳴聲襲向夏堤里翁。夏堤里翁利用身體扭轉的力量，用右膝頂開蓋瑟拉的左手肘，硬是躲過了這一拳。接著他再扭轉了一次身體著地後，放低姿勢火速撲向蓋瑟拉。蓋瑟拉瞄準他的頭部，踢出一記右前踢。

視覺上的錯覺令人差點以為夏堤里翁的腦袋被踢碎了。夏堤里翁靠一個小動作躲開了這記踢擊後，舉劍劈向蓋瑟拉的脛骨前端。從他運劍的手法看來，與其說是劈砍，更像要出手將它擊碎。

——原來剛才的跳躍是誘敵之策！

夏堤里翁已經看穿蓋瑟拉在腳上動了手腳，所以才會誘他出腳，出劍打擊碎他的機關。

但是蓋瑟拉沒有失去鬥志。

「哈啊啊啊啊啊啊啊啊啊啊！」

蓋瑟拉帶著激昂的氣勢揮出右手的劍，由斜下方往上劈砍。在巴爾特眼裡，帶著風勁的這一劍伴隨著悲愴的感覺。

看到這裡，局勢已經很明顯了。蓋瑟拉在比賽前就傷了右手。不止右手，他全身上下都受了重傷，現在的狀態應該無法參加武術競技會，所以才會採取這樣的作戰方式。如果依他原本的身體狀況，想必不會揮出這一劍。他剛才提到自己是從北方之地趕來的，在武術競技會之前，北方應該爆發了足以造成他滿身瘡痍的戰爭吧。

夏堤里翁從容不迫地躲開了蓋瑟拉的捨身一擊。

蓋瑟拉的右腳無法結實地踩在地上，身體重心往前傾倒。他的手臂已經伸長到了極限。就在他將手臂伸長至極限的瞬間，夏堤里翁以劍擊穿他右肩與右臂的連接處。當一個人手臂伸長至極限的瞬間，又被人擊中這個部位，會使右臂受到致命性重傷。巴爾特覺得自己聽見了骨頭碎裂的聲音。

——這一劍出得真猛，但太猛烈了。

在戰鬥中必須取勝，但是不能贏得太過分。過度的勝利、殺戮及略奪都將留下仇恨。贏得恰到好處，並讓對方心服才是上上之策。將一半的勝利贈予對手的程度才最為合適。

夏堤里翁是否有發覺對方是個傷患呢？他應該注意到了。在注意到這一點的情況下，他還是加予無情的攻擊。他是否認為，連自己的身體狀況都無法妥善管理的人不應該上場？他是否認為，既然對方前來參賽，他就能毫不留情地打倒對方？他的想法是對的。此時此刻，夏堤里翁的劍所述說的正是最正確的道理。

相對的，北征將軍蓋瑟拉又是如何？

巴爾特終於明白，他為什麼要在比賽前炫耀似的展現自己能打凹盾牌了。蓋瑟拉在看過夏堤里翁的戰鬥方式之後，領悟到自己無法贏過這個對手，才想刻意展現自己還留有一副利牙。才想刻意向這頭年輕獅子展現，自己有讓他使出全力打倒的價值。所以他才會拚盡全力，意氣風發地秀出剛才的排場。

蓋瑟拉跪了下來，癱倒在地。夏堤里翁的劍抵在他的眉間。

「勝負已定！夏堤里翁．古雷巴斯塔閣下勝！」

裁判長似乎判定不需要進行第二回合的比賽，所以才會宣布「勝負已定」，而非「一勝」。

夏堤里翁贏得勝利，這讓帕魯薩姆方的騎士們群情沸騰。但是夏堤里翁是否有注意到，葛立奧拉的騎士們正用憎恨的眼光望著他呢？

接著，巴爾特又發覺一件事。他察覺到葛斯突然冒出的那句「很困難」，其實是「想贏過夏堤里翁很困難」的意思。簡單來說，葛斯僅憑在居爾南特房裡與夏堤里翁會面的極短時間內，就已經摸清了夏堤里翁有多少本事。

面對這位青年才俊，多里亞德莎的劍術是否管用呢？

5

第八場比賽是瑪吉斯德拉．各里和多里亞德莎．法伐連的比賽。雖然早有耳聞，瑪吉斯德拉．各里會故意輸給多里亞德莎，但是葛立奧拉參賽者們的休息區裡的氣氛似乎十分微妙，所有人都激動萬分的模樣。

唱名後，巴爾特看著對峙的兩人，他注意到一件事。

——瑪吉斯德拉是來真的，他充滿了鬥志。這是怎麼回事？

後來他才從多里亞德莎的口中聽說整件事的經過。

大約一年前，瑪吉斯德拉在皇都的武術大賽獲勝，並當場聲明要將這份勝利獻給法伐連家的多里亞德莎公主。然後就在隔天，瑪吉斯德拉帶著滿載禮物的馬車拜訪法伐連家。這個動作等同於向她提出締結婚約的請求。

多里亞德莎的兄長亞夫勒邦開心地迎接他的到來。亞夫勒邦搭著他的肩膀，面帶笑容表示能有這麼一位優秀的武人當未來的妹婿，真是太可靠了。接著把他帶進自家的練武場。後來把他狠狠地打了個半死不活，連同禮物一起掃地出門。

今天多里亞德居然當眾宣布，只要瑪吉斯德拉打贏她，不管要她當妻子還是情婦，她都願意答應。騎士對騎士許下的承諾相當有分量。簡單來說，這個約定必定得付諸實行。

巴爾特推測，應該不必擔心此舉會違背皇王的意願。思慕多里亞德莎的青年騎士的心願是在武術競技會上打敗她，獻上這份勝利並迎娶她為妻。大家都會認為多里亞德莎對這位青年騎士有好感，所以才故意輸給他。作為一個偉大故事的後續，這樣的發展也不壞，反而是理想的結局。這樣的情況應該也跟皇王的打算相去不遠。

原來如此，這也難怪他會幹勁十足了。

比賽中，多里亞德莎不斷地閃避瑪吉斯德拉的攻擊，最後趁瑪吉斯德拉露出破綻時發動攻擊。比賽就在這樣的局面中，由多里亞德莎奪下兩勝收場。兩次都是在強勁的踏地後，再使出刺突風格的斬擊定了勝負。

一旦展現出這樣的實力，想必也沒人敢再出言取笑，說什麼居然派女人來參賽。話又說回來，在這場比賽中，多里亞德莎表現地相當被動。要是她再積極一點攻擊，應該能在短時間內取勝才是。

她為什麼沒有那麼做呢？

原來多里亞德莎打的算盤是，讓自己曝露在吉斯德拉的猛攻下磨練自己，一切都是為了決勝的那一戰。

6

關鍵時刻來臨了。

多里亞德莎和夏堤里翁聽到唱名出場後，彼此面對面。

多里亞德莎穿著全新的美麗皮甲。包裹著她的深咖啡色皮甲更襯托出她的白皙肌膚及朱紅唇瓣，柔軟靈活的動作更令人感覺到她武藝高強。

夏堤里翁靜靜地佇立著，金髮及有領白色襯衫緩緩擺動。這副模樣與其說是即將面臨生死一戰的戰士，更像是正在享受風兒吹拂的吟遊詩人。

不過，應該沒有人覺得多里亞德莎能在這場比賽中取勝。

——但是，一切還很難說。戰鬥這種事，只要還沒動手都不會知道結果。

當然，多里亞德莎的勝算很小。在這渺小的勝算中，她會展現出什麼樣的實力呢？巴爾特打算專注地觀賞多里亞德莎的這場戰鬥到最後。

鐘聲響起。

多里亞德莎將劍刺向斜前方，等待對方出手。

夏堤里翁的雙手依舊輕鬆垂著。競技場中一片鴉雀無聲。

多里亞德莎拖著腳步稍稍往前。

夏堤里翁依然毫無動靜。

多里亞德莎又稍微向前了一點。

夏堤里翁的劍稍微往前舉了起來。

在令人屏息的氣氛中，多里亞德莎再次拖著腳步緩慢向前。她已經接近到侵犯彼此制空權的距離，但是從多里亞德莎的劍上卻感覺不到攻擊的預兆——這是在誘敵。簡單來說，多里亞德莎向前進，只是為了讓對方出手攻擊她。

夏堤里翁的劍速及純熟的技巧非比尋常。他是位危險的劍士，就連葛立奧拉皇國中被喻為一流英雄的高手都差點敗在他的手下。而她現在正在逐步逼近踏入敵陣中，這種行為得在毫不問斷地灌注全副心神的狀況下才辦得到。

夏堤里翁手裡那把朝著地面的劍，突然從右上方往多里亞德莎斜劈而下。

多里亞德莎的左肩及左腳向後一退，避開了這一劍。

下一秒，夏堤里翁開始半步半步地漸漸向前邁進，將劍由左下往右上猛地一揮。

多里亞德莎轉動身子閃避。

夏堤里翁的劍鋒迅速轉了個方向，又從左上往右下揮下。

多里亞德莎的腳步跟不上這一招，只好扭轉身體閃避。只有身體夠柔軟的人才能做到這種閃避方式。但是她沒有完全閃過這一劍，劍尖微微擦過她的左側腹部。

到目前為止，兩人的攻防不過是瞬息間的事。

兩人的動作再次由動轉靜。

夏堤里翁的左腳落在右腳後面一點的地方。他拖著左腳靠近右腳讓身體向前，將劍舉高至左肩前方。

多里亞德莎不試圖發動攻擊，因為她還沒找到對方的破綻。

夏堤里翁的劍由左上往右下揮去。好快的劍。這次的攻擊比剛才快上數倍。

多里亞德莎往後退了半步，再轉動身體避開這次攻擊。

夏堤里翁的劍在往下揮來的同時，突然產生了變化，這一劍轉為刺向多里亞德莎的胸前。

縱然如此，多里亞德莎已完全看透對方出劍的動作，剎那間往右一移，再次躲過一擊。

——夏堤里翁這傢伙應該很驚訝吧。

奇利也好、蓋瑟拉也罷，兩位都是超一流的武士。在與這兩人的激戰中取勝後，這場對戰中，他對上的是一位名不見經傳的女劍士。但這位女劍士卻輕易地閃過了他的高速攻擊。他不可能不吃驚。

原來如此。夏堤里翁的劍雖快，但是葛斯・羅恩的劍速更遠遠超乎常人。對一雙已經適應葛斯劍速的眼睛而言，夏堤里翁的速度絕對算不上難以看清。

夏堤里翁開始做出連續發擊。

快、快、快。比至今的攻擊快上許多的攻擊不斷從右、左、上、下襲來。

多里亞德莎漂亮地閃過全部的攻擊，接著以右腳狠狠踏地向前猛衝，從正面往夏堤里翁的臉部揮下一記近似刺擊的攻擊。

夏堤里翁用自己的劍揮開多里亞德莎的劍。這下她陷入毫無防備的境地，而他的劍也架上了她的脖子。

多里亞德莎無法動彈了。

夏堤里翁的劍散發出火焰般的鬥氣，不禁讓人認為至今他那冷然的劍技都是一場夢。他的殺氣只讓人覺得一輕舉妄頭就會人頭落地。

「一勝！夏堤里翁・古雷巴斯塔閣下。」

接下來的第二場比賽，最後由夏堤里翁輕鬆獲勝收場。因為多里亞德莎早在第一場耗盡了氣力。即使她展現出如此強大的專注力，還是比不上夏堤里翁。

多里亞德莎悄悄地退回自家陣營去了。

但是，多里亞德莎絕對可以為自己感到驕傲。比起近衛老師和北征將軍，她打了一場更漂亮的比賽。這是一場絕對配得上決賽之名的比賽。這個第二名的頭銜，絕對值得獻給皇女雪露妮莉雅。

只是對手太過強大，簡直是劍王（夏堤里翁）再世。巴爾特終於明白，翟菲特將他評為萬中選一的劍術人才這句話的意思了。

此時，就在巴爾特的右側，有個黑影晃了一晃。原來是輪到葛斯・羅恩出場了。

7

「接下來由優勝者夏堤里翁・古雷巴斯塔閣下，與濟古恩察大領主領地代表葛斯・羅恩閣下進行示範比賽。」

不斷展現出卓越武威的夏堤里翁，此時身邊圍繞著獨特的威嚴。

相對的，葛斯・羅恩身上讓人感覺不到半點威嚴。他就像是個影子從地面爬起來走動的男人。但也正因如此，一旦見識過他無聲的步伐及幾乎令人感覺不到氣息，彷彿融入空氣般的走路方式，只要是優秀的武人，都會發現葛斯不是個泛泛之輩。

帕魯薩姆王國的休息區中，似乎蘊釀著一股輕鬆寫意的氣氛。他們認為勝負根本顯而易見，但他們很快就會知道自己的想法錯了。

但是，是否可以說葛斯一定會贏呢？坦白說，巴爾特也不知道這場勝負會有什麼樣的發展。

葛斯是個把人生奉獻給劍的男人。在經驗上，他應該不把夏堤里翁當一回事。但依比賽規則，他只能用被磨去劍刃的劍。若要問葛斯拿著這樣的劍是否能打贏夏堤里翁，一切都還是未知數。

對巴爾特而言，不管葛斯是贏是輸都無所謂。他認為只要葛斯能享受這場比賽就夠了。

鐘聲響起。

先採取動作的人是夏堤里翁。

他緩緩向右移動。踩著慎重的步伐，在與葛斯保持著一定距離的情況下，往右邊繞了過去。

裁判長為了確保視線清晰，一直微調自己的位置，以便觀看兩人的狀況。

葛斯的劍依然輕鬆地垂在身側，一動也不動。雖然看起來破綻百出，夏堤里翁卻不發動攻擊，繼續往右邊繞去。他在葛斯身邊繞了大半圈，來到葛斯正後方的位置。

一開始夏堤里翁的位置在南方，而葛斯人在北方。現在剛好反過來了。

當夏堤里翁又多繞四分之一圈，來到葛斯右側的時候，葛斯於電光火石間出了劍——

本以為局勢會如此發展，但是葛斯沒有舉劍攻擊對方。

情況雖是如此，夏堤里翁卻在沒有受到攻擊的狀況下，做出閃避攻擊的動作。

接著他開始發動反擊。剎那間，在兩人都進入對方的攻擊範圍時，兩劍交鋒。

不對，說交鋒是錯的。

夏堤里翁雖出劍攻擊，但是葛斯的劍依然垂在身側，並持續閃躲著。

這場多達－數次攻擊的攻防，巴爾特看得並不是很清楚。畢竟位置太差了。夏堤里翁的動作幾乎都被葛斯的影子擋住了。坐在他對面位置的居爾南特應該也正在對此感到不滿。

夏堤里翁退後一步，調整呼吸。接著他又試圖轉向右側，但是葛斯忽然出劍制止了他的動作。

夏堤里翁明明不在葛斯的攻擊範圍內，卻做了閃避的動作，並停下腳步。

巴爾特看得很清楚，他能清楚看見夏堤里翁的呼吸，此時吸了氣，接著呼了氣。

但是他看不清葛斯的呼吸。

夏堤里翁重新調整好呼吸之後，打算再次發動攻擊。

他再次向前踏了一步。他踏出的這一步飛翔般地掠過地面，這一大步也瞬間縮短了兩人間的距離。

他發起猛攻，速度比先前更快。而且這是刺擊和斬擊交織的華麗攻擊。

葛斯舉劍防禦，但是沒有響起兩劍交鋒的聲音。

結果在這次攻擊中，葛斯依然全身而退。

夏堤里翁喘著氣的模樣顯而易見，他的胸口和肩膀都在劇烈起伏。

而葛斯還是靜如止水。

夏堤里翁深吸了一口氣，向前衝刺。

快、很快。

他揮劍的半徑範圍明明很小，為什麼能發揮出這樣的速度？他先由刺擊轉為斬擊，再由斬擊發展為大範圍的快速斬擊，他在每次攻擊間切換自如，真可怕。

葛斯輕鬆避開一連串可怕的攻擊，繞到夏堤里翁的背後。

夏堤里翁像被彈開似的回頭過與葛斯面對面。

巴爾特這次換成看著夏堤里翁的背影。這次葛斯在西邊，夏堤里翁則是在東邊，簡直就像非得固定在東西兩邊對戰。

巴爾特忽然望向北方。葛立奧拉皇國的參賽者們正屏氣凝神地注視著這場比賽。而多里亞德莎就站在這群人的最前排，專心地盯著葛斯和夏堤里翁的對戰，都快忘了呼吸。

——原來如此！原來是這麼回事啊！

巴爾特終於明白了。

葛斯為了讓多里亞德莎觀看夏堤里翁的招式，才選了這個位置進行對戰，所以他只讓夏堤里翁在多里亞德莎容易看清的角度發動攻擊。多里亞德莎是第五項競技的第二名，所以可以參加第六項競技的比賽。雖然有難度，但是只要在第六項競技勝出，她就能再次與夏堤里翁一戰。葛斯使盡渾身解數，命令多里亞德莎一定要贏過夏堤里翁。

在瀑布水畔時，巴爾特曾對葛斯說：

「我命令汝盡自己所能，讓多里亞德莎閣下更接近優勝。」

在眼前的這個瞬間，葛斯依然沒有忘記這段話，正在盡他最大的努力。

巴爾特感受到令他全身戰慄的感動。

他怎麼會覺得葛斯是個冷淡的男人？他明明是擁有如此炙熱靈魂的人啊！

他怎麼會覺得葛斯是個沉默寡言的男人？他明明是如此辯才無礙。

只不過葛斯．羅恩不會以話語表達。他默然地懷抱著無數思緒，僅以劍來表達一切。

夏堤里翁再次發動攻擊。

在對內情一無所知的人眼裡看來，想必是夏堤里翁占了優勢，而葛斯只是勉強在閃避攻擊吧。在這個競技場中，究竟有多少人能正確理解場上正在發生的一切呢？

東西兩方再度調轉。夏堤里翁散發出的殺氣，讓只是在一旁觀看的人也寒毛直豎。

——呵呵，沒想到這傢伙也是個熱血的男人。

夏堤里翁當然明白，自己正被眼前這位冷然的男子玩弄於股掌之中。所以他才會不斷使出各種招式，想要衝出葛斯的手掌心。這一切正合葛斯的意。

夏堤里翁瞄準葛斯的左肩，使出一記刺擊。

葛斯做出用劍撫過左肩前方的動作。

巴爾特不禁瞇起了眼。因為葛斯的劍看起來像是一面盾。

葛斯朝夏堤里翁的左腳劈砍下去。這一擊雖然完全不到位，夏堤里翁卻退後一步閃避。

巴爾特再次瞇起了眼。剛才那一瞬間，葛斯的劍看起來像一把槌子。

夏堤里翁想要繞到左後方，但葛斯朝他的左肩頭使出一擊。

在巴爾特眼裡，那把劍看起來像一條鞭子。

——我看得清，看得可清楚了，這兩人的過招看得一清二楚。

在觀看兩位高手以出鞘的劍過招時，巴爾特漸漸看清你來我往之間的內涵。

巴爾特一開始覺得夏堤里翁的攻擊才算得上千變萬化，但現在則不然。

夏堤里翁只把劍當作劍在使用。

而葛斯不同。在他手裡舞動的劍，像是超越了劍本身的形態。

夏堤里翁雖然強大，但只要沒有劍，他的強大也會一併消失。但是葛斯的強大即使捨去了劍，想必也不會消弭。

巴爾特的老師——也就是那位流浪騎士曾經教導他：

「要是劍術登峰造極，就不需要招式。」

巴爾特當時認為，學劍就是為了將招式發揮得淋漓盡致，所以覺得這個說法很奇怪，並感到相當混亂。他就在這股混亂的情緒中開口問了一句，那麼是否在招式登峰造極的時候，就不需要劍了呢？老師難得露出了微笑。

「沒錯，虧你想得明白。」

巴爾特覺得，這段對話曾讓他一頭霧水，但現在似乎稍稍明白了它的涵義。

葛斯最終追求的就是這樣的劍道。

剛才還如冬日人影般沉靜的葛斯，突然散發出了鬥氣。這股殺氣並不屬於人類，像是眼前站了一隻巨虎（葛拉翁）。

這股鬥氣在剎那間纏住了夏堤里翁，之後又立刻消失。

夏堤里翁對這股鬥氣感到畏懼，不由得使出殺手鐧。他將劍往左拉，瞄準葛斯的右胸口發出一記必殺的斬擊。

——好快！

巴爾特的眼睛已經幾乎捕捉不到這一擊。而且這一擊彷彿要剜向對手胸口，攻擊距離非常難預估，是難以防禦的攻擊。

葛斯只以一個小小動作避開了。

然而，第二下斬擊火速地依循同樣的軌道殺了過來。

——他居然能連出兩次這種速度、這種威力的攻擊！

這一擊葛斯也避開了，但令人驚訝的是，夏堤里翁的劍已經又揮了出去。

——是超快速的三連擊啊！

第三次的斬擊終於命中葛斯的右胸。

夏堤里翁將劍分毫不差地抵在葛斯胸前，一動也不動。葛斯也同樣地按兵不動。

兩人的身影彷彿仿造神話中一景所打造的雕像。

競技場裡鴉雀無聲，彷彿一根針掉地上都能聽見。

葛斯緩緩吐出一口氣，放下了劍。夏堤里翁見狀也跟著放下了劍。

在短暫的沉默後，帕魯薩姆方的參賽者們爆出歡呼聲，歡聲雷動。

葛斯就這麼向主辦人席次行了一禮，代表在他前方的夏堤里翁也同時行了一禮。葛斯接著輕巧地轉身，不帶半點腳步聲地離開戰鬥會場。這是表明了，原本定下的三場比試只靠這一場就已分出高下。

「勝負已分！夏堤里翁·古雷巴斯塔閣下勝！」

場內再次響起如雷的歡呼聲。這歡呼聲不只是來自於帕魯薩姆方，葛立奧拉方也是群情激昂。

不論輸贏，這是場精彩的對戰。有一半的歡呼聲是落在葛斯的背影上。

然而，獻上歡呼聲的人們，是否了解剛才發生了什麼事？剛才的狀況看起來像夏堤里翁的劍命中了葛斯的胸口，但事實上並非如此。不是劍命中了葛斯的胸口，而是葛斯「用胸口擋下了這一劍」。因為他判斷已將夏堤里翁的招式摸清楚，才結束了這場比賽。而且葛斯的胸口是先往後一退，巧妙地卸去劍的攻勢後，再把胸口抵到劍尖上。他的胸口處縫著一塊長耳狼(巴露班)魔獸的皮毛。

勝者夏堤里翁氣喘如牛，愣愣地目送葛斯離去。

葛斯的臉上不帶半點笑意，在回到巴爾特身邊之後，在朱露察卡的耳邊不知說了些什麼。

8

巴爾特回到房間後，看向放在邊桌上的壺。

——對了！我還有這玩意兒啊！

這是早上馬場長送他的羊肉香腸。

正當他想吩咐堤格艾德把香腸拿去烤的時候，居爾南特的隨從正好到訪，他還帶著一位侍童，手裡拿著烤好的肉和葡萄酒。

「此次乃是奉我家主人——飛燕宮之主的命令，前來獻上給葛斯・羅恩先生及其父親的比賽賀禮，請您笑納。」

他們送來的是烤得滋滋作響的兩盤肉及一壺紅酒。照例由堤格艾德和榮加接過了這些賀禮。然而在隨從回去之後，堤格艾格卻愣在原地。

「沒想到王子殿下的隨從會特地將賞賜送來。」

今天的肉跟昨天晚上送來的肉很相似。也就是說，這應該也是牛的史克亞魯吧？搞不好還是那個叫什麼奧・史克亞魯的部位呢。

堤格艾爾一直盯著酒壺上的標籤看著。

「我的老天爺（吉安・杜沙・羅）啊。」

「什麼？怎麼了嗎？」

「啊，恕我失禮。巴爾特大人，這是香格斯・諾露，年分還是四十年的。」

「你說的那個香格斯・諾露是什麼東西？而且年分四十年又怎麼了？」

「所謂香格斯．諾露，就是最後的成色介於紅酒及白酒中間的葡萄酒，也被稱為粉紅葡萄酒。會形成這樣的顏色，不是因為它浸皮的時間不夠，也不是以紅酒混合白酒的效果。而是刻意在浸皮的過程中，去除品種來歷最上等的葡萄。這麼一來，葡萄酒就不會被完全染成紅色，呈現出中間的顏色。但是它又具備了極致的香氣和酒體，實為一種相當特別的葡萄酒。香格斯雖然是紅酒的產地，但是此地產的諾露葡萄酒在所有葡萄酒中占有特殊地位，以祝賀宴席上端出來的酒來說，諾露葡萄酒也被視為最高貴的酒，這是連大貴族都無法輕易得到的葡萄酒。而且四十年是近年中大豐收的一年。這一壺葡萄酒可說是難以估價的天價之物。」

「喔～」

巴爾特感到十分佩服。像這一類與葡萄酒相關的知識，在邊境地帶可說是毫無用武之地。但是對中央地帶的貴族來說，這些卻是必備的知識。這壺葡萄酒被視為相當珍貴且高價之物，而堤格艾德立刻看穿了它的來歷。簡單來說，這代表他曾接受過這方面的教育，也顯示出堤格艾德母親的高尚品格。

巴爾特立刻和葛斯一起品嚐了這壺酒。

這是一支令人驚豔的酒。味道濃郁深邃，卻又如水一般滑順入喉。但是在口腔及舌尖上的餘味無窮，過了一段時間也不會輕易消散。酒體濃厚卻非常柔和。柔和之餘，卻完全不輸給這頓豪華的肉塊料理。而且也沒有紅酒獨有的澀味及苦味，香氣也堪稱清爽輕盈。可以說是克服了紅酒缺點的紅酒。這支酒應該與各種料理都非常契合。

葛斯靜靜地喝了一杯又一杯。

中途朱露察卡跑來了，因此也邀他一同享受這頓饗宴。

——話又說回來，為什麼居爾會為葛斯送來賀禮呢？

葛斯輸了。但是代表居爾南特心裡很清楚，事實並非如此。

不管他是靠自己本身的眼力看透這局面，還是有高人指點都不是問題。身為主辦人兼負責人的居爾南特正確理解了比賽的內涵，這件事才是最重要的。

而他透過贈送大貴族也難以輕易得手的酒及肉食料理明確地表現了這一點。換個說法，這壺酒和這道肉食料理是獻給諸神的貢品。他認同葛斯奪得的敗仗，具有比勝利更重要的意義，而他也將這份喜悅獻給了諸神。這也算是向諸神證明了，居爾南特是一個有能力正確評判騎士對戰及其功績的人。

——等等。

如果眼光獨到，就能了解到這場比賽的結局如葛斯所望。但是，居爾南特應該不知道葛斯為什麼要這麼做才對。要是不知道他的目的就送了這些賀禮來，這太奇怪了。

由此推測可得知，居爾南特知道葛斯的目的。當然，巴爾特曾提過他讓葛斯指導多里亞德莎劍術。雖然如此，但他在看今天的比賽時，是否就已經發覺了？發覺葛斯是在忠實地執行巴爾特的命令——「盡自己所能，讓多里亞德莎閣下更接近優勝。」就連巴爾特一開始也一頭霧水呢。

——不，那傢伙察覺到了。正因如此，不止是葛斯，連我都收到了肉和葡萄酒的禮物。居爾南特的洞察力，可說是進步到連巴爾特都無法預測的領域了。

巴爾特看向葛斯，他正瞇起眼睛品嚐著香格斯・諾露。看來這酒深得他心。

「葛斯，你覺得這葡萄酒如何？」

「極品（杜里達）。」

9

巴爾特和葛斯迅速將肉一掃而空。但兩個人總覺得意猶未盡，朱露察卡似乎也還有些嘴饞。

此時，巴爾特命提格艾德和榮加去把香腸烤一烤。

拿香腸做下酒菜，好好享用一巡葡萄酒後，多里亞德莎到訪。她的手裡握著一把入鞘的劍，看起來不是什麼高檔的劍。

「葛斯閣下，聽說你找我。」

葛斯開口說：

「夏堤里翁是一位會在攻防間取得平衡的劍士，沒有特定的弱點。不過，當他使出三連擊的殺手鐧時會有破綻——就是這裡。」

葛斯指向朱露察卡的右胸。那是胸口肌肉邊緣，幾乎接近腋下的位置。

「妳要以刺擊的方式一劍刺到底。但是不要上前，只能利用體重及重心轉移來發動招式。」

真是的，胡扯也該有個限度。

首先，她必須先將夏堤里翁逼入絕境，讓他不得不使出殺手鐧。接著要在能反擊的位置擋下他的三連擊，還要同時發動攻擊。最重要的是不做前踏動作，要怎麼刺出具有威力的一擊？

葛斯把黃銅製的水桶放在桌上。這是綴有裝飾的厚重平桶。

然後他從多里亞德莎手裡接過劍，拔劍出鞘。這是一把練習劍，劍刃和劍尖都已被磨平。

他把劍尖抵著水桶，稍微沉下腰，做出發動刺擊的姿勢。

「妳注意看我腰部的動作。利用腰的回轉，增強積蓄在丹田的精力，再把劍推出去，自然而然會變成一次刺擊。」

葛斯吸了一口氣，感覺得到他正在凝聚心神。

多里亞德莎不用說，巴爾特、朱露察卡、堤格艾格和滎加，所有人都屏氣凝神地盯著葛斯的動作。

一股熱浪般的氣息，如閃電般從左腰行至右腰處。

此時，劍尖已經貫穿了水桶。

第五章——綜合競技決賽
——白角獸的大腿肉——

1

時間來到邊境武術競技會的第六天。

多里亞德莎是第二回合出賽，夏堤里翁則是第四回合。所以兩人在決勝前都不會有對戰的機會。

第六項競技，也就是綜合競技的對戰中，只要不是被視為足以擊倒對方的一擊，就不會判定勝負。反之，就算受到攻擊，只要耐受得住就不算輸。當然所有人都會全身穿著金屬盔甲出戰。細劍競技的參賽者想要得勝，可以說是幾乎不可能。

兩國的參賽者中，各有一位未穿戴金屬盔甲的騎士。這兩位分別是多里亞德莎和夏堤里翁。

夏堤里翁跟昨天一樣是一身輕裝。

多里亞德莎則跟昨天有些許不同。她頭上沒有戴任何東西，直到昨天她還是一頭栗色的長髮，今天已剪成俐落的短髮，還穿戴著金屬的護肩，胸口以下則是皮甲。

第一場比賽，由第三項競技的第二名——葛立奧拉方使用雙戰槌的騎士，與第四項競技的第二名——帕魯薩姆方使用單手劍的騎士對戰。使用單手劍的騎士利用巧妙的盾技取得勝利。

終於來到第二場比賽，輪到多里亞德莎上場了。

她的對手是第二項競技的第一名——葛立奧拉方使用雙手劍的騎士。雖然他沒有戴上頭盔，但全身上下被看起來相當堅固的盔甲包覆著。

比賽開始的鐘聲響起。

葛立奧拉的騎士以驚人的氣勢揮劍劈砍而來。看來細劍競技部門以外的騎士，沒有接到要輸給多里亞德莎的指示。這也不奇怪，畢竟細劍競技以外的參賽者要是輸給她，不管怎麼說都感覺太過刻意。

大劍捲起嗡嗡風聲向多里亞德莎襲來，她腳步輕盈地往後退，避過這一擊。

在那之後，對手騎士接連不斷地發動強力攻勢。多里亞德莎一下往斜後方退去，又是旋轉身體，又是往後退的，她正在誘導對手往競技場中央移動。

——看起來感覺像之前在河邊，朱露察卡和葛斯所玩的你追我跑的遊戲。

對方祭出大動作的攻擊，多里亞德莎則是邊閃避邊往後退。這樣的戲碼持續了一陣子。

在前線作戰的騎士，持久力和回復力都高人一等，但是即使如此，在連續發動猛攻後，還是會有恍神的瞬間。在他恍神的那一剎那，腳步略微踉蹌了一下。多里亞德莎沒有錯過這個機會，牙一咬就往前奔去。在衝過對方身邊的時候，她從後方出手擊打他的右後膝窩。

手持大劍的騎士完全失去了平衡。

多里亞德莎更進一步從後方狠狠地踢上對方的右腳。

再怎麼樣，對手騎士也承受不了這一擊而摔跤，右手撐著地面，一屁股跌在地上。

當他想起身的時候，多里亞德莎的劍已經抵在大鬍子的喉頭處。

「一勝！多里亞德莎．法伐連閣下。」

第二回合的鐘聲響起。

大劍騎士突然衝刺過來。

多里亞德莎雖然在第一回合不斷後退，這次卻不再退縮。她不後退，縱身一躍避開大劍攻擊，朝著對手的臉使出一記她最擅長的具突刺風格的斬擊。

這一下子，大劍騎士向前衝刺的力道反而為多里亞德莎銳利無比的攻擊增添了威力。

劍擊中了大劍騎士的額頭，他承受不住就昏了過去。

裁判長宣布多里亞德莎獲勝後，命令大會人員把大劍騎士抬出去，讓他在場外接受治療。

由於是由第二項競技到第五項競技中的前兩名，總共八人進行武藝較量，所以到目前為止所有人都已經出場過一回。

待獲勝的四人進行對戰後，再由留到最後的兩人爭奪優勝。

第五場比賽的鐘聲響起。多里亞德莎將與第四項競技的第二名進行對戰。

兩人一對峙，巴爾特實在不覺得多里亞德莎有勝算。相對於以盾、劍及盔甲武裝的騎士，細劍極為不利。而這次的對手也規規矩矩地戴上了頭盔。

如果是像魔劍「夜之少女」那樣的利刃也就罷了，一般的細劍要是紮實地砍上厚重的盾牌，就足以讓細劍斷裂。只要承受重量十足又堅固的一次劍擊，就會斷折飛散。簡單來說，細劍無法做到確實的攻擊或防禦。但是從多里亞德莎身上沒有看見任何悲愴之感。她一臉若無其事的樣子，手中的劍輕鬆地垂在身側，等待對方出手。

身穿金屬盔甲的騎士往前踏了一步，盔甲鏗鏘作響。多里亞德莎也往後退同樣的距離。騎士再次往前，多里亞德莎也跟著退後。

這樣的追逐持續了一段時間。

多里亞德莎左彎右拐地逃跑，巧妙地將對手玩弄於股掌之中。

對方在移動時所需消耗的體力，正是多里亞德莎的武器。身穿厚重盔甲，手裡還拿著盾和劍追逐著一身輕便的對手，光是這樣就夠消耗體力了。頭上還戴著完全覆蓋臉龐的頭盔，呼吸想必十分困難。

有很長一段時間，多里亞德莎都引著對方到處跑。

盔甲騎士終於停下了腳步。他應該也明白，再這樣繼續追著輕裝的多里亞德莎是一件非常不智的事。

多里亞德莎一個轉身，從右邊繞到對手的後方。

盔甲騎士也配合多里亞德莎的動作，轉動身體。

多里亞德莎火速往對手的頭部劈下一擊，擊中金屬的沉悶聲響響起。

她更進一步繞圈子，又往對手頭部劈下一擊，沉悶聲響再次響起。

當她再次重複同樣的動作時，盔甲騎士不再轉動身體。

多里亞德莎一副正中下懷的模樣，持續從他背後對頭部施以攻擊。

──有兩下子。方法雖然很簡單，但也正因簡單才能奏效。

就算她沒有攻擊，對方在氣喘吁吁時不停轉動身子，肯定會頭暈目眩。由於是盔甲是密閉的，即使是平常穿著也會讓人感覺呼吸困難。大好天氣也是多里亞德莎的好幫手。盔甲內想必因為汗和蒸氣而悶熱不已吧。那種類型的頭盔在被劍擊中的時候，頭盔內部的迴音非常強烈且吵雜。一直有人拿劍敲頭盔的情況下，會引致頭痛並減弱思考能力。盔甲騎士現在恐怕已是搖搖欲墜。

當然，如果是訓練有素的騎士，這種症狀就能很快恢復。前提是必須有足夠的時間。

多里亞德莎可沒給他這種時間，簡潔俐落地擊中了他的右膝窩。明明只是用細劍劈向金屬盔甲，看起來卻像給予了強烈的打擊——應該是正確地擊中了接合部位。只要能巧妙地擊中該部位，就會對膝蓋造成衝擊。

但是，要在實戰中正確地擊中對手盔甲的接縫處，即使對身手老練的騎士來說也很困難。多里亞德莎今大冷靜又毫不遲疑的動作，著實令人吃驚。

盔甲騎士承受不住，仰天倒地。

多里亞德莎出劍擊打倒地的盔甲騎士拿劍的那隻手，盔甲騎士的劍就掉在地上。

「一勝！多里亞德莎．法伐連閣下。」

盔甲騎士撐起上半身，卸去護手，用雙手將頭盔拿下來。他把那令人厭煩的頭盔往自家陣營扔去，大大地喘了好幾口氣，調整自己的呼吸。這行為被視為在爭取時間，雖然不值得讚賞，但多里亞德莎也只是默不作聲地看著他。

裁判長跟盔甲騎士說了一些話。盔甲騎士揮了揮手，示意他知道了。接著戴好護手，站起身子並拿起劍和盾。

第二回合的鐘聲響起。

多里亞德莎一口氣拉近距離後，使勁地向前一踏，從正面狠狠地往對方的額頭劈下一擊。

她的行動快得有如電光火石，連給對方舉盾防禦或舉劍相擋的機會都沒有。

由於盔甲騎士已卸下頭盔並扔了出去，所以已無裝備可以保護他的額頭。雖然是劍刃已被磨鈍的劍，他應該還是受到了相當沉重的打擊。但是，所謂騎士可是在受到致命傷害時，反而會更凶狠地蹂躪敵軍的戰爭怪物。盔甲騎士把劍高高舉起，帶著要將多里亞德莎的頭劈碎的氣勢，一揮而下。

他卻停下了動作——因為多里亞德莎的劍尖早已抵在他的喉間。

她看向比她高一個頭的騎士，眼中充滿了烈火般的鬥志，彷彿在說只要你敢動，我必定刺穿你的喉嚨。

大眼瞪小眼一會兒後，盔甲騎士棄劍並舉起雙手，表達了投降之意。

「勝負已分！多里亞德莎·法伐連閣下勝！」

多里亞德莎就此贏得了挺進決賽的門票。

3

夏堤里翁在極短的時間內結束了第六場比賽。

首先，他擊中了對手左腳的前脛骨，於是對方左腳的動作變得遲鈍。
接下來他擊中對手右腳的前脛骨，於是對方右腳的動作也變得遲緩。
最後在他發動連續攻擊，毫不給人喘息空間的狀況下，對方摔倒在地，由他取得一勝。
由於對方已無法起身，比賽就這樣分出了勝負。
——哎呀，以細劍擊打盔甲表面的狀況，應該不可能帶來這麼大的效果。那應該也是某種招式吧？
總之，夏堤里翁太有才華了。
還是不得不說多里亞德莎的勝算渺茫。

4

「葛立奧拉皇國，多里亞德莎·法伐連閣下！帕魯薩姆王國，夏堤里翁·古雷巴斯塔閣下！」
這是綜合競技中史無前例，細劍對上細劍的決賽。
以女性來說，多里亞德莎的身高算高，但是像這樣並肩站在一起，夏堤里翁稍微高了一點，手臂的長度似乎也是由夏堤里翁略勝一籌。這些微的步幅及手臂長短之差，在細劍對細劍的對戰中具有重大的意義。

這時突然吹起了強風，是一道由北向南吹的風。

多里亞德莎的俐落短髮隨風飄動，而夏堤里翁的襯衫隨風翻飛。

鐘聲被敲響。

夏堤里翁快速舉起劍，緩緩地指向多里亞德莎。

多里亞德莎持劍的手還是輕鬆地垂在身側。她的目光沒有回望夏堤里翁的眼神，反而將眼神移向下半身，想悄悄地掌握對方全身的身體狀況。

又吹來一陣更強的風。

夏堤里翁一口氣縮短了距離，將劍由左往右橫劈過去。

多里亞德莎蹲低身子，避開了這一擊。若不避開，這記斬擊早已斬去她的頭了。

巴爾特的背上竄起一股寒意。

——這男人是真心想要殺了她，而且居然直接瞄準女孩子的臉攻擊。

夏堤里翁將劍由上往下揮去。

多里亞德莎接近他半步，再往右避開這一擊。

兩人的臉龐在咫尺之間，夏堤里翁看著她的眼神十分激動。相較之下，多里亞德莎散發出的氣息卻有些心不在焉。

夏堤里翁試圖以劍劃過多里亞德莎的左腳踝，卻被她抽腿躲過。

夏堤里翁加快出劍速度，發動了連續攻擊。第一擊是橫劈攻擊，第二擊則是刺擊。接著他恐怕是打算在第三擊的時候，使出最強的橫劈攻擊。

多里亞德莎扭轉身軀閃過第一擊，然後在第二擊殺到前，她舉劍揮到肩膀之前，剎那之間，這動作看起來像一張盾。

夏堤里翁停止攻擊，向後退了半步。

多里亞德莎的站姿靈活，右手肘自然地彎曲，手中的劍約舉在胸前的高度。

夏堤里翁調整好氣息後，發動下一波攻擊。

好快、好快、好快。

夏堤里翁的劍由刺擊轉為橫劈，還加了反轉的動作，他正在對多里亞德莎發動猛攻。

面對他的攻擊，多里亞德莎則是一躲再躲。

她不停地閃躲，動作像朱露察卡在換乘馬匹時一樣。多達十數次的攻擊後，最後逼近她胸膛的那記刺擊被她以自己的劍彈開。

夏堤里翁又退了一步，試圖調整呼吸。就在這個時候，多里亞德莎展現出電光火石般的動作，在用力使勁前踏之後，朝夏堤里翁的臉龐刺出一記突擊風格的斬擊。

這個動作令人產生錯覺，彷彿看見多里亞德莎的劍劈開了夏堤里翁頭部。夏堤里翁在千鈞一髮之際看穿她的意圖，避開了攻擊。接著反而向多里亞德莎的臉祭出一記斬擊。

雖然多里亞德莎扭轉身體躲過了這次斬擊，但是她的右肩卻中招了。雖然肩擋是金屬製品，但她還是受到強烈的衝擊，俯伏在地。

夏堤里翁迅速地靠近她，舉劍抵住多里亞德莎的喉間。

「勝！夏堤里翁．古雷巴斯塔閣下勝！」

多里亞德莎捂著右肩蜷縮起身子，一時半刻起不了身。看來夏堤里翁真的具備了某種技巧，只擊中金屬盔甲就能傷及盔甲中的人。

裁判長走近多里亞德莎說了一段話。她搖搖頭，站了起來。

大會人員敲響了筒鐘，第二回合開始。

兩人朝對方舉劍，就這麼對峙著，一動也不動。

再次增強的風捲起一片沙塵。

兩人依然不動如山。

多里亞德莎本來就採取以防禦為中心的戰術，令人不解的反倒是夏堤里翁。他剛才展露出如此積極的攻勢，現在為何沒有任何動作？

答案立刻就揭曉——夏堤里翁的額頭忽然流下一道血痕。原來他剛才沒有完全躲過多里亞德莎的一擊。

所謂的看穿是指憑直覺做出的預測。在精通武術之人的眼裡，對方的劍會在什麼時機延伸到何方，劍的走向軌跡皆盡收他們眼底。夏堤里翁昨天已與多里亞德莎對戰過。她的劍速、步法、攻擊習慣等等，他應該都牢記在腦海中。此外，他應該也看過今天的第二場和第五場比賽。這些記憶本來應該會增添夏堤里翁看穿招式時的準確度。

但是，夏堤里翁的記憶卻背叛了他。應該說，多里亞德莎的劍超越了過往的自己。在夏堤里翁眼裡看來，肯定覺得劍好像延伸了出去，還突然加速。當人處於突飛猛進的時期，偶爾會引發這樣的奇蹟。多里亞德莎的成長力打亂了夏堤里翁看清招式時的判斷。

傷口造成他頭部出血。視線模糊之餘，頭痛也擾亂了他正常的判斷。現在簡直就快看見多里亞德莎的可勝之機。

多里亞德莎開始往右方繞過去，以驚人的速度跑著。

夏堤里翁也配合她的動作改變方向。

多里亞德莎像顆陀螺，在夏堤里翁的四周不停繞著圈。

接著她突然停下，使勁往前一踏，往夏堤里翁的臉龐祭出一記刺突風格的斬擊。

在她進入攻擊姿態的同時，夏堤里翁將劍抽向左方。

——出現了！夏堤里翁的殺手鐧！

夏堤里翁配合多里亞德莎使出斬擊的時機，發動第一次攻擊。

採取攻擊姿態的她無法閃避夏堤里翁的劍。

沒想到結果出人意料，多里亞德莎的劍擋下了夏堤里翁這一劍。她揮出的那記斬擊只是誘敵之策，打從一開始她就做了防禦的打算。

夏堤里翁立刻將劍抽回來，循著相同軌跡發動第二次攻擊。

多里亞德莎頭部一低，躲過這一擊。若不是早有預謀，可做不出這個動作。

此時，多里亞德莎的劍尖就在夏堤里翁胸前。也就是說，目前她正處於他的攻擊距離之中。以這個位置而言，她絕不可能避開那即將以令人戰慄的速度逼近而來的第三次攻擊。

夏堤里翁果然發動了第三次攻擊。

多里亞德莎絲毫沒有要避開的意思。反而扭轉身體向右後壓低肩膀，自己迎上襲向她的劍刃。夏堤里翁的劍刃擊中多里亞德莎的護肩，尖銳的金屬聲響起，劍刃陷入了肩頸交會處。

——唔喔喔喔！

眼看多里亞德莎的腦袋就要被擰斷了。

但事態並未演變至此。

激烈的金屬碰撞聲讓大家明白當下發生了什麼事——是護頸。多里亞德莎穿戴的護肩帶有護頸。她故意將夏堤里翁的劍引向自己的脖子，再以護頸擋下他的劍。

透過刻意跨進對方的攻擊距離，擋下對方的劍的過程，多里亞德莎的劍幾乎來到夏堤里翁的胸口。但是，由於她目前處於以右腳使勁前踏的態勢，若不先抽回腳，再次向前跨足，將無法做出具有威力的攻擊。

然而，多里亞德莎在維持目前姿態的情況下扭轉腰部，將劍往前推出去。

——是那一招！

這是昨天葛斯示範的那一招。多里亞德莎精彩地重現了那一招。

劍深深地刺穿了夏堤里翁的皮製護胸。

兩人的動作都停了下來。

整座競技場被沉默籠罩著。

夏堤里翁的眼神裡充滿著不可置信，他望著扎在自己胸口的那把劍。他身上那股瘋狂的戰鬥氣息已然煙消雲散。

如果這把劍不是已磨去劍刃的比賽用劍，劍尖早已刺穿他的內臟，令他命喪黃泉了。

夏堤里翁心裡應該也十分清楚，自己輸了。

他壓根兒沒想過讓敵人的劍尖觸碰到自己的身軀。萬一劍尖真的刺中自己，他也穿戴了上等的護胸，保護著自己的弱點。然而，比賽用劍已然磨鈍的劍尖卻刺穿了皮製護胸，刺中夏堤里翁的身體。他現在心裡應該是震驚萬分。

他抬頭看向多里亞德莎。

打從一開始，多里亞德莎就專注地盯著對戰的對手。她不卑不亢，臉上不帶半分憎恨和瘋狂。她的臉上只看得見想要展現自己高超技巧之人的表情。氣喘吁吁的她雙頰泛紅，臉龐上洋溢著使盡渾身解數的喜悅。

裁判長對夏堤里翁說了幾句話，夏堤里翁點了點頭。

喚來藥師後，他小心翼翼地拔出扎在夏堤里翁胸前的劍。夏堤里翁似乎不感到痛，恍惚地看著多里亞德莎。

在夏堤里翁被扛走之後，裁判長宣布結果的聲音響起。

「勝負已分！多里亞德莎．法伐連閣下勝！」

葛立奧拉方發出略顯猶豫的歡呼聲，接著逐漸熱烈起來，不久後歡聲雷動。

多里亞德莎．法伐連，手持細劍奪得綜合競技的優勝，她完成了這項壯舉。這是前所未聞的莫大殊榮，堪稱是可隨武術競技會歷史流傳下去的功蹟。

多里亞德莎行完禮，開始往自家陣營前進時，她的友人們早已迫不及待，翻越石牆來迎接。眾人團團圍住她，拍著她的肩膀，為她喝采。每個人都在恭賀她，說她是將綜合競技優勝這分榮耀帶回祖國的女神。

——自豪吧！驕傲吧！大肆得意一番吧！

事實上，巴爾特才是那個滿心得意的人。

然而，巴爾特看向帕魯薩姆方的休息區時，卻覺得被潑了一盆冷水。

帕魯薩姆的騎士們陷入一片靜默，這份靜默中卻透著異常的寒意。

在他們保持靜默的期間還不必擔心。然而，假設接在這場沉默之後而來的不是爽快的祝福，那會發生什麼事呢？

5

當天晚餐，餐桌上出現了少見的肉品。起初巴爾特還以為是牛卻不是。

「這……這是白角獸嗎！」

白角獸是大型野獸，身高跟馬差不多，是一種會成群在水邊草原移動的生物。牠的骨骼粗壯，體重比馬還重，以吃草維生，不太具攻擊性。

只不過，被觸怒的白角獸是個威脅。牠頭上長著棒槌般的白色巨角，這也是白角獸之名的由來。憤怒的白角獸會揮舞著頭上的棒槌衝刺而來。牠的攻擊再乘上重力加速度，氣勢無比驚人，一旦受到如此衝擊，不夠堅固的屏障將毫無用武之地。

而白角獸這種生物，一旦見到同伴被殺就會發怒。牠的肉雖然美味，但是白角獸都是成群移動，想只獵取當中的一隻可說是相當困難。

「聽說有一隻白角獸與獸群走散，在這附近閒晃，結果被邊境騎士團的騎士捕獲。」

「喔～原來如此。」

聽過堤格艾德的說明後，巴爾特才明白了原由。

白角獸的肉味清淡，肥肉部分也很清爽。

在邊境地帶，白角獸的肉可以說是最頂級的珍饈美食。而且還淋著熟悉的茶色醬汁，即使同樣是白角獸的肉，巴爾特卻嚐到了前所未有的美味。

配菜也相當不錯，是分量十足的勒克和醋醃奇由普。

勒克是在森林等地也會自行生長的野生植物，原本是細瘦纖長的植物，不過趁幼嫩時採摘下來，可以作為蔬菜食用，水煮燒烤兩相宜。由於它密集生長的特質，栽培起來十分容易，一旦紮根就不需要太多照料，而且長得很快。在這座城中的田裡也曾見過勒克，石窯中已烤好了許多。

奇由普是種低矮植物，會結出圓形的小果實。這種果實可以拿來當作高品質油品的原料，吃起來也很好吃。只不過它不能生吃，多數是醋醃或乾蒸。

「那個……巴爾特大人，請恕我僭越。」

「嗯？榮加，怎麼了？」

「在中原地帶，我們常會把醋醃奇由普切成碎末，抹在肉上吃。」

「喔！原來如此，謝謝你告訴我。我立刻來試一試。」

試著照做之後，成果相當不錯。白角獸的肉本身味道雖然清淡，卻帶著層次豐富的鮮甜滋味。配上切成碎末的醋醃奇由普堪稱絕配，味道相當新奇。醋醃奇由普稍微烤過，酸味不會過於強烈，帶來恰到好處的調合感。

「嗯！這種吃法很棒！」

當巨大肉塊吃超過一半時，多里亞德莎連門都不敲就猛地開了門，一股腦地衝了進來。

「巴爾特閣下，打擾了！啊，您還在用餐嗎？真是失禮了。」

多里亞德莎的臉龐還帶著淺淺緋紅，她那激昂的情緒還沒完全褪去。

「多里亞德莎閣下，恭喜妳了。贏得漂亮，這場比賽更是出色。」

「巴、巴爾特閣下、葛斯閣下，謝謝兩位。」

「多里亞德莎大人，恭喜您。」

「恭喜。」

「堤格、榮加，謝謝你們。」

「細劍競技的代表在綜合競技中獲勝，這可是前所未聞。無法進入比賽場地的隨從們聽到傳言之後，現在都在狂歡之中呢。」

雖然多里亞德莎試圖保持平靜的表情，但是她失敗得很徹底。

——呵呵呵，真是個老實的孩子，她應該非常想得到別人的稱讚吧。

「多里亞德莎閣下，我有事想問妳。」

「巴爾特閣下，請儘管問。」

「我想問的是那個招式。葛斯昨天教妳的招式，妳是如何在僅僅一夜之間學會的？」

「不，這也很不可思議。昨晚我面對著城牆練習那個招式，卻無法成功。明明已經將招式牢記在腦海之中，卻怎麼樣也做不到。這時，正好姊之月(蘇拉)在高空中散發光芒。在我向蘇拉祈禱的時候，不知不覺間心神一陣恍惚，心不在焉地舉起了劍。此時，有隻鳥從我腳邊飛向天際。我嚇了一跳，腰部也不由自主地轉了過去，於是劍尖刺穿了城牆的岩石。在我眼裡，那隻飛往伏薩的鳥好像是摩路加。但是摩路加是棲息水邊的鳥，應該也不可能在夜裡飛翔。」

——這女孩是受到神明眷顧的孩子。

她有值得被愛的率直、勇往直前的個性。

據聞，自古以來參透劍術奧義的高手們皆曾受到神明的引導，眾多流派的始祖都有神明在夢中指導某些招式的說法流傳。這是神明給的恩寵，面對經過多番修練，即使撞上難以跨越的高牆，依然願意痛苦掙扎努力之人一生中都不知道能不能遇上一次。

這一生一次的恩寵，居然偏偏就在昨夜讓她遇上了。只能認為多里亞德莎就是受到眾神寵愛之人。

6

巴爾特作了一個跟哥頓・察爾克斯有關的夢。

他們突然來到一個村莊，聽說村裡的姑娘被盜賊擄走，愛管閒事的哥頓就提議要出手相助。

巴爾特在夢裡，是以村人的視角看著巴爾特自己和哥頓。在只見過削瘦的農耕馬的村民眼裡，巴爾特和哥頓的馬看起來都像魔物般巨大。騎在馬背上的兩位個頭高大，身上穿著盔甲，手裡還拿著武器，實在既可怕又可靠。當這兩位沐浴在樹梢陽光下，穿越山野林木間出現在眾人面前時，彷彿童話中那對流浪的武神兄弟。身為村人的巴爾特，看著兩位為了尋找小姑娘而驅馬入森林，雙膝跪地表達感謝。

此時，巴爾特醒了過來。

——沒想到居然會夢到哥頓。是因為那傢伙不在身邊，讓我感到寂寞了嗎？

哥頓．察爾克斯是位爽朗又率直的男人。事到如今，巴爾特才發覺，他這種個性給了自己相當程度的救贖。

這是件奇妙的事。

兩人結伴同行的時候，面對才疏學淺的哥頓，巴爾特認為自己教導了他許多事，並引導著他。

但是，原來受到教導、引導及安慰的人，其實是巴爾特自己。

——呵呵，哥頓那傢伙。這時候應該在梅濟亞城裡，全心投入在政務之上吧。

事實上，哥頓沒有安分守己地待在梅濟亞領地中。

兩天前，也就是巴爾特出戰第四項競技示範比賽的那一天，哥頓才剛到帕魯薩姆王國王都附近的布德奧爾城裡，在領主館裡上演了一場全武行呢。

只不過，巴爾特得知這件事時，已經是很久以後的事了。

第六章 歌唱競賽

——久里葛黑茶——

1

今天是競技會最後一天，場內舉行了歌唱比賽，並表揚各項競技的成績優勝者。

早上出門散步，是巴爾特每天的例行公事。

當他站在城牆上看著朝霧中朦朧的伏薩山影時，朱露察卡跑來了。

「關於多娜的勝利判定一事，帕魯薩姆那邊正流傳著一些負面謠言。似乎是擔任副裁判長的人洩露出去的，他說本來希望在下判斷前，跟裁判長稍微商量一下。你想想，裁判長不是葛立奧拉那邊的人嗎？所以就變成帶有疑惑的判定了。有些人聽到這個謠言，就開始鬧了起來。」

巴爾特聽聞這件事後，完全失了剛剛的興致。

——要是沒親眼看見比賽的人說出這種話，我還能理解。畢竟兩人各自取得一分，單憑這點說起來應該算是平手。不過，這終究只能由沒親眼看見比賽的人說出口。在現場的人難道沒看到夏堤里翁的殺手鐧嗎？那個招式可是會讓人不寒而慄的啊！多里亞德莎成功引誘對方使出這一招，還打贏了對方，這是多麼出色的應對和覺悟！如果那不叫勝利，什麼才叫勝利？既然都被選為副裁判長，想必也是本領高強的人，親眼看到那麼一場堪比傳說的對戰，居然說出這種話？真是個蠢貨！

巴爾特一回到房間，居爾南特遣來的騎士正好也到了。

「王子殿下說想與巴爾特・羅恩大人見面。」

巴爾特單獨跟著那位騎士離開了。

「嗨，老爺子，不好意思把你叫了過來。今天有歌唱比賽，接著就是表揚儀式。不過，在這之前，我想問問老爺子對這次的武術競技會有什麼看法。」

「你所謂的看法指的是哪方面？」

「我想問你對各場比賽的印象，還有對每個項目比賽的整體感想。或是關於兩國所有的參賽者，有沒有醒悟或想法。」

這雖然是個困難的要求，巴爾特還是照他的意思做了。簡單來說，就是對比賽做出講評。

在巴爾特說到夏堤里翁與北征將軍的比賽時，居爾南特的表情非常難看。因為巴爾特的評語點出夏堤里翁毫不留情地擊碎傷者的手腳，這麼做只顯現他的出劍無情。

在巴爾特提及第五天的比賽結束後，葛斯把夏堤里翁的弱點告訴多里亞德莎，並傳授招式給她時，居里南特很感興趣地聽著。巴爾特再以「比賽後，多里亞德莎閣下曾說過……」這句話為引子，說了那天晚上發生的事。

「受到諸神寵愛的女孩是嗎？嗯……」

「就我看來，論實力，夏堤里翁閣下絕對在她之上，這是一場雙方都使盡了渾身解數的精彩比賽。只不過，多里亞德莎閣下的劍術出現急劇成長，擾亂了夏堤里翁閣下的判斷，我認為這一點是導致最後勝利的原因。而多里亞德莎閣下在引他使出三連擊，並躲過兩擊之後，以護頸擋下第三次攻擊，她的這份勇氣當然也值得讚賞。」

「嗯。」

「我比較在意的是帕魯薩姆參賽者們之間的氣氛。可能是我多慮了，但坦白說，我很擔心帕魯薩姆的騎士們是如何看待夏堤里翁閣下的敗北。」

「喔，這個嘛。一種米養百種人，想必會有很多不同的看法。」

「此外，恕我僭越，我很期待能看到夏堤里翁閣下在這場比賽學到東西。如果他能以正面的態度去面對這場敗北，對他而言也會是一種福氣。」

「您說中了我的想法，我也很期待看到這部分。我作夢都沒想到，那傢伙居然會輸，不過還好有讓他參加比賽。我希望能夠讓那傢伙看看世界更遼闊的一面。喔，茶來了，我也叫人準備了老爺子的份。喝吧！」

這是一杯熱氣騰騰的黑色茶水，冒著一股令人心癢的刺鼻香氣。巴爾特小心高溫，啜了一口後，發現它喝起來非常苦。

「哈哈哈，我第一次喝的時候也是這種表情。但是習慣了，就會上癮喔。這是用南方一種名為久里葛的樹木結出的果實熬的茶。讓久里葛果實完全乾燥後，它會變得硬梆梆，進口時也是以這種形態進口。把它慢慢蒸上一日再拿去乾煎，得一直煎到它完全變黑為止，然後拿去泡水一個晚上。待去皮之後，把水換過再泡半天，再慢慢熬煮半天，最後把煮出來的汁液濾出。最後把那汁液加熱之後，就成了現在這杯茶的樣子。」

看來是非常費工的一種飲料。巴爾特試著再喝了一口。雖然一樣很苦，但是在苦味的最後中帶著複雜的香味，是有點類似上等紅酒的香味。或許是心理作用，身體好像暖了起來。

「名為王都的地方木材嚴重不足，柴火非常昂貴。但是在大家靈活變通後，王都出現了這個東西。」

居爾南特王子拿出來的東西是綠炎石（里耶．巴葛古）——是從綠炎樹的樹液提煉出來的燃料。

「樹液可在某座山中採集，而且可以採集到驚人的數量，品質也很穩定。這座山位於距離王都相當遙遠的西方。那一帶的山系是綠炎樹的寶庫，而中原地帶的主要各國各自擁有自己的山。」

久里葛茶有種難以形容的餘韻。雖然跟酒不太相同，但是有某種迷醉感和爽快感。原來如此，在習慣這味道後，感覺確實容易上癮。

「嗯，綠炎石無論用在什麼地方都很方便，您帶點回去吧。」

巴爾特收下一袋綠炎石，就回去了。

「葛斯，有人送我綠炎石。需要的時候拿去用吧。」

葛斯連頭也沒點，一直盯著裝著綠炎石的袋子。

2

悠閒地用過早餐後，巴爾特在人員帶領下前往比賽會場。他身後還跟著葛斯和朱露察卡。

巴爾特走在半路上，有人在中庭向他攀談。

「巴爾特・羅恩大人，我是葛立奧拉皇國的騎士，名為奇利・哈里法路斯。在此想跟您致上簡短的謝意。葛斯・羅恩閣下，我也要向您道謝。」

「喔喔，哈里法路斯大人。您的武德讓我深感敬佩。」

「哈哈哈！真是不好意思。請您叫我奇利就好。哎呀，真沒想到，多里亞德莎閣下居然想在綜合競技中取得優勝。不僅如此，我聽說要是沒有您，邊境地帶早就是個殘屍遍野的地方了。我在皇都再次見到子爵時，她已經是判若兩人。我對您深懷感激。」

「您是否看見了帕吉娜花開的那一瞬間？」

帕吉娜紮根於泥土之中，這種植物長大之後，它的花苞會突出水面。而它的花苞不是緩緩綻放，而是在某一天的破曉時分，突然開出大朵的花朵。據說開花的瞬間會發出拍打水面般的啪沙聲響。當然，巴爾特這句話指的是劍術在一夜之間達到新境界的多里亞德莎。

「喔喔！喔喔！當然看見了！我確實拜見了這一幕。」

「幾位聊得挺開心的嘛。」

向他們搭話的是擔任裁判長的騎士。

「巴爾特．羅恩大人，我是葛立奧拉皇國騎士，霍爾頓．坎伯。請多多指教。哎呀，裁判的工作結束後，終於能和你們聊上幾句了。葛斯．羅恩閣下，您讓我們明白了這世界上真的是有神技這回事。」

「坎伯大人，今天的比賽不是由您擔任裁判長嗎？」

「不不不，巴爾特閣下，我哪有能耐去當歌唱裁判呢。歌唱部分會由專業的裁判進行判定。」

歌唱比賽中，將由兩國分別派出四位參賽者，每人各自高歌一曲，在八首曲子都唱完後進行判定。歌手們精通各國的古今歌曲，會各據不同場合選出適當的曲子，並在演唱過程中視情況更改或添加歌詞。個人音質及歌唱技巧的優劣不用說，演唱當下的即興演出也是評分的要點，裁判由兩國各自派出兩人。雖說最後將透過這四人的協議，決定將勝利頒給哪個國家，但是事實上，幾十年來都一直維持著兩國平手的形式。

「畢竟為期六天的比賽令人情緒高昂嘛。所以用歌聲來緩和大家的心情，再用平手的形式做整體的結束。」

「就憑歌曲那玩意兒能緩和人的心情嗎？說起來，有必要緩和嗎？既然是比武藝，就該勇猛、瘋狂、激昂地大幹一場啊！」

是北征將軍蓋瑟拉．由地耶魯，他的個子比巴爾特還高大。

「喔！原來是巴爾特．羅恩閣下！我是蓋瑟拉．由地耶魯。我看過你的示範比賽！哎呀，真是令人欽佩！我好久沒看到真正的武人啦！晚點可得跟你好好喝幾杯！」

從他豪邁大笑的姿態中，完全感覺不到身體狀況不佳，或是曾在比賽中受過重傷。在最前線作戰的騎士就得像他這樣。他的聲音真的很不錯，穿透力極強，能為士兵們帶來安心感。一個將領約有多少器量，聽其聲音就可略知一二。這個男人毫無疑問是位優秀的將領。

3

大會人員、裁判、兩國參賽者及隨從進入了城中大廳，主辦人也就座。除了主辦人的護衛及大會人員之外，任何人都不能帶劍進入此房間。巴爾特也未佩戴任何武器，但是葛斯作為他的護衛則佩了劍。

參加歌唱比賽的騎士們站了出來。

葛立奧拉騎士穿著染有白色花紋的藍底盔甲外衣，配上綴有銀線刺繡的腰帶。盔甲外衣的整體長度和袖子都很長，外衣底下並未穿著盔甲。

帕魯薩姆騎士則穿著染有黃色花紋的黃底盔甲外衣，配上綴有金線刺繡的腰帶。基本設計和葛立奧拉是相同的。這應該是參加歌唱比賽的服裝吧？

葛立奧拉的騎士及隨從站在北方，帕魯薩姆的騎士及隨從則是站在南方，也就是入口的方向。居爾南特和雪露妮莉雅坐在西方，而巴爾特則落座在東方。

大廳中央，四位穿著藍色盔甲外衣的歌手，與四位穿著紅色盔甲外衣的歌手皆靜止不動，互相面對彼此，雖然這座大廳面積相當寬闊，但裡面卻塞了超過一百八十個人。

裁判宣布比賽開始，朗聲唸出八位參賽者的名字。

第一位騎士向前走了一步，在向主辦人席行了一禮之後，開始唱了起來。他穿著藍底外衣，也就是說這位是葛立奧拉的第一位參賽歌手。

柔和的男中音聲線演唱著歌誦天地自然的頌歌。諸神恩德讓大地隆起，形成山岳。水從大地的裂縫中噴湧而出，形成湖泊。風吹拂使森林成長，雨滴落下形成河流。歌曲以令人感動的方式描繪著創造世界的過程，起伏較少的歌唱方式，給人帶來深邃安寧的感覺。

唱到最高潮時，他輪流轉換高低音吟唱。高音澎湃激昂，有如展現風、雲及雨的變化。低音和緩有如輕訴，有如展現不可撼動的大地自然變化。明明只有他一個人在唱，但是確實唱出了兩種高低不同的旋律。真是位歌藝精湛的歌手。

這首歌的最後，以人乃是接受了神的愛，才得以降生於大地這個概念做了結尾。

接下來是身穿紅底外衣，也就是帕魯薩姆的第一位歌手向前一步，在向主辦人席行禮之後，開始演唱。低沉渾厚的男低音，交織出一首灰暗陰森的歌曲，它的題材是野獸，大大小小、形形色色的野獸在大地橫行的景象。歌曲先以陰鬱的歌聲開頭，接下來才漸漸開始愈發雄壯有勁。

此時人類誕生了。簡單來說，他延續了葛立奧拉的第一位歌手所用的題材。人類雖然懼怕野獸，依然團結起來為了生存而戰。不久後，已然茁壯的人類們將野獸逐出草原，建立起了國家。這首曲子到此就結束了，接著輪到葛立奧拉的第二位歌手上場。

甜如蜜糖的男高音演唱的是一首情歌。青年騎士踏上旅程，他感謝天地自然的恩澤，並透過與野獸們的戰鬥磨練武藝。後來他邂逅了一位少女，從此墜入愛河。人與人之間相愛的瘋狂、被愛的喜悅，以及共結連理的歡喜之情，騎士在這些段落間變換自如，用他明亮的高音唱出了豐沛的情感。

接下來換帕魯薩姆的第二位歌手登場。他接著前位歌手的故事唱了下去。兩人結為連理之後，生了九位男孩。然而九位都膽小怕事，不論是野獸或是盜賊來襲，就只會嚇得渾身顫抖。接下來他們生了一個女孩，九位兄長將妹妹培養成一位騎士。自此以後，這個國家演變成由女性擔任騎士來保護男人的情況。

這首歌很明顯是在嘲諷葛立奧拉和多里亞德莎。他這是在揶揄葛立奧拉是座懦弱的國家，居然提拔區區女人為騎士，還讓她成為武術競技會的代表。

巴爾特感到既憤怒又錯愕。

巴爾特至今依然不明白，女人當騎士有什麼意義。

成為騎士，代表必須為了保護家人、家臣及領民而戰。必須奉主之命前往戰場，與敵人互相廝殺。女人不需要做這種事，男人與女人的身體構造不相同。女人被賦予了生兒育女的任務，是一個被守護的角色，而非上戰場的角色。

然而，多里亞德莎是在兩國主辦人的許可下，得以參加這場比賽。而且多里亞德莎也在眾人面前打下精彩的一戰。在這種情況下，他們居然用這麼陰險的手段進行報復。

葛立奧拉眾人的表情都極為難看，裁判們也是滿臉困惑，但是他們無法在此時中斷比賽。

接下來輪到葛立奧拉的第三位歌手。

他臉上掛著爽朗的笑容，以輕快的男高音唱起一個故事。故事內容是在北方森林長大的雌性狐狸，接連打敗了南方草原的強大猛獸們。而狐狸最後打倒的，是一隻滿身雪白，長著黃金色鬃毛的年輕獅子。而這頭獅子是草原之王的兒子。

這獅子指的是誰已不言而喻，帕魯薩姆眾人聽了這首歌都臉色大變。自己國家的達官貴族，又是擔任近衛隊隊長的這號人物受到侮辱，肯定非常不甘心。

帕魯薩姆的第三位歌手所演唱的內容，說的是雌性狐狸背後，還跟著年長的熊和狼以三對一的形式進行打鬥。照慣例是武術競技會是年輕騎士雲集的比賽，他這是在批判對方居然派老練的騎士前來參賽。

葛立奧拉的第四位歌手開始演唱，他唱的是一位駑鈍騎士尚未發覺自己已經失戀，還必須尋求女神的引導。這可說是在嘲弄對方，事已至此還在追究參賽者的出場資格，真是太沒出息了。

在這首歌唱完之前，有位個頭特別高大的騎士，緩緩地從帕魯薩姆的歌手們背後走了出來。他長著一張馬臉，彷彿長在臉龐兩側，眼尾上揚的雙眼瞇成一條細縫。牙齒斑黃且如利爪般鋒利，體格削瘦如柴。

是騎士苟斯·伯亞。

他帶著的氣息暴戾，細小雙眼的眼尾因憤怒上揚。

這位長相特殊的巨漢一逼近，使葛立奧拉的第四位歌手不禁停下歌唱，向後退了一步。

這時，從他背後果然也走出一位彪形巨漢。

是北征將軍蓋瑟拉·由地耶魯。

兩位堪稱高聳入雲的巨人站在大廳中央，瞪視著彼此。

不止他們兩位。兩國的騎士們表情都非常嚴肅。

再看看裁判們，他們或許是不擅應付這麼暴力的場面，顯然都嚇壞了。

騎士為名譽而生。若說得通俗一點，失去面子就等同於失去一切。眼看主家遭到侮辱，沒有一個騎士會默不作聲，坐視不理。一旦坐視不理，就會讓該位騎士顏面全失。雖然是輪流吟唱的形式，但事態已經演變成近似在批評主辦人——也就是兩方王家的情況。怒氣沖沖的騎士們是不會退下的。

巴爾特四處張望，想看看翟菲特此時正在做什麼，卻不見他的人影。巴爾特後來才知道，其實這一天，蓋涅利亞王的使者突然到訪洛特班城，翟菲特去接待他們了。

巴爾特心想，那就找葛立奧拉皇國的邊境騎士團長——泰德．拿威格的身影吧。

找到了。

但是沒有用。別說打圓場了，他和騎士麥德路普正大眼瞪小眼。

他又猛地往貴賓席一看，居爾南特臉上掛著笑容。

巴爾特心想，這下糟了。居爾南特的情緒顯然已來到爆發邊緣。他隨時都可能吼出駭人的怒罵聲，痛斥兩國騎士一番。萬一演變至此，就真的不是舉行表揚儀式的時候了。而說到此舉是否能提昇居爾南特本身的評價？大概只會造成反效果。

巴爾特深深吸了一口氣，站起身。

4

巴爾特站起來後唱起歌來。他以略微低沉的嗓音開頭。

「騎士（可爾德葛斯）啊！」

「騎士啊！」

這是少年時期，流浪騎士教他的歌，歌名是「巡禮的騎士」。

巴爾特的歌唱得不好。不過他擁有壯碩體格，又是曾活躍於戰場的指揮官，聲音極為宏亮。不帶半分強硬氣勢的木訥歌聲對勇猛騎士們的內心造成了影響。

「騎士啊（可爾德葛斯・德西・由路・塔拉）！活於誓言之中吧！」

有幾個人驚訝地看向巴爾特。其中一位是北征將軍蓋瑟拉・由地耶魯。巴爾特以徐緩的三拍節奏開始歌唱後，有一小節抓住了他的心。

「蓋瑟拉，騎士這等身分是要活於誓言之中。正因為這個世界有許多不講理之處，所以更顯騎士誓約的珍貴。」

告訴他這句話的是一位紅髮騎士，也是他的引導人。紅髮騎士不是一位強大的騎士，但他正是貫徹誓約的騎士。

這首歌讓蓋瑟拉想起了紅髮騎士。蓋瑟拉是後來才跟巴爾特提起這件事。

巴爾特繼續唱下去。

「你的足跡將被刻劃在此。」

「在那水源乾涸的谷底。」

「在那冰凍的山巔上。」

穿著騎士裝備行軍是種苦行。每一天都和榮光及讚賞無緣，每一天都平凡且充滿痛苦，但是紅髮騎士帶著驕傲，不斷持續這樣的苦行。他的背影教會了蓋瑟拉堅守誓約的意義。

「為主討伐不義之人。」

「打倒萬惡妖魔。」

「守護人民安寧。」

「你的劍將為此高舉。」

沒錯！所有騎士的戰役都必須奉獻給主。

主。

主是至高無上的無名之神。據說人們必須到了庭園（萊岩）才會得知祂的名字。

騎士舉劍殺敵不是為了地上的榮耀，而是為了順從主的心意，為主奉獻。了解這份榮譽的，只有無名之神。而這指的不就是騎士嗎？

巴爾特一路以徐緩的中低音行雲流水般地吟唱著，就在此時，突然轉為高音鏗鏘的旋律。

「讚頌吧（巴塔里焉）！」

蓋瑟拉將軍感覺到一股衝擊，彷彿有人正搥擊著胸口。

接著，巴爾特重複唱起這段由兩個高音節所組成，完全一模一樣的旋律。

「讚頌吧！」

蓋瑟拉已無法忍住眼淚。他瞪大雙眼，流著眼淚等著聽歌曲的後續。如同水由高處向低處流一般，每個音符彼此交融，流入了蓋瑟拉的心。

「年邁之杖將冒出新芽。」

「逝去的勇士將再次復活。」

在偏僻的村莊裡，紅髮騎士為保護村民而死。他的武勳沒有受到獎賞，也沒有受到歌頌。但是神不會忘記他的戰鬥，所以才會告訴人們，勇士不久後將再次復活。紅髮騎士將被迎接到騎士庭園（可爾德葛特・萊岩），等待復活的那一日來臨。那位騎士的家系將東山再起，世世代代享盡榮華。

「神之寶座（歐・迪・恩・羅）將為你敞開。」

「神之寶座將為你敞開。」

透過強而有力的三連樂句，降至中低音域的歌聲令人感動地再次高揚起來，朗聲唱出約定之詞。

接著歌曲進入第二段。

「騎士啊！」

「騎士啊！」

「為神聖任務（可爾德葛斯・德西・歐・芙拉）而活的騎士啊！」

令人驚訝的是，有一些人跟著巴爾特的歌聲開始哼唱——是那群參加歌唱比賽的參賽者。

他們經過多年的音樂訓練，只要聽過一次，就能記得歌曲的旋律。不，不只是哼唱。第一位藍衣歌手及第三位紅衣歌手，居然唱起了第二段的歌詞。裁判們也閉起雙眼吟唱著。雖然他們的歌聲較為細微，彷彿還在摸索著歌曲的音調，但顯然知道歌詞的唱法。

「你的悔恨將被刻劃在此。」

「在那遍地屍體的荒野。」

「在那遍地腐肉的山丘。」

很多騎士聽到這段歌詞，都覺得胸口一緊。有許多人都是在歌曲結束後的宴會上，才告訴巴爾特這件事。

其中最為激動地訴說著過去回憶的人，居然是帕魯薩姆那位馬臉的巨漢騎士。

他——荀斯·伯亞雖然流著騎士的血脈，但是因為貧窮，本來應該無法成為騎士。但是他與生俱來的怪力獲得主家的認可，才成為了騎士。由於他長得醜，大家都喊他怪物，也一直交不到朋友。正因如此，他才拚命地完成任務。但是，不論他變得多強，也無法保護所有人民及士兵。荀斯常被派遣到艱困的戰場，自己雖然也受了傷，但也將眾多敵人化為屍塊。然而，結果卻是他無法保護到的人們屍體堆積如山，他只能在這其中哭腫了雙眼。

「手臂負傷、雙腿無力。」

「長槍與斧皆已毀去。」

無論是怎麼樣的怪力都有極限，一旦力盡就無法再戰鬥下去。荀斯買不起精良的武器，常常都是將手邊的武器用到不能再用為止。他深深明白，失去戰力的自己毫無價值。當他無法動彈的時候，連部下們都以不屑的眼神看著他，這讓他非常痛苦。

「失意與怨恨的眼神。」

「落在你的背脊之上。」

這段歌詞喚起荀斯心中最殘忍的記憶。

他驅趕敵軍，救了某個村莊，得到了眾人的感謝。少女幫他進行治療，還帶著微笑獻上花朵。對於長得一副怪物般的異常樣貌的荀斯來說，這些成為了無可替代的回憶。

半年後，荀斯再次到訪這個村莊。這次卻是為了放火燒村，殺光眾人。因為村裡遭到了死灰病的侵襲。

村人的慟哭聲及叫罵聲，至今依然繚繞在他耳邊。家家戶戶在熊熊烈火中崩塌，不知道那位少女是否也在其中？

現在他被安排成為伯爵家的養子，坐擁精良武器和優秀的部下，但是內心的痛楚卻從未減弱。

「讚頌吧！」

第二次唱到這段歌詞時，有許多騎士跟著唱了起來。

堅毅的歌聲打動了荀斯的心。但是，像我這種人，究竟該讚頌什麼呢？

這段提高兩個音調的旋律不停重複著，有更多騎士紛紛跟著唱起來。

眼前這位像熊一般的騎士，也正流著眼淚，他定睛看著荷斯，用盡全身力氣唱出這一小節。

「讚頌吧！」

忽然間，荷斯注意到這句歌詞真正的意思。

是我。

大家是在讚頌我。

幹得好！辛苦你了！你值得獲得如此讚頌。

傑出的勇士們正齊聲對他這麼唱著。

荷斯再次忍不住流下了淚水，邊哭邊唱。他知道自己是個音痴，但還是努力地唱著。熊一般的勇猛騎士啊！既然你如此讚頌我，我也向你表達讚頌之意。他心裡這麼想著。

「年邁之杖將冒出新芽。」

「逝去的勇士將再次復活。」

被製成長杖的樹木不可能再長出新芽，逝去的人們也絕不可能再次復活。

啊啊！但是！

在神座之前，枯木也會冒出新芽，死者也能帶著微笑復生吧。

那麼請代我拯救那位少女。是否能請神讓那位少女復活呢？

「神之寶座將為你敞開。」

「神之寶座將為你敞開。」

在哪裡！神之寶座在何方？

如果真的存在，如果神之寶座真的存在，我將不惜千辛萬苦也願意前往。抵達之後，我有一個請求。

歌曲進入了第三段。

「騎士啊！」

「騎士啊！」

「巡禮的騎士（可爾德葛斯・史克魯・諾・布魯巴）啊！」

居爾南特和雪露妮莉雅也站了起來。居爾南特朗聲跟著巴爾特歌唱。在他小時候，巴爾特就曾唱過很多次給他聽，所以他當然也知道這首歌。

「你的功勳將被刻劃在此。」

「在那眾人的心中。」

「在那戰爭女神（愛朵菈）的純白羽翼上。」

騎士為了主家搏命一戰。主家讚賞他的功蹟，賜予領地及賞賜，而騎士的家系得以繁榮昌盛。不過，騎士之戰必須高潔正直。假造榮耀之人，諸神們都看在眼裡。主人若是沒有對家臣的付出做出正當的賞賜，人民也都心知肚明。騎士刻劃出虛假功蹟時，愛朵菈的純白羽翼會被復仇及斷罪染成黑色。卑劣騎士的家系會就此斷絕。

「此時恩寵澤被大地。」

「所有的痛苦將得以療癒。」

「神之奇蹟降臨的那個早晨。」

「祂們將實現最後的約定。」

歌唱只是一種共鳴作用。大家可以嘗試站在歌藝精湛的歌手身邊，他們的歌聲將會讓人感到胸口一震，全身的血肉骨骼都一同震動。跟著哼起同一首歌時，很容易被他們的歌聲帶著走，彷彿自己也能像個名歌手，唱出美妙的歌。同聲齊唱這件事也等同對彼此造成影響。

此時，在聲音傳遞良好的石造房間中，有些騎士張開雙手，有些騎士揮著拳頭，用自己喜歡的姿勢唱著同一首歌。他們的歌聲一同響起，不僅融為一體且互壯聲勢，讓在場所有人的情緒都非常激昂。

所有騎士都曾看過這首歌的歌詞。不論是葛立奧拉還是帕魯薩姆，在王宮裡都設有名為騎士之間的房間。這是在舉行騎士就任儀式，或是追封已就任完畢的騎士位階時所使用的地方。簡單來說，只要是為國家服務的騎士，必定都曾經進入過這個房間。房間天花板上刻劃著許多歷史畫面，其中一角就刻著這首「巡禮的騎士」的歌詞。

不過，直到巴爾特・羅恩開口唱出這首歌之前，沒有人知道這首歌其實配有旋律。

「讚頌吧！」

「讚頌吧！」

大廳中，一群魁武的騎士們並肩站著，呼吸的節奏全面一致，如拉滿弦的弓般鏗鏘有力地唱著這一節。驚人的共鳴撼動了整座城，接著大家將聲調放緩，彷彿恩寵將由天而降一般，開始唱起了下一小節。

「年邁之杖將冒出新芽。」

「逝去的勇士將再次復活。」

人人臉上無不掛著淚水。他們細細回想著自己的回憶，發自內心地唱著這一首關於神承諾的復活及重生之歌。

沒錯，歌就是神的話語。人們突然聽見神的福音凝聚成形後，成了歌曲。騎士們篤信這份牢靠的承諾，一直走到了今時今日，他們的這份真誠情義就化為了歌曲。

「神之寶座將為你敞開。」

「神之寶座將為你敞開。」

歐・迪・恩・羅。

歐．迪．恩．羅。

所有人的聲音合為一體，以宏亮高昂的歌聲唱完了這一小節。最後一個音持續了很久很久。由歌聲衍生而出的恩寵充滿了整個房間，空氣和內心都還在震蕩著。

這首歌唱完的時候，每個人都在哭泣。一邊哭，一邊與某個人擁抱。

蓋瑟拉將軍和長著一張馬臉的苟斯．伯亞抱在一起。

本來想衝出來阻止蓋瑟拉的奇利．哈里法路斯，現在和第一位紅衣歌手抱在一起。

第一位藍衣歌手和第二位紅衣歌手抱在一起。

第二位藍衣歌手和第三位紅衣歌手，第三位藍衣歌手和第四位紅衣歌手也抱在一起。

第四位藍衣歌手，由於左右都沒有可以擁抱的對象，就抱住了柱子。

居爾南特和雪露妮莉雅則是看著彼此，交換了微笑。

5

一位裁判走出來，高高舉起右手。周圍的聲音立刻減弱，過了不久，全場都靜了下來。

裁判的聲音在大廳中響起。

「我們都說，邊境地帶是文化落後之地，事實也是如此。但是，另一方面，也有人是這麼說的——正因為是邊境地帶，才留存了古時的優良風氣。我們今天也明白到這個說法是千真萬確。巴爾特．羅恩大人教我們唱的這首歌，已經失傳了許久。這是一首不該失傳的珍貴歌曲。不過，託巴爾特大人之福，它將不會再次失傳。

而且我們也藉此了解到，歌唱會成為騎士武藝的其中一環、這場武術競技會的最後一種競技是歌唱的原因，還有演唱歌曲本身的真正意義。

關於今日的歌唱比賽，我們決定讓勝者從缺。葛立奧拉、帕魯薩姆都不適合得到這份榮耀。話雖如此，我們也不能讓非參賽者的羅恩大人成為勝者。

然而，各位應該都聽過『歌唱騎士』的名號吧？在古代神話中，有一個出現在古代戰場上的『歌唱騎士』的傳說。只要聽過他唱的歌，同伴們會勇氣十足、士氣大振，敵人則會嚇得顫抖不已。負傷倒地之人將會復原並重生，比之前更加英勇作戰。過往在大國的歌唱比賽上，都會比照這個傳說，將這個名號贈予歌藝獨一無二的歌手。但這也是過去的事了，已經超過百年以上不曾出現過『歌唱騎士』。

此刻，我在這裡提議！以帕魯薩姆、葛立奧拉兩國代表，以及兩國的諸位騎士大人之名！將『歌唱騎士』此一名號贈予帕庫拉的騎士巴爾特．羅恩大人！」

蓋瑟拉將軍將右手舉至與肩同高，將手掌面向前方並開口表明：

薩朗
「贊成。」

荷斯也伸出手掌宣示：

「贊成。」

每個人都同樣表示贊成。

不久後，會場中響起如暴風雨般的掌聲。

第七章——騎士們的宴會

牛肋排與麥酒

1

於是所有的競技都結束了。各項競技的第一名及第二名走到主辦人席前，由居爾南特王子分別對每個人致上褒獎之詞。

最後輪到綜合競技的優勝者——多里亞德莎走向前方。

「騎士多里亞德莎．法伐連，那真是一場精彩的對戰。」

「是。」

「妳的師父是哪一位呢？」

「是。第一位師父是奇利．哈里法路斯大人，第二位師父是巴爾特．羅恩大人，以及葛斯．羅恩大人。」

「嗯，妳受到好老師的庇蔭呢。」

「是！」

這句褒獎可是大大保住了奇利的面子。

即使不特別詢問，居爾南特也知道奇利和葛斯是她的師父。他刻意這麼問，是為了讓大家都知道這件事。居爾南特看似冷漠，但心思其實十分細膩。

「我也是羅恩大人的弟子，那麼我們也算是師兄妹了。多多指教。」

「是、是！愧不敢當。」

「要磨練出這般武藝不是件容易的事。妳在戰鬥中的表現有如神助，有諸神相助的騎士定得好好賞賜。妳說說，妳想要什麼。」

「是，那麼，我有一件事想懇求殿下。」

「嗯。什麼事呢？」

這個時刻終於來臨了。接下來，從多里亞德莎的口中說出的，會是什麼樣的願望呢？列席的騎士們都興致勃勃地看著這一幕。

所謂的騎士，在本質上都是獨立自主的存在，同樣身為一位騎士，居爾南特可說跟他們都是平等的。騎士是守護正義之人，他們將在此見證多里亞德莎的要求，以及居爾南特的處理方式是否合乎正義。想必在不久之後，今天的情形會在兩國人民間廣為流傳。

由於這是事前約定好的獎賞，所以要求獎賞既是騎士的權利，也是騎士的義務。騎士及家臣都信任主上會依約賞賜合理的報酬。若在這點上有所怠慢，將會動搖君臣之誼，導致國家滅亡。

「雖然我身為女人，但是也能夠習得武藝，且足以在邊境武術競技會的綜合競技中取勝。沒錯，我希望殿下能將這一點牢記於心。」

巴爾特感到困惑。這種事，不需要她特別懇求，居爾南特自然也會記住。這句話等於在說她什麼都不要，房間裡的騎士及隨從們都有些躁動。

居爾南特閉起眼睛，應該是在斟酌多里亞德莎這句話的話中之意。

現場陷入一陣漫長的沉默。

巴爾特也開始思索。如果多里亞德莎的請求是希望能將女人奪得綜合競技一事昭告天下，那會如何？居爾南特應該會下令，讓家臣講述她是如何得勝，然後一切就到此結束。因為居爾南特已經完成了足以達成多里亞德莎要求的行為。

但是，多里亞德莎的要求卻只是希望居爾南特將此事牢記在心，這讓他無從採取行動。

正因如此，不管是對居爾南特還是擠滿此處的騎士們而言，多里亞德莎的勝利反而成為一件令人難忘的事。簡單來說，多里亞德莎贏得至高無上的榮譽後，刻意以不要求以有形之物，讓她的勝利深深烙印在眾人的腦海中。

「我明白了。就這麼辦吧。」

「是！我感到無上光榮。」

「騎士多里亞德莎．法伐連。我不久後將要娶妻生子，應該也會生個女兒。由於後宮中有許多男騎士不便出入的地方，所以正在考慮新設女護衛官，但我國中並無女性武人。因此，我打算向妳的主人——雪露妮莉雅公主及她的父親皇王陛下提出申請，招聘妳來擔任女護衛官的師父，妳得把這件事好好放在心上。」

這段話讓巴爾特大吃一驚，在場無人不驚訝。即將成為大國王太子的人物，居然說想要增設女性武官一職，還請多里亞德莎當她們的師父。這代表他有多麼讚嘆多里亞德莎的武藝與人品，可說是對她最大的稱讚。

多里亞德莎也驚訝地說不出半句話來。

這不只是稱讚。多里亞德莎的要求與大會綜合競技優勝的頭銜是否相得益彰，說起來相當微妙。而居爾南特將獎賞重整為一個適合的形式。

——厲害！太厲害了，居爾。

此時，雪露妮莉雅公主的護衛騎士朗聲說道：

「以下是雪露妮莉雅公主的吩咐。騎士多里亞德莎．法伐連，帕魯薩姆王國提出申請，想招聘妳為女武官的師父，我感到十分欣慰。身為妳的主人，屆時將立刻答應此一要求。我也會事先向皇王陛下稟報此事，並取得許可，妳先做好心理準備吧。」

房間裡響起「喔喔喔喔喔！」的聲音。

明明是關乎國家制度之事，居爾南特卻獨斷獨行地宣布要設置女武官一職，如此作為確實大膽，但是皇國中最小的公主也相當有膽量，馬上給出實質承諾。方才所有人應該都覺得，這兩人是最適合彼此的對象，也為眾人帶來了新時代即將到來的預感。

——在帕魯薩姆王國中，即使出現兩三位女武官也沒什麼了不起。但是，沒有人知道這件事會為未來造成什麼影響。說不定，今天會成為大陸歷史巨大變動的一天。

「願榮耀歸於眾人（亞乎拉茲拉）！」

某個人帶頭喊出聲，眾人也跟著附和。他們讚頌帕魯薩姆的光榮，讚頌葛立奧拉的繁榮，讚頌居爾南特王子與雪露妮莉雅公主，讚頌神的恩寵，吆喝聲和眾人的呼聲一直持續著。

巴爾特忽然看向雪露妮莉雅公主。

她臉上掛著微笑。雖然面帶微笑，卻有哪裡不對勁。總覺得在她笑容背後看見了雷聲隆隆的黑雲。

——哎呀。

居爾南特的提議，巧妙地實現了雪露妮莉雅公主暗自藏在心裡的願望。她內心的願望，就是希望讓祖國的男人們了解到女人也很能幹。居爾南特明明不可能得知她有這樣的想法，但他做到了。雖然公主或許會認為是巴爾特把這件事告訴居爾南特，但這些都無所謂了。總之，這是件喜事，不是件令人憤怒之事。

——原來如此，是這麼回事啊。

居爾南特正確地理解到公主的願望，並以極為巧妙的方式實現了她的願望。他為她實現了願望，也就代表她欠他一個人情，而且一時之間也想不到回報的方法，算是她單方面欠了他這個人情——是這一點讓她不甘心。他輕易看透了自己的心思，還簡簡單單地實現了她多年來的願望——是這件事讓她不甘心。簡單來說，這位公主的個性與外表恰恰相反，十分好強。

結婚後，想必公主也會以輔佐居爾南特的形式，還他這個人情。而居爾南特也不是會默默屈居於他人之下的人。

——哈哈哈，這兩人將成為一對好夫妻，絕對不會錯。

多里亞德莎還沒有站起來的意思，她應該還在細細品味著努力得到回報的喜悅吧。

2

待場地轉移到戶外，宴會就此開始。

有八個地方已升起了火，炙烤著巨大的牛肉塊。平常騎士們吃的都是豬肉或雞肉，這種做法可說是非常大方的款待方式。宴會上還準備了大量新鮮的蔬菜和酒。

居爾南特和雪露妮莉雅在乾杯儀式後先行離席。

巴爾特被眾多騎士包圍，不停地跟人乾杯。不知道被敬了幾杯酒之後，他才發現對方是長著馬臉的巨漢戰士——苟斯．伯亞。巴爾特飲盡杯中的酒，接過長柄勺，從酒桶裡舀起酒倒入苟斯杯中。

「苟斯．伯亞閣下，恕我問個冒昧的問題。請問您的頭盔形狀和那朵花，背後有什麼由來嗎？」

有位站在附近的騎士接著巴爾特的話說下去。

「對啊！我也覺得很奇妙。聽說你跟養父訂製這頂頭盔時，還說非得做成這形狀不可。還有~雖然有很多騎士會戴著女人送的圍巾或手帕上戰場，但這朵花是自己找來的吧？我不知道你是覺得很時髦還是想搞排場，但在旁人眼裡看來很詭異呢。」

「因為瑪茜曾經稱讚過。」

「瑪茜是誰？」

「瑪茜是個小女孩，她住在羅卡爾村。當時村莊遭到襲擊，我的部隊剛好在附近，所以前去營救。但是敵人又多又強，武器和盔甲都很精良。同伴死的死、逃的逃。我的武器和盔甲不知道壞了多少次，武器掉得滿地都是，所以不必煩惱沒武器，但是頭盔就傷腦筋了。掉在地上的頭盔，沒一頂我戴得下。同伴都不在了，只剩我一個人，敵人就不再靠近，改用箭向我射來。箭要是射中眼睛就不妙了。實在沒辦法，我就撿起木盾綁在頭上。從縫隙中我還能看見前方，所以我又可以再次戰鬥了。等到我把敵人全部趕走後，當場倒下，身體已經動不了了。村民們來了之後，開始從屍體身上搜括武器和金錢。瑪茜餵我喝水，又幫我治療傷口。瑪茜看著我的臉，沒有說過半句可怕或是陰森。我問她，我是不是很可怕？她說，拯救村莊的勇者怎麼會可怕。雖然我知道她在說謊，但是我很高興。後來村民們也來到我身邊，一下給我食物一下跟我道謝。瑪茜往我戴在臉上的木盾上插了一朵花。她說，這個頭盔守護了勇者大人，真了不起。」

荷斯說到這裡時停了下來。他閉上雙眼，垂下頭。彷彿回想起了什麼，令他痛苦不堪。不久後，從他陳述的內容中才得知他有如此反應的理由。

「我的功勞得到認可，地位也稍微提升了一些。過了半年，我再次去到羅卡爾村。因為我接到了命令，村裡出現死灰病病人，所以要燒掉整個村莊，並殺光所有村民。雖然我沒有看到瑪茜，但是她一定在已經燒燬的家裡，所以瑪茜已經不在了。但是，我還是想繼續戴著曾經被瑪茜稱讚過的頭盔。」

所有人都說不出話來。得知這位長相特殊的騎士一直背負著的事，無人不沉默下來。

此時，一雙熊掌般的大手從背後緊緊攬住他的肩膀。居然攬得到巨人苟斯的肩膀，這個人也是個龐然大物——是葛立奧拉的北征將軍，蓋瑟拉．由地耶魯。

「勇士啊！好了，吃吧！」

語畢，他遞出一支帶骨的牛肋排。

「喔！是你啊！喔、喔！我當然要吃！」

苟斯接過肉之後，用他尖如鋸齒的牙齒大口大口地啃了起來。

有人遞出一個大木碗到他面前。遞出這碗酒的人，正是葛立奧拉的名劍士奇利．哈里法路斯。碗裡裝了滿滿一碗泛著泡沫的麥酒。油脂豐富的牛肋排和冰涼的麥酒可是絕配。奇利雖然一句話都沒有說，但瞇起的眼裡滿是溫柔。

苟斯接過大碗，一口氣喝完之後，「噗哈～！」地呼出一口氣，豪爽地說了一句：

「棒！真是棒透了！」

苟斯把大碗交給蓋瑟拉，再接過奇利手上的酒壺，幫蓋瑟拉倒了麥酒。

「北方的豪傑啊！你也喝吧！」

「嗯！當然要喝！」

在好多人幫苟斯倒酒過一巡之後，他對巴爾特說：

「巴爾特，你的歌唱得真不錯。我聽到你的歌，想起了瑪茜。那個時候，我覺得瑪茜的靈魂好像來到了大廳。謝謝你為我唱那首歌，謝謝你為了瑪茜唱那首歌。」

這句話成了契機，騎士們接二連三地說起聽了巴爾特的歌後，自己想起了些什麼。雖然其中也有許多悲傷的回憶，但是遇到能互相分享這些回憶的朋友，似乎更令大家感到喜悅。

「王子殿下是羅恩大人的弟子，這件事是真的嗎？」

一位生面孔的騎士開口問道。不對，似乎在哪裡見過他。這位有著咕溜溜的黑眼睛，一頭略帶灰色的亂髮和鬍子的年輕人。

「嗯。」

巴爾特一回答，另一位騎士就向黑眼黑髮的騎士說：

「艾涅斯，我不是跟你說過了嗎？王子殿下不是只會說大話的人。他從年幼時期開始，這位羅恩大人就把他視如己出，一手把他拉拔長大。他是位真正的武人。」

「我第一次見到王族有如此強烈的武人氣質。」

巴爾特才在想這聲音很熟悉，原來是霍爾頓．坎伯，他就是負責擔任裁判長的葛立奧拉騎士。

接下來，兩國騎士開始你一言我一語地聊了起來。

「這句稱讚說得真好。」

「真不愧是『果斷王』溫得爾蘭特陛下的血脈。」

「不不不，皇國的公主也是位了不起的人物。」

「這兩人還滿相配的呢。」

「哈哈哈！你也這麼認為嗎？」

酒不斷被端出來，一直沒有見底過，越喝越有精神。一有精神，食欲也跟著旺盛起來，酒也感覺變得更好喝。兩國之間的險惡氣氛早已被拋諸腦後，四處都看得到騎士們湊在一起對飲著。

麥德路普．葉甘談起亡父的回憶，接著說起了巴爾特的活躍事蹟，說他是如何帶著葛爾喀斯特們，平定了梅濟亞領地叛亂。

巴爾特幫助多里亞德莎打倒魔獸，這份清高獲得克伯．可赫的讚賞。

巴爾特已經酩酊大醉，所以即使有人在他面前說出這些話，他也毫不在意。

多里亞德莎被拱了出來，在眾人面前熱切地述說著什麼。場面熱鬧非凡，兩國騎士們都為她喝采。在這之後，巴爾特覺得自己彷彿看見了朱露察卡口沫橫飛的模樣，但是朱露察卡不可能來到騎士們的聚會場所，或許只是他的錯覺。大家聊了很多，感覺好像也有人問了他很多話，但是他記不清楚了。只是一邊「嗯、嗯」，一邊爽快地點著頭。

巴爾特完全不記得那天自己是如何回到房間的。他只記得，高掛在虛空之中的兩輪月亮美不勝收。

3

隔日一早，巴爾特登上城牆後，他發現一大群在此野營的人們，幾乎都消失了。

巴爾特和翟菲特一起用早餐，聽他說了一件令人無力的事。他提起的是前天在歌唱比賽中不見他身影的原因。

原來是蓋涅利亞國王的王使到訪。由於根據規定，在邊境武術競技會舉行期間，連主辦國的王使都不得入場，所以他當然沒有放蓋涅利亞的王使進城。但是也不能就這麼丟著對方不管，所以翟菲特出了城門去接待。

王使到訪是為了一件令人極為意外的事。

蓋涅利亞的大將軍——喬格．沃德大人為了和巴爾特．羅恩大人做個了斷，捨棄了他的身分、財產及故鄉。蓋涅利亞國王被他這份武人氣魄深深打動，想準備一個地方，讓他們兩位一分高下。所以想邀請停留在洛特班城的巴爾特．羅恩大人到蓋涅利亞國一趟。這是使者提出的請求。

巴爾特聽完這段話，心裡覺得很可疑。動員蓋涅利亞國王，還正式派遣使者邀請巴爾特

子。那是叫社交界來著？聽說在皇都的上流貴族夫人們的聚會中，她是像將軍的人物喔。然後，她既然找我，我就去了，後來被帶到一間豪華到令人頭昏眼花的房間裡，叫我坐在一張金碧輝煌的椅子上。還端了茶和點心給我呢！那些東西還滿好吃的，後來問了我一大堆事。

咦？你說她都問了什麼？嗯～她最先問的是，巴爾特老爺的身高大概多高。所以我就站起來，像這樣把手舉起來，然後跟她說明，大概這麼高。

接下來她問的是老爺子的頭髮顏色吧。接著又問，頭髮大概多長、髮質是哪種髮質？小鬍子和下巴的鬍子是什麼形狀？體格和手指的形態怎麼樣？身上穿的祝福皮甲是什麼顏色和剪裁？

咦？哎喲，我哪知道那麼多，總之好像大家都那麼說。說巴爾特老爺身上穿著的那件，是有諸神特殊祝福的皮甲。

還問我你的聲音聽起來怎麼樣？看著遠方的眼神是什麼樣子？拂著披風時的動作呢？騎在馬上的樣子又是如何？之類的。

不，真的啦！她真的追著這些事情，打破沙鍋問到底。你不懂嗎？該說男人和女人在意的地方本來就不一樣嗎？關於哥頓老爺和葛斯的事，她也是仔仔細細地問了一遍。好像還幫他們取了綽號呢！什麼「雷槌的騎士大人」和「疾風的騎士大人」。起初我還搞不清楚她在說誰呢！長什麼樣子、聲音如何、穿著什麼樣的衣服、舉止動作、喜歡什麼顏色、喜歡吃什麼，這些我都拚命地做說明。

侯爵夫人聽著我的話後，雙手在胸前握起，眼神還閃閃發亮。我只要說了什麼，她就一一點頭。偶爾還會抬頭往上看呢。然後一下嘆氣一下搖頭，一下又臉紅紅。

後來她說了這些話。

5

多里亞德莎公主真可憐。為了心愛的主人，把女兒心全藏在銀製盔甲下，前往魔物徘徊的邊境地帶，還被仰賴的騎士團背叛，又因為被下毒而奄奄一息。

然而，此時巴爾特先生降臨在她的面前。身高如此高大、身形挺拔、神聖的銀白色頭髮和鬍子隨風搖曳，身上穿著祝福的皮甲，毅然地騎在神馬上的那副模樣。

他的身邊有如雷神伯爾．勃下凡的勇猛武神——察爾克斯先生、如同半神半獸的英雄斯卡拉威猛的帥氣劍士——葛斯先生。三位忽然從深淵般的森林出現，拯救已窮途末路的多里亞德莎。我一想到多里亞德莎當時的心情！啊！啊啊！心頭就有如小鹿亂撞！

然後多里亞德莎在三位英雄的輔佐之下，前往討伐魔獸了對吧？去討伐那隻連傳說中都未曾現蹤的巨大大紅熊魔獸。有了三位的幫助，多里亞德莎刺向魔獸的要害，魔獸在臨死前還掙扎著想撲向多里亞德莎。巴爾特先生卻只憑一擊就砍下了牠的頭顱！啊啊！

聽說外子和小犬都仔仔細細地檢查過魔獸的頭顱和毛皮。他們說，牠的頭顱確實是一刀就被砍了下來，簡直是神乎其技。請你轉告巴爾特先生，他如果來到這座城市，請務必順道光臨寒舍。

話說回來，我聽說葛斯先生就像白豹或銀狐一般妖豔優美。天鵝絨般的肌膚在黑暗中看起來白皙亮麗，有連艾那之民都難以比擬，具有異國情調的美貌。

然後，那個……你有摸過葛斯先生的肌膚嗎？

6

喂，葛斯！別用那種眼神看我好不好？那句話又不是我說的。那些全都是多娜傳出去的。

聽說多娜在說起「三位英雄」的事情時，就像嚮往神話的少女，宛如一位為戀愛煩惱的少女，殷切地訴說著三位有多優秀、強大。

我聽侯爵夫人說了那些話後大吃一驚。在冒險故事中，最受貴婦們歡迎的場面呢，居然是葛斯在深潭沐浴後，橫躺在岩棚上的橋段！在多娜眼裡，那一幕好像成了神話中的某個場景。一位擁有超脫凡人的美貌，又如野獸般的劍士，全身赤裸地倘佯在風中。

然後，那位貴婦就一直催促多娜，這個講詳細，那個也講詳細點。結果多娜就一再重複地把那場面講了好幾次。哎呀～說起那部分，聽說她記得非常清楚。什麼修長的雙腿形狀啦，以綠色森林為背景，他的身體看起來好像散發著燐光，但其實是體毛映著陽光才會閃閃發光之類的～啊！還有什麼他用左手肘撐起上半身，只有一撮茶色的頭髮隨風飄動。反正就是講得鉅細靡遺啦！

我從侯爵夫人的嘴裡聽了好長好長一段關於那場面的事，我喔～了一聲，感到佩服不已。

然後，侯爵夫人問我三位對多娜有什麼想法。然後我說，巴爾特老爺把她當女兒，哥頓老爺把她當姪女，葛斯把她當成妹妹。大概是這樣啦～

不，我真的是這樣說的。可是侯爵夫人就一副只想問她想問的事情嘛。

7

嗯，也是。肯定是這樣的，巴爾特先生、哥頓先生和葛斯先生一定都對惹人憐愛又帶著凜然氣質的多里亞德莎有所愛慕。

然而，多里亞德莎卻提出請求，希望能得到足以在武術競技會得勝的強大力量。

葛斯先生把愛意藏在心底，狠下心來嚴格地指導多里亞德莎。每當擊中多里亞德莎一次，葛斯先生的胸口肯定也痛得椎心刺骨。

啊啊，我的天啊！我一想像他們兩位壓抑著對彼此的愛幕，舉起魔劍相對的模樣……

啊啊！我的胸口就快裂開了。

然後、那個，朱露察卡先生，你可不可以偷偷告訴我一件事？

多里亞德莎真正的對象，究竟是三位中的哪一位呢？

8

聽到這裡，巴爾特才終於發覺自己也被列為重大嫌疑人之一。

「喂喂喂，你以為我和多里亞德莎差多少歲啊？」

「老爺子，您在說什麼啊？就是因為年紀懸殊才好啊！跨越年齡差距，熊熊燃起的愛火才令人感到心酸啊！是說，天底下多的是七十歲的老頭子，納十四五歲的小姑娘為繼室或妾，不是嗎？」

「而且，她把我講得像森林之神一樣，但是再多聽到一些事的話，就會知道我不過是個從鄉間小領地冒出來，兩袖清風的老邁騎士。」

「不，我就說了，不是這樣的。貴婦們就想要妄想啊！事實到底如何，她們根本不在乎。她們想要的東西應該是叫浪漫吧？」

巴爾特實在搞不懂他在說什麼。他唯一清楚了解到的，就是千萬不能到葛立奧拉皇國去。但是，他已經答應要去法伐連侯爵家拜訪，還收下了旅費。

巴爾特看向葛斯。明明從剛才就聽了不堪入耳又令人難為情的話，他的表情依然沒有絲毫動搖，跟平常一樣平靜無波。

——即使自己被拿來當作這種謠言的主角，這個男人還是無動於衷嗎？這傢伙真了不起。等等，對了！我只要叫這男人代替我去就行了。他是我的養子兼繼承人，作為我的代理人無可挑剔。說到底，拯救多里亞德莎閣下於水火的人、找到魔獸的人和教她劍的人，不都是眼前這個男人嗎？嗯！這傢伙才應該負起責任。

「葛斯，你可以代替我去一趟葛立奧拉皇都嗎？」

「不去！」

葛斯大聲地回答後，走出了房間。

看來他不是無動於衷。

他剛離開，多里亞德莎就來了。同行的還有雪露妮莉雅公主的侍女，這位侍女先前也曾到訪。

「雪露妮莉雅公主表示，昨天巴爾特・羅恩大人所唱的歌令她大受感動，所以想把這個東西獻給您。」

侍女遞出的是點心。在堤格艾德接過東西，巴爾特也表達了自己的感謝之意後，侍女就回去了。多里亞德莎則留了下來。

「巴爾特閣下，那個葛克勒茲是剛做好的。」

「嗯，也有堤格艾德和榮加的份。你們兩個也一起坐下來吃吧。」

「不不不，那怎麼行。」

「哈哈哈，別那麼客氣。我說行就行。」

多里亞德莎雙眼發亮地盯著坐在椅子上的巴爾特看。

「多里亞德莎閣下也吃吧。」

「喔喔！感激不盡。公主的點心師傅做出來的葛克勒茲特別好吃。」

看來雪露妮莉雅公主還有專屬的點心師傅，還讓他隨行到洛特班城來了。

點心是白色圓球狀，正中央擺了一朵鮮紅的花朵。白色基底映著深紅之色，看起來非常漂亮。

「上面放著的是砂糖漬柯古花。」

花瓣雖然細小，但是層層疊疊的皺摺給人一種奢華的感覺。拎起柯古花放入口中，粗糙的砂糖帶來的味道讓舌頭感到愉快。點心的口感軟滑有彈性，立刻在口中化開來。這個點心是由口感黏稠滑順的甜味層，和口味脆軟清甜的點心層互相交疊而成。這是巴爾特第一次體驗到的口感。由於這點心沒兩三下就進了五臟廟，令人還覺得有點意猶未盡。

「我的媽啊！這玩意兒真是太好吃啦～」

朱露察卡也開心得不得了。堤格艾德和榮加也帶著一臉驚訝，把葛克勒茲吃完了。

「話又說回來，昨天巴爾特閣下的歌聲，真是太令人感動了。原來所謂的歌曲是這麼唱的！」

多里亞德莎開始說起昨天巴爾特的歌聲是多麼動人。

巴爾特有種不祥的預感。

——這個小姑娘回國後，大概又會大肆宣揚一番吧。

當歌唱比賽陷入即將進入混戰的局面時，羅恩大人站起來演唱了一首失傳的名曲。於是滿室的騎士們停止爭吵，被歌曲感動得痛哭流涕，還互相搭著彼此的肩膀。羅恩大人宏亮至極的歌聲迴盪著，彷彿讓人看見了諸神之國的大門在眼前敞開。她可能會把事情說到這種程度。

「多里亞德莎閣下，麻煩妳回國之後，不要談起我唱歌的事。」

「咦？為什麼？是、是這樣啊！這是您的祕密武器嗎？我當然做得到，巴爾特閣下，關於您的技藝，我會幫您保密。」

巴爾特覺得誤會似乎加深了，但如果她願意閉口不談那也罷了。

比起這些，有件事更令他在意。多里亞德莎回國後，會卸去雪露妮莉雅公主隨身騎士的職務，回歸汯伐連侯爵家。這樣一來，她又必須曝露在兄長那充滿情慾的眼神下。巴爾特試著迂迴地問這件事。

「公主殿下應該會幫我昭告天下，帕魯薩姆王國將邀請我去擔任老師的事。為了做準備，我會一直待在宮裡，真是謝天謝地。只要去了帕魯薩姆，我就能爭取到一兩年的時間。如果這樣還會出現問題，我會採取朱露察卡教我的方法。他告訴了我一個真的很好的方法。雖然這個方法會給巴爾特閣下您們帶來不必要的麻煩，我真的非常感激他。」

朱露察卡究竟幫她出了什麼點子？這個方法居然會為巴爾特等人帶來麻煩？

巴爾特看向朱露察卡——不見了。不知不覺間，朱露察卡已跑得不見人影。

就在這個時候，居爾南特的使者來了。說要邀請巴爾特參加即將在四個月後舉行的立太子典禮。在那之前，由於國王想要見他一面，所以希望他先行前往王都。

「多里亞德莎閣下，妳也聽見了。很遺憾，目前看來我是無法前往葛立奧拉皇國了。」

「父親大人和兄長大人一定會覺得很可惜，但這也沒辦法。巴爾特閣下，我很期待能和您在帕魯薩姆王宮見面。暫時要跟您道別了，在此由衷地向您、哥頓閣下、葛斯閣下及朱露察卡致上我的謝意。」

——很好，這樣目的地就定下來了。

總之先往南方去吧。等在帕魯薩姆王國的一切結束後，再次越過奧巴河。見過哥頓・察爾克斯之後，直轉向北方，往伏薩而去。在巴爾特有生之年，他不會去葛立奧拉皇國。喬格的事也無所謂了。總有一天他會壽終正寢，而之後的事就不歸他管了。

決定好後，整個人的心情都輕鬆起來了。

9

「巴爾特大人，請保重。」

「嗯，堤格，照顧好自己。榮加，你也是啊。」

「是！謝謝您。」

「喔，對了，堤格。」

「是，怎麼了？」

「你是不是有什麼關於哥頓的事要找我幫忙？」

「啊，關於那件事，已經不要緊了。」

「真的嗎？」

「是的，那件事的先決條件是我得先當上騎士才行，一切都得等在這之後再打算。等我成為騎士，有了自己的家系，我會前往拜訪哥頓．察爾克斯大人。」

「哦？這樣啊。到時你就搬出我的名字，再幫我向他問好。」

「好的！我一定會照辦。」

巴爾特騎上愛駒月丹，向翟菲特、麥德路普以及列席的騎士們出言話別。

有兩位騎士的座騎分別開始起步行走，看來是在引導巴爾特前進，一輛馬車也跟在兩位騎士身後，巴爾特則走在馬車之後。還有兩位隨從騎著馬跟在巴爾特身後前進，最後則是朱露察卡徒步跟在後面。

一群前來送行的騎士在南門密密麻麻地排在一起。以馬場長為首，在這裡認識的所有人也站在人群中，城門上方也站著許多隨從及騎士。

邊境武術競技會在四月七日結束；四月八日，帕魯薩姆的參賽者們離開了。四月十日，葛立奧拉皇國一行人啟程；隔天四月十一日，輪到居爾南特與相關人士動身離開。而今天是四月十二日，巴爾特和朱露察卡也出發了。

葛斯沒有同行。提起他上哪兒去了這回事，他是隨著雪露妮莉雅公主一行人前往葛立奧拉皇國了。當巴爾特拜託他代替自己前往葛立奧拉皇國時，他曾經拒絕過，不過後來好像又改變了心意。葛斯會提出他願意前往葛立奧拉皇國，是因為得知巴爾特想經由蓋涅利亞、杜勒、盛翁等國，再前往帕薩魯姆的緣故。或許是有什麼原因，讓他不想前往這三國中的某個國家吧。

分別之際，巴爾特對葛斯說：

「要撐住啊。」

「嗯，我不會輸的。」

巴爾特差點脫口問他，你是打算去做什麼？但打消了念頭。畢竟難得他改變主意，願意去一趟葛立奧拉皇國，不需要潑他冷水。反正那是巴爾特一生中都不會踏足的國家。巴爾特就是帶著這樣的心情，目送葛斯離開。

巴爾特背後的洛特班城開始逐漸變小。

此時的巴爾特，作夢都沒想到他還會再來到這座城鎮。

外傳・蕾莉亞的戀情

第一章——哈林家

古吉風蒸蛋

1

蕾莉亞．察爾克斯，在她十三歲那年的四月，為了學習禮儀進入帕魯薩姆王國的哈林家。這其中的過程有些曲折離奇。

蕾莉亞是梅濟亞領地領主，哥頓．察爾克斯的姪女。在即將滿十二歲時，進入密斯拉的敦德鮑爾家學習禮儀。察爾克斯家和敦德鮑爾家有長達幾世代的深厚交情，蕾莉亞的母親——尤莉嘉也是在敦德鮑爾家學會淑女應有的禮儀及知識。以帕魯薩姆王國整體而言，密斯拉是個鄉下地方，但是比起邊境地帶的梅濟亞，文明較為高尚。

踏進敦德鮑爾家門口的時候，身邊有父親凱涅及負責護衛的隨從陪同。凱涅在遞出各項禮物，與敦德鮑爾家家主西爾錫姆有過接觸後，發現他這個人人品誠懇，就安心地回到了梅濟亞領地。

但是，這位西爾錫姆隔年與王太子一同戰死，由他的兒子道爾錫姆繼承了家業。

道爾錫姆是個人品低劣之人。正當蕾莉亞對將來感到憂心忡忡的時候，某一天布德奧爾子爵伊斯特‧哈林來到了敦德鮑爾家留宿。道爾錫姆居然命令蕾莉亞，要她在夜裡去一趟伊斯特的房間。蕾莉亞偷帶了一把懷劍，敲了敲伊斯特的門。

伊斯特問了蕾莉亞的名字、家名及人在這裡的理由，接著沉思了一會兒。

「我這個突然的提議可能會令妳很驚訝，但是待在這裡，對妳來說不是件好事。妳想不想到哈林家學習禮儀？我會派遣使者到察爾克斯家去說一聲的。」

蕾莉亞在短暫的思考過後，接受了這個提議。

布德奧爾這座城鎮位於王都附近，對梅濟亞領地來說是個山遙路遠的地方。蕾莉亞被引見給一位名為費露米娜的貴婦，負責打理她的生活起居。

費露米娜是位不可思議的人。

首先，沒有人知道費露米娜在哈林家的地位如何。不過家主伊斯特對她也是畢恭畢敬，所以肯定是位貴客。但是費露米娜日常的生活非常簡樸，甚至除了老侍女和蕾莉亞以外，就沒有其他專屬僕人了。她住在別院中，默默地過著日子。

最不可思議的是，從來沒有人喚過費露米娜的家名。

才剛見面，蕾莉亞立刻被費露米娜的人品吸引。費露米娜是一位和藹溫柔、非常家居，而且體貼入微的女性。身分高貴的女性中，很少有人像她這樣喜歡自己下廚，總是開心地做形形色色的點心，然後分給本家的女性們及僕人們吃。

蕾莉亞不斷從她身上學到各種稀奇點心的製作方法，讓她十分慶幸自己能夠來到這裡。在哈林家學習禮儀的這段經歷，為她帶來了命運的邂逅。

堤格艾德。

他與蕾莉亞同年，也是十三歲。他是費露米娜的兒子。

蕾莉亞應該一輩子都忘不了，第一次遇見堤格艾德時所發生的事。

這件事發生在她來到哈林家的第二天。上午在老侍女的介紹下，她記住了東西的擺放位置及一整天的生活流程。中午和費露米娜一起吃她烤的點心，下午則是把桌子搬到庭院入口，一邊看著盛開的花朵，一邊學習刺繡。

有人走近而來，不過應該不是危險人物。因為費露米娜完全沒有心生戒備。

——會是誰呢？

這個人終於來到她們身邊，他的腳步聲快活且輕快。心裡莫名地小鹿亂撞，害蕾莉亞抬不起頭來。

「母親大人！」

這個雀躍的聲音屬於一位少年。聲音中充滿了開朗愉悅及光芒。

——世上怎麼會有如此悅耳的聲音。不過，他說母親大人？

「堤格艾德，歡迎回來。」

蕾莉亞聽到費露米娜的回答，不禁抬起頭來看向費露米娜。她從沒想過美麗的費露米娜，居然有個這麼大的孩子。

「我回來了。這一位是新來的侍女嗎？」

「是啊，她叫蕾莉亞。她是為了學習禮儀，才從奧巴河東岸的察爾克斯家來到這裡，跟人家打個招呼吧。」

「蕾莉亞小姐，我是堤格艾德。從今年春天開始，以伊斯特．哈林大人弟子的身分成為了從騎士（休塔雷）。母親大人就承蒙妳照顧了。」

看著少年行了一個嚴謹的騎士禮，蕾莉亞的口中洩漏出細微的笑聲。這是她看著少年身上洋溢著年輕的青澀氣息，忍不住流露出來的讚嘆笑聲。但是這樣確實很沒有禮貌，蕾莉亞慌忙地從椅子上站起來，拎著裙子深深行了一禮。

「堤格艾德先生，初次見面。我是波多摩斯大領主領地，梅濟亞領主哥頓．察爾克斯之妹——尤莉嘉與其丈夫凱涅之女，蕾莉亞．察爾克斯。昨天開始來到這座宅邸學習禮儀，請多多指教。」

蕾莉亞選擇了比平常更莊重的禮儀，剛才不小心笑出來的羞恥心促使她做出這個選擇。

結果導致裙襬隨風飄揚，整件衣服輕輕搖曳，飄來一股香甜的氣息。這是堤格艾德後來跟蕾莉亞說的。

蕾莉亞抬起頭來，望向堤格艾德。雖然他的體態優雅纖瘦，但是古銅色肌膚感覺十分精悍。而捲曲的黑髮給人頑皮的印象，最吸引人的是那雙注視著蕾莉亞的蔚藍眼眸。這顏色像是故鄉那潭湖水的顏色。

「你們兩個再這樣一直大眼瞪小眼，天很快就要黑了。」

蕾莉亞心下一驚。他們兩個對視了這麼久嗎？

「我們來喝茶吧。蕾莉亞，麻煩妳來幫幫我。」

「好、好的。」

費露米娜走到一半，停下了腳步，回頭開口道：

「堤格艾德。」

「是，母親大人。」

「你去伊斯特大人那裡報告過了嗎？」

「還沒，我想先來問候一下母親大人。」

「哎呀，真是的，這樣可稱不上了不起的從騎士。要是被你父親知道了，他肯定會生氣。你現在立刻去向伊斯特大人報告一下。」

「好的，我馬上去。」

「榮加，你要是不幫忙勸勸堤格，我會困擾。」

「非常抱歉。」

蕾莉亞感到很驚訝。絲可拉古勒斯的細長枝枒上正開著花，而她注意到在花兒的另一頭，佇立著一位少年。他一頭銀色直髮垂在肩頭，體型削瘦，是位極為美麗的少年。

「你們兩個報告完之後，再來我這裡吧。大家一起喝個茶。」

費露米娜露出笑容，這個笑容比絲可拉古勒斯的花更加美豔。

2

蕾莉亞與堤格艾德打從一相識就互相吸引。雖然沒有特別告白，但兩人已靠彼此的眼神、態度互訴衷情。

兩人只單獨上街過一次。那是大陸曆四千兩百七十年秋天的事。費露米娜託蕾莉亞上街去買東西，當時堤格艾德也在休假，她就拜託兒子擔任護衛。一般來說，購物的工作都會落在女僕或外聘的侍女身上。

「畢竟是我要穿在身上的東西，當然得由蕾莉亞去幫忙挑。」

不過，記得要在傍晚前回來喔。這句話事實上是給了她一整天的自由，所以這次差事的主要目的不是購物，明顯是為了給兩個年輕人機會，一起共度這段時光。

這段時光就好像一場夢。原來只要有堤格艾德在身邊，就連只是看看市場中的辛香料或布料，也是這麼令人心情雀躍的事。

「請給我這個鈴鐺。」

堤格艾德買了一個水藍色小鈴鐺，當它隨風搖晃時會叮鈴作響。

「送給妳。」

由於這是第一次有男生送蕾莉亞禮物，她驚訝地無法好好將回答說出口，雖然滿臉通紅地低著頭，但還是伸出雙手接過這個充滿心意的鈴鐺。

在這之後，兩個人在市場裡四處逛時，堤格艾德卻突然停了下來。

「第一次見到妳的時候，妳笑出了聲。」

蕾莉亞紅著臉頰低下頭。當時的事她還記得很清楚，她覺得自己做了一件沒教養的事，但這也是難忘的重要回憶。

「我當時覺得妳的笑聲就像鈴聲一樣悅耳。」

蕾莉亞那張已經紅到不能再紅的臉，又變得更紅了。從堤格艾德口中說出的「悅耳」一詞，一直在她腦海裡縈繞不去。

由於堤格艾德再次邁步向前，蕾莉亞保持在他身後半步的距離，跟了上去。

3

一年過去，堤格艾德和蕾莉亞都滿十四歲了。長高的蕾莉亞手腳修長，成了一位擁有燦爛笑容的淑女。離開父母，隻身一人來到別人家裡學習禮儀，這種環境促使她的身心越發成熟。

這個道理用在堤格艾德身上也說得通。伊斯特．哈林對堤格艾德沒有半點溺愛。伊斯特不僅會派他到遠方辦事，其中甚至包含了一些相當困難的交涉工作。而他待在家裡的時候，伊斯特會讓他進行嚴格的武術修行。堤格艾德身上出現了顯著的成長。在他十四歲的那個夏天，連哈林家的老手都敢打包票，他已經有資格就任騎士了。

然而，滿十四歲就代表等下個一月來臨時，她就滿十五歲了。在滿十五歲的同時，會有人來接蕾莉亞回到梅濟亞領地。

「妳也可以一直待在這裡喔。」

費露米娜客氣地把這句話掛在嘴邊的次數也越來越多。

「謝謝您。但是，不管怎麼說，我都必須得先回家進行報告才行。」

「是啊，是這樣沒錯。」

蕾莉亞已經完全融入哈林家，任何事她都做得俐落又完美。費露米娜總是用溫和又帶點憂愁的眼光凝視著她。老侍女已經在今年年初退休，別院裡的大小事幾乎都由蕾莉亞一手包辦。

九月中旬的某一天，侍從長難得親自來別院拜訪。

「翟菲特．波恩伯爵大人派來了使者。可否請您到主屋一趟？」

蕾莉亞這時候才知道費露米娜原來可以走得如此飛快。

主屋中，伊斯特．哈林和他的親信們都在等著費露米娜。堤格艾德和榮加的身影也在，還有一位陌生的騎士。

「費露米娜夫人，初次見面。我是馬特．卡茲，我是前來傳達翟菲特大人的話。自十月起，大人將被任命為邊境騎士團團長，所以他想將堤格艾德及榮加接到身邊養育，希望您將兩位送到洛特班城。此外，請堤格艾德必須自稱堤格。以上，詳情請您參閱這封信件。」

蕾莉亞站在費露米娜的身後聽著使者的話，她知道自己的臉色逐漸失去了血色。

——「大地的盡頭（洛特班）」，多麼不吉利的名字。堤格艾德先生要是去了遠方，一切就結束了。

不管怎麼樣，這場別離遲早都會到來。但是突然被擺到眼前的這個事實，令蕾莉亞感到十分絕望。與此同時，蕾莉亞明白了自己的心意。

——我愛上了堤格艾德先生。

最後的結論是在兩天後，堤格艾德和榮加將在騎士馬特的陪同下，動身前往洛特班城。

就在明天即將啟程的那一天下午，堤格艾德把蕾莉亞叫到庭院來。

「蕾莉亞小姐。」

「是。」

「我的名字叫做堤格艾德．波恩。」

「是。」

「我的父親是一位名叫翟菲特．波恩的騎士，是長年侍奉在溫得爾蘭特國王子身邊的親信。王子在與戈里塞伍國的決戰中成了英雄，就在去年，他戴上了至尊之冠。」

「是。」

「父親大人因為一些不得已的原因，必須將我和母親託給哈林家照顧，但是他一直懷著強烈的愛意守護著我們。而父親大人多年來的功績得到認可，受封伯爵，還被任命為邊境騎士團團長。不久後，國王應該也會賜給他領地。」

「是。」

他究竟想說什麼？堤格艾德想告訴她什麼？

「此次承蒙伯爵父親的召喚，我將以從騎士的身分加入邊境騎士團。」

「是。」

「由於父親大人對正妃夫人的娘家有所顧忌，所以至今我仍無法正式以這個姓氏自稱。但是他將我喚到他的身邊，這絕對代表著他沒有忘記過我，而且將來也會讓我以騎士的身分建功立業。」

「是。」

「蕾莉亞小姐。」

「是。」

「我無法繼承波恩家，應該會建立一個新的家。」

「是。」

「關於那個新的家，那個……我需要一個人來幫我打理家裡的大小事。」

「是、是。」

「蕾莉亞小姐。」

「是。」

一連答了幾聲是，蕾莉亞的聲音開始沙啞起來。她的心情非常激動，心臟跳動的聲音聽起來好吵。蕾莉亞命令自己的身體「心臟啊！冷靜下來！」。

「雖然我現在還沒就任騎士，是一個連自己的家都沒有的人。」

蕾莉亞想回答是，但這次真的沙啞到連聲音都發不出來。此時，蕾莉亞的口中只能發出甜蜜又心酸的沙啞聲調。

「等我成為騎士，我會越過奧巴河，前往梅濟亞領地拜訪。如果到時候妳還是單身，我將會向領主哥頓．察爾克斯大人提出想跟妳結婚的要求。請問妳是否允許我這麼做呢？」

蕾莉亞的世界已是一片模糊。雖然眼前一片光亮，她卻什麼看不見。也難怪她看不見，因為她的雙眼被滿溢的淚水掩去了視線。

——我得給他回答才行。

雖然她這麼想，但只要一吸氣就感覺胸口苦悶，即使她勉強呼氣又吸氣，喉嚨還是沙啞地發不出聲音。她讓提格艾德等上好長一段時間。不過她終於調整好了喉嚨的狀況，成功給出一個聲若蚊蚋，卻清晰無比的回答。

「……是。我很樂意。」

提格溫柔地緊抱著低頭流淚的蕾莉亞。那是一個淡泊如水的擁抱。

當天的晚餐，主屋送來了大量的肉。想必是在給提格艾德和榮加餞行。但是，對提格艾德來說，最後成了主菜的卻是別的料理。

古吉風蒸蛋。

也有人只稱這道菜為古吉。為什麼這道料理要叫古吉風蒸蛋無從得知，雖然有一說指出這是名為古吉的少女為情人所做的料理，但是古吉聽起來實在不太像女性的名字。不管怎麼說，這是在帕魯薩姆貴族家庭中，近年來蔚為風行的一道料理。

這道料理的做法五花八門，不過費露米娜的做法，是先取泰爾巴貝的貝柱加蔬菜一起熬煮出高湯，再將高湯和攪拌均勻的柯爾柯露杜魯蛋蛋液以一比一的比例混合。然後把雞肉、蔬菜及魚肉等材料川燙過後調好味道，再把高湯和蛋液混合後的液體倒進壺裡，最後整壺拿到大鍋中，利用蒸氣把它蒸熟。

製作的步驟並不困難，但是要蒸得恰到好處可是件難事。蕾莉亞至今也曾挑戰過這道料理好幾次，但要不是加熱不均勻，導致有些部分沒有凝固，不然就是熱氣太強，導致蒸蛋不僅太硬，還坑坑疤疤的。

「我們一起做吧。」

「這、這怎麼行。這是要給提格艾德先生吃的最後一道料理，我辦不到。」

「哎呀呀，沒這回事。今晚一定能順利完成它，妳就跟我一起做吧。」

蕾莉亞打從出生以來，第一次懷著忐忑不安的心做料理。切食材、川燙食材的部分，只要用心去做就不會有問題。但是最後一道蒸的程序卻不是如此。一旦開始蒸，一直到料理完成為止都不能再掀開蓋子。蕾利亞在一旁守著冒著蒸氣的鍋子，心被不安和期待壓得快喘不過氣。

「時、時間是不是差不多了？」

費露米娜溫柔地點了點頭。蕾莉亞戰戰兢兢地把壺取出來，確認料理完成的狀況。

完美無瑕。

表面光滑、吹彈可破，而且水嫩飽滿、香氣十足，有種晶瑩剔透的美。完美的古吉風蒸蛋就在眼前。

「做好了呢。」

費露米娜在一旁慶祝，蕾莉亞則埋進她的胸口哭了起來。

在費露米娜的安排下，蕾莉亞也一起坐到餐桌旁。費露米娜、堤格艾德、榮加和蕾莉亞四人，圍著一張小小的餐桌。

悶烤牛肉雖然很好吃，但是蕾莉亞已經不記得它的味道了。蕾莉亞只記得，在那之前吃過的古吉風蒸蛋的味道。

蒸蛋表面的顏色光滑溫潤。光是看著那個顏色，就知道這道料理完成度有多高。

「這看起來很好吃呢。」

堤格艾德這句話絕不可能是客套話才對。然後他挖了一勺蒸蛋送入口中，接著大聲地喊道：

「真好吃！」

雖然這個行為並不得體，但沒有人出言訓斥。因為大家都知道，這是提格艾德在向蕾莉亞表達他最大限度的感謝。

蕾莉亞也用湯匙挖了一勺彈力十足，不斷顫抖的蒸蛋。

——真好吃。

蒸蛋的溫和甜味成了令人難忘的美味佳餚。蛋裡的雞肉、貝柱、魚、果實和草根的熟度也十分合宜。大家正在品嚐同樣的美味。蕾莉亞第一次明白到，原來料理這種東西能帶來這麼強烈的幸福感。

4

隔天，提格艾德帶著榮加在騎士馬特的陪伴下啟程。等到下次提格艾德再回到費露米娜身邊時，蕾莉亞已經不在這裡了。但是他心裡不會感到不安。因為蕾莉亞時常會向費露米娜和提格艾德談起梅濟亞領地的方位，以及察爾克斯家的一切，還告訴他們：

「不過，臨茲伯爵——賽門．艾比巴雷斯大人是我伯父的伯父。所以到了臨茲，只要請他們帶你們到我家去，他會派人帶路的。」

後來，費露米娜開始大量購買給蕾莉亞的伴手禮。包括衣服、料理工具及辛香料等等。

「這個也要記得放進行李裡喔。」

蕾莉亞雖然覺得很不好意思，但也嚐到沁入心底的幸福感。這些東西會由蕾莉亞先帶回梅濟亞領地。新年過後不久，迎接她的人應該就會來到此處。

在年末將近的時期，蕾莉亞辦了一個送別會。和在主屋工作的侍女夥伴們道了別。

接著新年來臨，卻沒有人來迎接她。直到一月都快結束了，依然沒有人來接她回去。不得不說這件事很異常。說到底，當騎士之家將家中女性送到另一個騎士之家學習禮儀時，會確切地訂出期限。而以這次的情況來說，在這裡待到十五歲是雙方定下的期限。過了期限依然沒有前來迎接的話，等於是給對方增添了不必要的負擔。

「畢竟他們要千里迢迢來迎接妳，或許有事耽擱了吧。」

費露米娜雖然這麼說，但是這件事讓蕾莉亞覺得臉上無光。

二月也來到尾聲，依然沒有人前來迎接。終於到了某一天，費露米娜把騎士埃德里卡爾叫了過來。埃德里卡爾．波爾是哈林家分家的家主，身分相當於哈林家的管家。接到伊斯特．哈林的命令，負責派遣使者到梅濟亞領地去的也是他。

「埃德里卡爾大人，您派去的使者確實見到了梅濟亞領主，哥頓・察爾克斯對嗎？」

「當然見到了。」

「您這裡有沒有接到什麼報告？」

「使者轉達了必須轉告的事，做完必須做的工作就回來了。」

「當時蕾莉亞曾寫信回去，使者沒有接到信的回覆對嗎？」

「使者沒有帶任何回音回來。」

「也沒有帶回任何話嗎？」

「我沒聽說有這回事。」

「當時都沒有談到要過來迎接的事嗎？」

「費露米娜夫人，我們是把蕾莉亞小姐從敦德鮑爾家接來布德奧爾家照料。關於前來迎接的期限，我們也只是延續敦德鮑爾家與他們的約定執行。總之，在迎接的人來之前，讓她在這裡好好工作不就成了？」

「您這麼說……倒也沒有錯。」

費露米娜在騎士埃德里卡爾的回答中感覺到一絲猶疑。但是費露米娜完全沒想到，從一個身為騎士的人口中說出的堂而皇之的話，居然是個謊言。

埃德里卡爾一邊回答費露米娜的問題，心裡直冒冷汗。

兩年前的春天，家主伊斯特帶回一位衣著寒酸，發育不良的少女，並介紹她是邊境地帶察爾克斯家之女。當時埃德里卡爾只覺得是玩笑話，完全不相信。而且，聽說察爾克斯家是「創始之眾」的家系時，他更是不信。

話雖如此，在家主伊斯特明命令他派遣使者前往察爾克斯家時，他確實曾打算找個時間派使者過去。但是，使者必須先渡過奧巴河，再騎馬騎個十天才會抵達。總之，這段路途實在太過遙遠，還得派護衛隨行，這筆費用也不可小覷。

恰巧，當時帕魯薩姆王國才剛迎接新王溫得爾蘭特登基，國內的貴族們都拚命地採取行動，只為了在新體制中搶到好位置。那陣子埃德里卡爾也是不斷在家中和王都來來去去，忙著忙著時間就過去了。

這位名為蕾莉亞的少女聰明、健康，個性表裡如一又十分能幹，臉上總是帶著柔和的笑容，是個人品良好的好女孩，可說是意外地撿到寶了。但是隨著時間過去，她長成了一位貌美如花的女孩。她的五官、身上散發出來的高雅氣質，怎麼看都不像是個平民百姓。

——原來她真的是如假包換的貴族家之女。若真是如此，她是梅濟亞領主察爾克斯家之女這件事搞不好也是真的。

但是假設事實如此，有件事讓他怎麼也想不通——為什麼她會被派去為伊斯特侍寢，還像市面上的幼猴一樣被賣來這個家裡。如果這個女孩是帶著禮物被送進那個家庭，絕對不會受到這種待遇，埃德里卡爾得到一個可怕的結論。

——天啊。這個女孩被察爾克斯家主或家主身邊的人憎恨著，所以在本人都不知道的情況下，被帶去賣掉了。一切只是為了讓她遭受到最殘酷悲慘的遭遇。

他對蕾莉亞的同情越發強烈。而且，費露米娜是打從心底愛著，信賴著這個女孩。

——這個女孩還是維持現況，繼續侍奉在費露米娜夫人身邊比較好。

他開始有了這種想法。不久後，他聽聞她已和堤格艾德訂下將來的約定。如果對象是這個女孩，兩人一定能成為相配的夫妻。既然事情發展至此，就更應該護保護這個女孩才是。

——要是把她送回老家去，搞不好還會被賣到其他地方去。

埃德里卡爾心裡這麼想著，於是打定主意，不派使者前往察爾克斯家。對伊斯特和費露米娜撒謊雖然令他感到痛苦，但是最後他做的一切都是為了大家好。只不過，當蕾莉亞迎來十五歲的那個新年，埃德里卡爾再也無法沉著面對。

——察爾克斯家或許會派人前來迎接。

他繃緊神經等著一月過去，二月來臨。就在二月也即將結束的時候，埃德里卡爾終於能放心地鬆一口氣。要是迎接的人在新年時期去了敦德鮑爾家，不管再晚，一月底或二月初一定會來到哈林家。到了二月底依然沒有人來，那就代表永遠不會有人來了。

就在他剛放下心中大石的時候，費露米娜把他叫了過去，委婉地對他進行了一番質問。

埃德里卡爾做出了騎士不應該做的事。換句話說，他利用謊言和欺騙熬過了那個場面。即使如此，他依然相信他的行為是為了主家著想，為費露米娜著想，也是為了蕾莉亞著想。

第二章 哥頓大發雷霆

—普倫道魯咖—

1

「好，駛動馬車吧。」

哥頓・察爾克斯對從騎士命令道。

「是。」

從騎士以緊張的聲音回答。接下來終於要進入伊斯特・哈林大人的宅邸了。

本來該由蕾莉亞的父親凱涅前來迎接她，但是他有種即將發生大事的預感，所以由領主哥頓親自帶著從騎士渡過了奧巴河。

令人驚訝的是敦德鮑爾家的家主居然想將哥頓拒於門外。在密斯拉子爵麾下騎士的協助下，哥頓終於進了府邸，但道爾錫姆・敦德鮑爾卻命令部下攻擊哥頓。哥頓把迎上來的人打趴在地，勒緊了道爾錫姆的脖子，讓他招出了蕾莉亞的所在之處。

道爾錫姆居然說，他以五萬蓋爾把蕾莉亞賣給了布德奧爾子爵，伊斯特・哈林。一問之下才知道，布德奧爾子爵與新王溫得爾蘭特素有交情。他訴諸金錢和權力將蕾莉亞據為己有。哥頓得知可愛的姪女的悲慘命運後，發出了好大一聲嘆息。接著趕著馬車，在四月四日的今天抵達了布德奧爾的城鎮。

不愧是王都附近的城市，櫛比鱗次的宅邸，每棟都蓋得既豪華又時髦，街上來來往往的行人服裝也十分優雅。雖然領地大小不及梅濟亞，但是這座城鎮勝在它的富裕及人口數。

過沒多久，他們來到哈林大人的宅邸前。哥頓讓馬車和從騎士在外面等著，自己走過大門，進入了宅邸。在樓上會客室招待哥頓的是一位體格精良、眼神銳利的騎士。

「我是埃德里卡爾・波爾，負責打理哈林家的一切事務。」

「在下是波多摩斯大領主領地，梅濟亞領主哥頓・察爾克斯。」

「梅濟亞領主、察爾克斯家主……你、你就是那位領主嗎？」

「正是。恕我直言，請問我的姪女蕾莉亞是否正在此受貴府照料？」

「她確實住在我們這裡。」

「喔喔！感激不盡！那麼，請問可以麻煩您帶我去見她嗎？」

埃德里卡爾非常驚慌。由於直到二月底，察爾克斯家都沒有派人來迎接，他一直深信不會再派人來了。但是，有人來了，而且還是家主親自大駕光臨。他沒料到，本人還光明正大地報上了名字。剎那間，他曾以為是不是冒牌貨，但是只要讓哥頓和蕾莉亞見面，一切就會立刻真相大白。簡單來說，這個人不可能說這種謊。這麼說來，這個男人就是哥頓・察爾克斯本人。

那麼，這個男人來這裡做什麼？是來拯救蕾莉亞的嗎？還是，是來凌虐她的呢？事實很明顯，這個男人渾身散發出殺氣和怒氣。他不能把蕾莉亞交給這個男人。

「我當然會帶您去見她，但是在見面之前，請您向我保證一件事。」

「什麼事？」

「蕾莉亞小姐是我們家的客人，目前隨侍在費露米娜夫人身邊。這位費露米娜夫人非常喜歡蕾莉亞小姐，我希望您不要把蕾莉亞小姐帶回去。」

「什麼！那要是我說我要帶蕾莉亞回去，又會如何？」

「那我不能讓您們見面了。」

「別開玩笑了！」

哥頓爆出怒吼。哥頓在見到這個人的時候，就覺得他居心叵測，果然不出所料。這個人完全不想把蕾莉亞還給察爾克斯家。蕾莉亞在這座宅邸之中，究竟受到了什麼樣的待遇？

「既然來到我們家，就請您必須遵守我們家的規矩。要是您聽不進去，就請回吧。」

哥頓聽了這段不合理的話，沒有做出任何回答。但是他掀了桌子，抓住了埃德里卡爾。

隨侍在旁的騎士立刻拔劍出鞘，但是哥頓的巨吼鎮住了他們的行動。

「不准動！你們要是敢亂動，我就把這個叫什麼埃德里卡爾的頭扭下來！去把蕾莉亞．察爾克斯帶來這裡！馬上去！」

此時，有一位文雅的騎士帶著護衛走進了房間。

「這是在吵什麼？」

「哦？哎呀呀，您就是伊斯特．哈林大人？」

「正是。您是？」

「我是哥頓．察爾克斯。梅濟亞領主哥頓．察爾克斯。」

「喔喔！就是您嗎！我等您好久了。但是，這情況是怎麼回事？」

「這個叫埃德里卡爾的人說，不能讓我和蕾莉亞見面。還說不打算讓蕾莉亞回到察爾克斯家，所以我才在拜託那兩位騎士把蕾莉亞帶到這裡來。」

「什麼？怎麼可能會有這種事。我當然會讓您和蕾莉亞見面，我一直在等著府上派人來接她呢。是不是發生了什麼事，讓您無法在年初前來呢？」

「您在說什麼？我和西爾錫姆．敦德鮑爾閣下是約在四月前去迎接。我三月二十八日就抵達密斯拉了。」

「您去了密斯拉？可是……總之，請您先放了埃德里卡爾吧。迪巴肯。」

「是！」

「去把蕾莉亞小姐帶來。」

「是！」

在和伊斯特交談的過程中，哥頓陷在驚訝的情緒中。

——這真是令人驚訝。好像，他好像巴爾特伯父。

他說的相像不是指長相，而是伊斯特．哈林大人身上散發出來的人格氣質，莫名令他聯想到巴爾特．羅恩。

——看來或許得改變一下對這個人的看法。

哥頓是相信直覺的類型。在他從這位騎士身上感受到跟自己敬愛的巴爾特．羅恩相似的氣息時，暫且壓下了沉積已久的怒氣。所以放了騎士埃德里卡爾。埃德里卡爾痛苦地咳著，還是拚命地向家主進諫：

「大人，不可以！不可以啊！不能把蕾莉亞小姐交給這個男人！」

「埃德里卡爾，閉嘴！」

蕾莉亞馬上來到現場，後面還跟著一位貴婦——是費露米娜。

「伯父大人！」

「喔喔！蕾莉亞，妳沒事吧？」

蕾莉亞撲進哥頓懷裡。

哥頓十分驚訝。哥頓認識的是十一歲的蕾莉亞，而現在在這裡的是已經長大成人的蕾莉亞，而且她展現出來的成長令人難以置信。

哥頓一直認為，蕾莉亞在這間宅邸肯定過著不幸的生活。但是，蕾莉亞的臉色紅潤，身上穿的也是高級衣物。過了一會兒，蕾莉亞離開哥頓的懷抱，拎著裙子行了一禮。

「哥頓伯父大人，貴為領主的伯父大人居然親自前來迎接，小姪愧不敢當。」

「嗯。蕾莉亞看起來也健康平安，真是太好了。」

「我想跟您請教一件事。」

「什麼事？」

「為什麼這麼晚才來迎接我呢？為什麼父親沒有來迎接我呢？該不會，是父親出了什麼事……」

「凱涅很好，尤莉嘉也很好。本來不是就約定四月初來接妳嗎？這是斯爾錫姆提議的。」

「咦？是這樣嗎？」

蕾莉亞的母親尤莉嘉結束在敦德鮑爾家的禮儀學習時，冬天的回程之旅導致她的健康狀況出了問題。知道這件事的斯爾錫姆·敦德鮑爾就提議等到四月再來迎接蕾莉亞回去，但這件事並沒有傳到蕾莉亞耳裡。此時，哥頓的視線移向伊斯特·哈林，從懷裡拿出一個袋子放在邊桌上。

「伊斯特．哈林閣下，我的姪女承蒙您照顧了。在此向您道謝。這裡是五萬蓋爾，是您從道爾錫姆．敦德鮑爾手上買下蕾莉亞的金額。我付了這筆錢，您就要讓我把姪女帶走。關於學習禮儀一事，我們已付給敦德鮑爾充足的謝禮。請您向他們收取吧。蕾莉亞，我們走。」

哥頓說完後站起身。伊斯特正想對他說什麼，埃德里卡爾卻搶先開口：

「你、你這個無禮之人——！你說這是什麼話！好像伊斯特大人是用錢把蕾莉亞小姐買回來的一樣！你知道那女孩在這個家裡受到什麼樣的禮遇嗎？」

「說什麼禮遇！那麼為什麼！為什麼！就算只是一封信也好！為什麼沒有人通知我們蕾莉亞被哈林家帶走了呢？連騎士的禮儀都不懂嗎！我到敦德鮑爾家拜訪的時候，可是勒住了道爾錫姆的脖子，他才說出把我的姪女賣給了伊斯特．哈林！你能明白我聽到這件事時，有多麼憤怒嗎！」

哥頓告發他的聲音響亮地迴盪著。

伊斯特和費露米娜臉色大變。

蕾莉亞是察爾克斯家之女，並且是由他們帶到敦德鮑爾家寄宿。不論她在敦德鮑爾家受到什麼待遇，也不管敦德鮑爾家和哈林家之間有什麼協議，只要是在未告知察爾克斯家的情況下把人帶到哈林家，那就是誘拐。

伊斯德正想開口說些什麼，埃德里卡爾卻比他早一步大喊出聲。他的臉已因為憤怒而轉為暗紅色。

「我哪管你那麼多！這件事應該要由敦德鮑爾家通知你們才對吧！我們家沒收到任何禮物，就收留了蕾莉亞小姐，給她吃、給她穿，還以最高的禮遇讓她在此學習禮儀。而且！甚至有位流著高貴血脈的年輕人想要娶她為妻。什麼『創始之眾』，別胡說八道了！要是你還有那麼點情義和道義，最好把這女孩留在這裡，早早滾回你的奧巴河東岸去！」

如冰一般的沉默降臨在眾人之間。

「埃德里卡爾大人。」

蕾莉亞語氣無比冰冷地出言喊道：

「您告訴我，我寫的信已經託給使者，而且信也確實送達了梅濟亞領地，但是沒有帶回任何回信。這、這些都是謊言嗎？您跟費露米娜夫人說，您確實派了使者前往梅濟亞領地，而且也通知了他們要來迎接我一事。您欺騙了費露米娜夫人嗎？」

埃德里卡爾沒有回答，只以哀傷及憤怒的眼神瞪著蕾莉亞。

「然後，我還必須告訴您一件事。我察爾克斯家確實是『初始之眾』之一，這是個無庸置疑的事實。這件事請您知悉。」

埃德里卡爾的臉色暗紅到了極點，開始轉為鐵青。

「伯父大人，我們回去吧。回梅濟亞領地去。」

「喔、喔。」

哥頓臉上的怒氣已經消失無蹤。哥頓的腦袋裡不停迴盪著埃德里卡爾的話。

——妻子……妻子？蕾莉亞？

2

哥頓的怒氣雖已平息，這次換蕾莉亞生氣了。而且氣得像個女魔頭。

有件事曾讓蕾莉亞覺得不滿又難過。

就是在察爾克斯家中，自己的身分立場居然只是如此渺小薄弱。面對敦德鮑爾家時，父親凱涅帶著從騎士前往拜訪，送出了一大堆禮物，再三懇求他們照顧蕾莉亞。然而，對哈林家卻不是如此。

其實蕾莉亞一直抱有期待。她心想，等到哈林家的使者抵達察爾克斯家，父親凱涅、母親尤莉嘉，還有伯父哥頓將會交給使者許多禮物，拜託他們照顧她。然而這種事情沒有發生。

這代表在哈林家中的蕾莉亞，只是一個仰賴家主施捨慈悲的存在。

她覺得自己好可憐，又失了面子。她曾覺得這樣的自己配不上堤格艾德。

為了成為配得上堤格艾德的人，她希望能以身為「創始之眾」後裔的血脈自豪，希望能一個堂堂來學習禮儀之人的身分自豪。身為梅濟亞領主察爾克斯家一族之女，她也很希望從哈林家的人身上得到她應得的尊敬。

蕾莉亞一直很肯定埃德里卡爾就是那塊絆腳石。父母親看過自己寫的信後，絕不可能連信都沒有回，還沒有囑咐半句話。這個男人在說謊，這個男人說他派了使者前往梅濟亞領地，根本是赤裸裸的謊言。蕾莉亞心裡一直這麼確信著。雖然她如此肯定，但是以她的立場不能將這份懷疑說出口。

十四歲那一年，即使狀況依舊如此那也就罷了。因為十四歲的她還是個孩子，即使生活在成人的庇護之下，也不是件羞恥的事。但是既然都滿十五歲了，就不能再這樣下去。都已經是個大人了，還只能仰賴其他家系的慈悲而生，這等同於拋棄了身為貴族的自尊。

她也不能請哈林家為她舉行及笄儀式，不能在不告知察爾克斯家的情況下，由哈林家進行及笄儀式。蕾莉亞已經滿十五歲，卻連及笄儀式何時舉行都還是未知數。

打從今年過年後，每當她用餐時，都必須忍著眼淚，把屈辱感埋藏在心底。因為這是人家施捨的餐食。究竟為什麼自己非得承受這些不可？今天之前，她是一直咬牙忍著這份不甘心，生活至今。

「察爾克斯大人，請等一下。看來我們犯了一個天大的錯誤。請您先把這些金幣收起來吧，我們從來沒有這個意思。」

在伊斯特・哈林向哥頓說出這些話時，蕾莉亞開口對他說道：

「伊斯特・哈林大人。」

蕾莉亞的語調讓伊斯特驚覺一件事。

「我從不知道您為這件事付出了金錢。那筆錢是為了把我救出敦德鮑爾家才付出去的對嗎？請您務必收下伯父拿出來的錢。您要是不收下，我會無法取回我的尊嚴。」

「蕾莉亞小姐。」

「我真的非常、非常感謝您至今的照顧。」

蕾莉亞向伊斯特深深地行了一禮。這是她發自內心做出的行為。

「伯父大人。」

「喔、嗯。」

「在我們離開這座宅邸前，請您由衷向伊斯特・哈林大人致上謝意。道爾錫姆・敦德鮑爾大人不是一個好人，我當時要是繼續留在那間宅邸裡，不知道今天的我會是什麼樣子。伊斯特大人不惜付出一筆不需付出的金錢，才拯救了我。」

「喔、嗯。伊斯特・哈林閣下，請原諒我的無禮，在此感謝您的恩情。」

「嗯，我接受您的賠罪和感謝。」

「然後，還請您向費露米娜大人由衷地表達謝意。她待我更勝親生女兒，且一直秉持著這份愛養育教導我。」

「您就是費露米娜夫人嗎？我的姪女承蒙您照顧了，在此跟您致上謝意。」

費露米娜拎起裙襬鞠了一個躬，以禮節回應哥頓的謝意。蕾莉亞也向費露米娜深深行了一禮，然後撲進費露米娜懷裡哭了起來。

「費露米娜夫人，我要回梅濟亞領地去了。為了將一切劃下句點，我必須回去。但是，我們的約定依然沒有改變。」

「蕾莉亞，沒想到這場離別來得這麼突然。但是，有人來接妳回去，真是太好了。真的太好了。」

兩人流著眼淚，擁抱了一段時間。

「那麼，伯父大人，我們走吧。」

蕾莉亞先站了起來，毫不客氣地踏出步伐。她必須儘早回到梅濟亞去。這座宅邸是個令人眷戀的地方，也是她心懷眷戀之人的所在之處。然而，這裡同時也是個讓她像個乞丐，接受施捨而活到今日的地方。她要是不回去梅濟亞領地，就無法取回自己的尊嚴。她想早日變成那個配得上堤格艾德的自己。

當兩人走下樓梯，即將踏進入口大廳的時候，伊斯特再次叫住他們。

「察爾克斯大人，等一下。您難得來一趟，在這裡好好休息一晚再走吧。如何？」

「哈林大人，感謝您的盛情。但恕我失禮，我在這間宅邸中無法睡得心安。」

「不，沒這回事……」

伊斯特的話才說到一半，當他看見埃德里卡爾及接受到他指示的騎士們擋去了哥頓和蕾莉亞的去路時，他就沒有再說下去。

「埃德里卡爾，你這是在做什麼？」

「伊斯特大人，這傢伙在我們家做出如此無禮的舉動，然後現在拍拍屁股就要走了。如果讓他這麼走了，我們這個武人家將會顏面無光，蕾莉亞小姐也絕對不會幸福的。」

「你在說什麼！」

「縱使要讓蕾莉亞小姐回去梅濟亞領地，也得是基於伊斯特大人的意願下施恩於她，不能讓人以蠻力奪走我們家的侍女。」

「你錯了。」

「我沒有錯，這是為了我們家的名譽，而且也是為了蕾莉亞小姐好。」

哈林家在場的騎士只有伊斯特的一位護衛。相較之下，波爾家的騎士共有五人。也就是說，埃德里卡爾的命令權大於伊斯特。

「給我把這個可疑人物抓起來！」

在埃德里卡爾的命令下，五位騎士拔劍向哥頓猛撲過去。此時哥頓身上穿的是禮服用的輕盔甲，防禦力不高。但哥頓還是泰然自若地往前走去。

五位騎士看他這副模樣，內心的鬥志動搖起來。但是他們的任務就是得狠狠打敗這個可疑人物，並把他抓起來。五人舉劍對哥頓揮下。

哥頓先是抓住正中央一位騎士的手，阻擋他出劍。其他四位騎士的劍則分別擊中了哥頓的頭、右臂、左側腋下及背部。

所謂的騎士劍，劍刃雖不鋒利，但是重量驚人。即使面對穿著盔甲的騎士，騎士劍依然可以隔著盔甲重傷騎士。若有敵人同時被四支如此重量級的武器，加上騎士臂力的攻擊擊中，只會失去反擊之力而敗下陣。

然而，哥頓的動作完全沒有停下。他抓著騎士的手，用力地把騎士往左邊甩出去。左邊兩位遭到波及的騎士向後飛了出去，跌倒在地；右邊兩位騎士則舉起了劍。哥頓衝到兩人身前，雙手分別抓住兩位騎士的頭互撞。兩位騎士立刻昏了過去。

騎士埃德里卡爾高舉著劍衝了過來，臉上掛著怒氣沖沖的模樣。哥頓沒有閃避。因為他一避開，可能會波及到身後的蕾莉亞。不過，他雖然沒有閃躲，但是他舉起雙手握拳，並將全身的力氣集中在拳頭上。

埃德里卡爾略微打橫的一劍陷入哥頓的左肩，發出猛烈的碰撞聲。雖然盔甲出現了深深的凹陷，但是哥頓沒有倒下，文風不動地站在當場。

埃德里卡爾瞪大了雙眼，不敢相信自己眼前所看到的一切。埃德里卡爾可是在其他領地也小有名氣的豪傑，怎麼可能有騎士在正面承受他使盡渾身解數的一擊後，還依然屹立不搖。

「埃德里卡爾閣下，這個攻擊相當不錯。」

哥頓說完這句話之後，雙手舉起埃德里卡爾的身體扔了出去。他飛越依然倒在地上的騎士，撞上了驅魔雕像。結果雕像倒了，手腳也飛了出去。埃德里卡爾用手撐著地板，想要再站起來，卻是力盡倒地。

蕾莉亞目不轉睛地盯著倒在地上的埃德里卡爾。雖然一直到剛才她還恨這個人恨得牙癢癢的，但是此時她的恨意已經煙消雲散。

——回想起來，自己也受了這個人不少照顧。

蕾莉亞向還倒在地上的埃德里卡爾行了一禮，說出感謝的話。

「埃德里卡爾大人，在這裡受了您不少照顧，感謝您。」

「那麼，蕾莉亞，我們走吧。」

「是，伯父大人。」

玄關旁放著哥頓帶來的戰槌。應該是因為它實在太重，沒辦法搬到其他地方去，哥頓用右手輕易舉起了戰槌，再用左手打開了玄關的門。

「請稍等。明明請您稍等了，唉！這下真是不得已了。」

伊斯特在哥頓身後對家臣下達某些命令。騎士們奔跑著越過邁步走向門口的哥頓身邊，不斷舉劍砍向吊著門扉的繩索。最後繩索斷裂，門扉也落了下來。

有十二位騎士和八位士兵聽見騷動趕過來。看著倒在入口大廳的埃德里卡爾及其他騎士，再看看落下的門扉，他們似乎將哥頓當成了暴徒。其中有些人甚至已經拔劍出鞘。

「等一下！」

伊斯特的聲音響了起來。

「大家靜一靜！這位不是我們的敵人，而是客人。收起你們的劍吧！哥頓閣下，門已經落下了。由於繩索已經斷了，重新綁好再拉起門扉需要整整一天的時間。請您今晚務必留在我家，成為我的座上賓。我們家似乎犯下了天大的過失。不為此事道歉，我心裡過意不去。我家裡也有美味的酒。」

伊斯特當然是為了留下哥頓，才刻意命人砍斷繩索，放下門扉。即使正門關上了，因為還有側門，所以不會造成出入不便。只不過以哥頓的身分，考慮到面子問題，他不可能會從側門離開。伊斯特是這麼想的。

——真是位奇男子。為了款待我，居然特意放下門扉。

哥頓開始對伊斯特有了幾分好感。他開始覺得在這裡待上幾天似乎也不錯。但是——

——蕾莉亞似乎說什麼都要回去呢。

他一直以為蕾莉亞文靜內向，但是此刻她的表情卻是如此堅決。他記得這種表情，母親也曾露出過這種表情。母親以前也是個溫和內斂的人，她是一個不論出了什麼大事都毫不動搖的女性。蕾莉亞現在的表情和氣息，正是母親遇到事情時會有的表現。

哥頓看了看門。對他來說，他根本不在乎什麼領主的面子，即使要從側門離開也無所謂。但是他要是走側門，等於是踐踏了伊斯頓不惜阻斷正門通行，也想要留下哥頓的這份心意。他不喜歡這樣。面對這份氣魄，他也該以最有氣魄的方式回應。

「嗯哼。」

門是以幾層堅固的木板綑綁而成，要破壞這道門不是件易事。

接著他看了看牆壁。牆壁是先以岩石堆疊，再用土填補縫隙建造而成。哥頓舉起大型戰槌，往牆上敲下去。一陣足以撼動大地的聲音響起，牆壁出現裂痕。接著他再次揮出戰槌。當他揮出第四擊時，牆壁塌了。他用戰槌揮去殘留在腳邊的碎片。破門而出，等於他已經成為一個勝者，哥頓能夠在不失面子的狀況下，離開伊斯特・哈林的宅邸了。

「怎、怎麼可能。這道牆不可能被戰槌一敲就塌了啊……」

「伊斯特・哈林閣下。」

「嗯？怎麼了？」

「您不僅對我的姪女出手相助，還對她多加照顧，所以您不需要特別向我們道歉。但是，如果您說什麼都想致歉，也不能選在這個場合。」

「為什麼？」

「請您想想，這裡是您的領地。所有騎士、士兵和領民全是站在您那邊。而這裡是您的宅邸，要是您在這裡說什麼要道歉，聽起來只像是拿條繩子勒在對方脖子上，並說著來！原諒我吧！更何況，您的臣子之中有人對我心懷殺意。」

「嗯……嗯。」

以伊斯特的立場而言，他很想反駁，卻無法反駁。事實上，剛才伊斯特的六位家臣確實拔劍攻擊手無寸鐵的哥頓，對哥頓做出了極為卑鄙的行為。

「雖然不需要特別道歉，若您真的有心想與我家結交，或是有任何提議，就請您派遣使者過來。一切就等這之後再談。」

「嗯嗯，這樣很合理。話又說回來，沒想到邊境地帶有您這等隱世豪傑。」

「我沒有隱世而居，我們家的大門隨時為客人們敞開。哇哈哈哈！伊斯特閣下，後會有期！」

「我一定會派遣使者前往拜訪。哥頓閣下，後會有期。」

哥頓轉身離開，蕾莉亞也跟著離開。有人叫住了蕾莉亞——是費露米娜。費露米娜交給蕾莉亞一個有把手的籃子。

哥頓帶著蕾莉亞越過牆壁的裂縫走了出去，讓蕾莉亞搭上馬車之後，將哈林家拋在身後。

3

這天夜裡，蕾莉亞打開從費露米娜手中接過的籃子。

「伯父大人，這是今天早上費露米娜夫人和我一起烤的普倫道魯咖。」

哥頓和從騎士青年吃起蕾莉亞分給他們的普倫道魯咖。在月光映照之下，看起來只是平凡無奇的烘焙點心。

一口咬下，口感十分酥脆。點心彷彿沙堡崩塌似的在口中碎成粉末，沒有結塊的麵糰，結構也不鬆散，吃得出來是非常高級的點心。

令人驚訝的在後頭。

崩碎的粉末在口中結合成鬆軟的塊狀物，繼續咀嚼後，沁出清爽的甜味。口感像在咀嚼雲朵。而且這朵雲化開來，感覺像消失在舌頭上了。不僅如此，甜甜的雲朵裡還藏著什麼。

是葡萄乾。原來是把葡萄乾切碎，混入麵糰之中了。葡萄乾是梅濟亞領地的特產，也是哥頓的心頭好。哥頓整個人開心了起來。

「真好吃。等回到梅濟亞領地後，妳再做給我吃吧。」

「哎呀，伯父大人。要有柯爾柯露杜魯才能做出這種點心呢。」

「哈哈哈！最近在我們的領地裡，已經成功開始飼養柯爾柯露杜魯了。差不多也要開始漸漸推廣給領民們了。」

在蕾莉亞不知道的時候，梅濟亞領地也已有所成長。

話又說回來，這道名為普倫道魯咖的點心，確實用了品質良好的材料製作。而且製作過程一定也非常用心。但是，不止如此。哥頓吃了這道點心後，心頭昇起一股說不出的溫柔情感。哥頓向來認為，料理的味道能呈現出一個人的本性。那位名為費露米娜的貴婦，肯定是位擁有溫柔之心的人。

「費露米娜閣下是精通料理的高手吧？」

「是啊！伯父大人，您說的沒錯！」

蕾莉亞談起了費露米娜。聽說費露米娜使用大量香草製的烘烤牛肉可是人間美味。

——我好想吃那道料理啊。

在返回梅濟亞的途中，哥頓仔細地向蕾莉亞詢問在哈林家發生的一切。關於她跟堤格艾德之間的約定，哥頓也打破沙鍋問了個清楚明白。

——這下糟了。看來他們把蕾莉亞照顧得很好，伊斯特閣下也是位相當了不起的人。搞不好果然該待上一晚——不對，待上兩三晚才好呢。

蕾莉亞心裡感到非常不安。她和堤格艾德之間沒有訂下婚約，她不過是允許堤格艾德向察爾克斯家家主提出婚約請求罷了。但是，她這個行為也可說是侵犯了哥頓的家長權。不管怎麼說，如果哥頓心裡有別的打算，她將無法跟堤格艾德結婚。

不過，蕾莉亞鬆了一口氣，因為哥頓的反應不錯。何止不錯，沒想到哥頓認識堤格艾德的父親翟菲特・波恩伯爵，還稱讚他擔任團長當得有聲有色。

——現在剛好是邊境武術競技會進行的時候呢。伯父應該正開心地觀戰吧？多里亞德莎閣下，加油啊！

正好就在這一天，巴爾特被拱出去參加第四項競技的示範比賽，哪有閒工夫開心觀戰。不過，此時的哥頓當然無從得知這件事。

哥頓帶著蕾莉亞回到了梅濟亞領地。

伊斯特・哈林遵守約定，趕在哥頓一行人身後派出了賠罪的使者。而且送來了蕾莉亞留在哈林家的行李，以及裝了滿滿一車的禮品。

哥頓立刻派遣使者帶上裝了滿滿一車禮物的馬車，送去回禮。

自此四年之後，伊斯特·哈林與哥頓·察爾克斯在帕魯薩姆國王面前再次相逢，並對彼此敞開心房，成了肝膽相照的知己。

此時，提格艾德和蕾莉亞的婚姻之路上，冒出一道意想不到的阻礙。雖然這道阻礙最後被哥頓強而有力的臂膀粉碎成千萬片，但這又是另一個故事了。

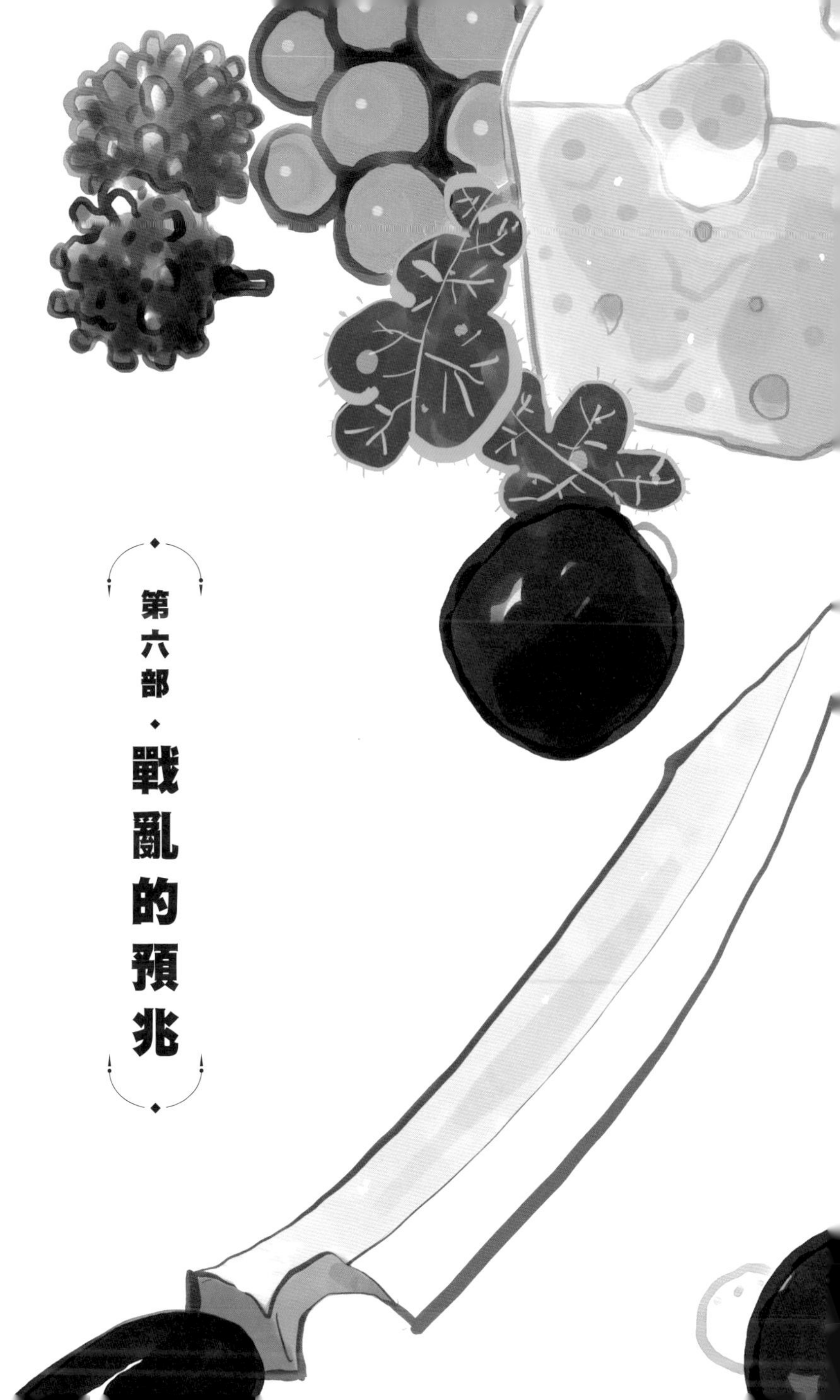

第六部・戰亂的預兆

邊境的老騎士

第一章 王都

溫燻奇耶路古

1

巴爾特在七月初抵達王都。從洛特班城出發之後，已經過了一百二十天，也就是整整三個月。巴爾特看見王都的街景後，被它的壯觀及美麗震懾地說不出話來。

「哎呀呀！巴爾特閣下，歡迎你來到以天母神滴落之乳（德佩塔巴爾·厄·來希）鞏固而成的都市！」

巴里·陶德帶著滿臉笑容前來迎接巴爾特。聽說他現在已經是上級祭司，還身兼樞密顧問的顯赫職位。而被指定為巴爾特落腳處的陶德家就是巴里的老家。順道一提，巴里的正式名字似乎叫巴里安格茲卡魯·陶德。

來到王都的三個月路途真是趟苦行。領路人——瑪西莫森勃伯爵是一位博聞強記的文官，通曉古今東西的禮法以及慶典儀式。他也是負責教育居爾南特的其中一人，負責將巴爾特帶到王都來。有人帶路固然好，但是一路上他不斷地教導著巴爾特禮儀作法、各國的制度及歷史。

「既然要迎您為國王的賓客，就要請您學習禮節，才能不辱這個身分。」

在教完整套上級貴族的禮節之後，巴爾特還被迫學會了拜將禮。這是將軍接受王國任命時的禮儀。巴爾特曾向他抱怨，這個禮節太八竿子打不著了吧？不過伯爵表示，拜將禮堪稱是集騎士面對國王時所需禮節之大成，只要學會它，就能廣泛應用在各種場合。最後以這個理由壓著他學了個透徹。而自從巴爾特說溜嘴自己的守護神是帕塔拉波沙後，伯爵甚至開始講述起帕塔拉波沙神的教義及信仰的歷史。

肯定是因為瑪西莫森勃伯爵太過煩人，居爾南特才把他塞到巴爾特身邊。

要是從洛特班城直直向西南方前進，應該早早就能抵達王都。然而，由於巴爾特選擇了經過蓋涅利亞、杜勒及盛翁這條繞一大圈的路線，才會走了三個月之久。其中原因包括瑪西莫森勃伯爵不喜歡野營，還有他也想讓巴爾特看看各國的狀況。而且，瑪西莫森勃伯爵也把這次當成一個好機會，殷勤地與各騎士家系交換情報。

巴爾特非常期待中原地帶的料理，幾乎可以說是為了這個才點頭同意前往王都。然而，在一開始投宿的蓋涅利亞騎士家中，這份期待就已破滅。

他們端上來的是所謂的公餐（雅勒喀茲）。桌上擺了以超過六種肉烹飪而成的二十四道料理，是場絢爛豪華的饗宴。說起比這更高級的待遇，就只有得用上超過九種肉烹飪出四十八道料理的玉餐（夫朗喀茲）而已，但那是招待王族的饗宴。或許因為他們是由帕魯薩姆王宮典儀官的第二把交椅——瑪西莫森勃伯爵帶來的客人，所以也被視為身分相當貴重的賓客。

每盤料理的外觀都相當精美。未曾見過的蔬菜水果讓巴爾特感到十分雀躍。多彩多姿的料理手法、形形色色的辛香料及調味也令他大開眼界，但是所有料理都冷冰冰的，淡漠的氣氛令人味如嚼臘。

不管到了哪位騎士家中，端出來的全是公餐。不幸的是，料理的內容也都大同小異。進入帕魯薩姆國境後，桌上的餐點不負文化大國之名，全換上了較下工夫的料理，但依然還是公餐。而且大家都拚命跟巴爾特攀談，所以也無法好好享受用餐時光。

最諷刺的是，讓他印象最深刻的料理，是在進入帕魯薩姆勢力範圍之前，在他們順路到訪的一位鄉下領主家中吃到的料理。由於下雨而在這位領主家多停留了幾天。領主送上的不是講究排場的料理，而是溫暖的鄉土料理。

正好艾那之民的旅團也被雨困住，停留在領主家中。領主為了排解巴爾特的鬱悶心情，就請艾那之民表演才藝。

其中有位長著一頭烈焰般紅髮的美女，她熱情的舞蹈惹得巴爾特一陣心神蕩漾。美女妖嬈撩人的視線望向巴爾特。巴爾特感覺到自己的心跳快了幾拍。

瑪西莫森勃伯爵向巴爾特講述起了艾那之民的歷史。

過去諸神曾分為兩個陣營，爆發了大戰爭。艾那神不知道該站在那一邊，所以用不同的面貌在兩方陣營出沒，表現得像雙方的夥伴一樣。諸神在戰爭結束後得知這件事，艾那神招人所厭，被逐出了諸神之國。

艾那神來到人類的世界之後，授與人們智慧，因而得到尊崇。但是其他諸神也來到了人類的世界庇祐人類。諸神都稱艾那神為「背叛之神」，因此人類們也開始疏遠艾那神。

有一群人一直對這樣的艾那神心懷憧憬，他們被稱為艾那之民，是一群不建造村莊或城鎮，與夥伴們四處漂泊過日的流浪之民。中原地帶有許多游牧民族，但是艾那之民跟他們又有所不同。

艾那之民被稱為賤民，但是偶爾人們也會需要艾那之民。因為艾那之民既美麗又朝氣蓬勃，通曉包羅萬象的技藝。占卜、歌唱、舞蹈、性技、肢解野獸及鞣製皮革，這些都是艾那之民的看家本領。據說艾那之民中，還有人能和鳥獸心靈相通，或是聽見樹木、大地及風的聲音。

對各個村莊而言，艾那之民的到訪成了他們困苦生活中的些許安慰。話雖如此，卻沒有哪個村莊允許艾那之民在附近久住。因為艾那之民總是毫不在乎地進行偷竊，且喜好淫亂行徑。

艾那之神是背叛之神、命運之神、流浪之神、雙面之神、占卜之神、魔術之神、交合之神、不實之神，也是偷竊之神。大家都說半人半蛇、令人厭惡的亞人瑪努諾，他們的始祖尼磊就是艾那之神和蛇交合後產下的亞神。不過，聽說在瑪努諾人們的神話中，故事卻成了艾那神是蛇神尼磊和人類國王——季揚所產下的孩子。

2

宅邸的主人詹布魯吉伯爵——沙瓦林格茲卡魯．陶德的體型比巴里圓潤了一大圈。詹布魯吉伯爵的妻子、兒女、家臣騎士們，都只是在晚餐前打過招呼之後就退下了。

巴爾特走進食堂，想著肯定又是一堆亂七八糟的料理。不過出乎他意料的是餐桌上沒有半道料理。這座餐廳寬敞豪華，長長的大餐桌上鋪著白色桌巾。但是說起擺在這桌巾上的東西，除了中央擺了一些盤花和燭台之外，就只有三人份的刀叉和玻璃杯。

——哎呀？居然把客人帶來還沒準備齊全的餐桌前？嗯？這裡的叉子是三齒的呢。

在騎士家中，在為客人送上餐食時，也會提供刀叉，但是這種場合通常是用二齒的叉子。然而，在陶德家用的卻是三齒的叉子。巴爾特感到十分佩服。因為平常用的二齒叉很難撈起食物，扠食物時也很容易滑落，所以他曾想過要是有三齒叉就好了。

「羅恩大人，請座。」

巴爾特向諸神鞠躬，靜靜地向沙瓦林格茲卡魯和巴里行了一禮後坐下來。其餘兩人也跟著就座。有人往三人的玻璃杯中倒入了葡萄酒，是白酒。為他們倒酒的人居然是隨從長。

「請您帶頭乾杯，坐著說就行了。」

「祝帕魯薩姆王國國運昌隆，國王陛下萬壽無疆。此外，也祝陶德家繁榮興旺，巴里·陶德上級祭司閣下及詹布魯吉伯爵身體健康。乾杯。」

「乾杯。」

「乾杯。」

巴爾特飲盡了杯中的酒。這酒冰鎮得恰到好處，非常好喝。

他的酒杯立刻又被倒滿，接著由沙瓦林格茲卡魯帶頭進行第二次乾杯。

「這一杯我們慶祝巴爾特·羅恩大人大駕光臨，並感謝神明保祐他至今的旅路一路平安。乾杯。」

「乾杯。」

「乾杯。」

「形式上的禮儀就到此為止吧。剛好料理也要上桌了。」

三位侍者進入餐廳，把手裡端著的盤子放在三人面前。白底的盤子綴有以綠線畫出的青草花紋。五片切得極薄，粉中帶紅的肉片被輕輕立起擺在盤子上，還點綴了些許某種草類的鮮綠色小葉子，看起來非常美麗。

巴爾特對這擺盤感到十分讚嘆。不管去到哪位騎士家，肉品的擺盤要不是雜亂無章，就是會在肉底下鋪青菜。這麼一來，不僅肉會沾染水氣，使口感變得濕黏，連帶底下的蔬菜都會沾染上一股奇怪的味道而變得不好吃。就只是一道看起來很豪華，也只剩豪華可取的料理。

——不過量少得過分，還有這顏色是怎麼回事？該不會端了生肉上來吧？

巴爾特心裡這麼想著，用左手的叉子撈起一塊肉放進嘴裡，大口大口地嚼。他用叉子很輕易地就撈起了肉片。

咬第一下、第二下的時候，味道不怎麼強烈。巴爾特覺得調味很清淡。但是當他咬第三下的時候，忽然冒出一股明顯的鹹味在口中擴散開來。同時還有另一股難以言喻的豐富甜味一點一滴地滲了出來。

——哇喔~哇喔！

那股難以用言語形容，柔滑又複雜的鮮甜滋味在口腔中漸漸擴散。感覺這股味道甚至逐漸滲透至口腔上下的骨頭中，當中還瀰漫著一股淡淡的煙燻氣味。

此時，巴爾特也明白這道是什麼料理了。

這是煙燻料理。這道被他懷疑是不是生肉的肉品料理，原來是煙燻料理。煙燻的作用是用來保存料理，所以需要徹底進行煙燻，不過這麼說起來，燻得不夠久的肉確實是這種顏色。煙燻能為食物增添香氣。煙霧與油脂混合而成的風味，帶著一股直衝鼻腔深處的強烈風格。雖然這就是煙燻的滋味，但也算是它的缺點。

然而，這盤粉色的煙燻肉品是怎麼處理的？巴爾特只吃到馥郁的香氣，彷彿從肉片上吹起一道和煦的風。

正當他混然忘我地咀嚼時，本來是薄片的肉在口中碎裂化開，自然而然地滑入喉中。趁著肉品的強烈風味還留在舌尖上，巴爾特急忙拿起白酒灌了一口。

鎖住所有鮮美滋味的肉片和清爽的葡萄酒混在一起，為所有經過的部位帶來滿足感，再落入五臟六腑之中。這是何等的幸福啊！

巴里面帶微笑地看著巴爾特的模樣。

「嗯，這種肉……我好像知道這是什麼肉，又好像不知道。」

「巴爾特閣下，這是奇耶路古臀部的肉。」

——原來是奇耶路古啊！

奇耶路古是住在草原的野獸，體型比豬再小一點。不過，巴爾特後來才知道，原來這座王都的近郊盛行飼養奇耶路古，養了許多體型較大，又圓又胖的奇耶路古。

巴爾特也曾經吃過燉或烤的奇耶路古，這種煮法反而讓味道清淡又平凡無奇。隨著料理方法不同，居然能料理出這麼濃烈的味道，巴爾特心下只感到一陣驚訝。

巴爾特扠起第二片肉片放入口中。這支三齒叉子真的是件好東西，只是輕輕一放，就能確實扠住肉片。而且在肉片入口之後，叉子也能順利地脫離肉片。

巴爾特仔細地品嚐第二塊肉。雖然剛看見肉的時候，巴爾特覺得肉片太薄，但是他錯了。這個厚度恰到好處，這樣的厚度才成全了它壓倒性的存在感。鹹味、鮮美滋味、油脂、煙燻的氣味還有口感，所有一切都令人驚嘆。要是超過這個厚度，或許就會成為一道庸俗又濃烈的料理。這就是它的最佳厚度。

話說回來，這豐富的口感是怎麼回事？只是這麼薄的一片肉，咀嚼之後就在口中化開，完全填滿了巴爾特大大的嘴巴。口感滑順，還帶著彷彿會附著在口腔中的黏稠感，明明薄薄一片，味道卻濃厚到不知道該怎麼形容。雖然在咀嚼的過程中，它會裂成小小肉片，但每一片都有紮實的存在感。

巴爾特在吃第三片的時候，把肉跟小綠葉一起送入口中。剎那之間，口中多一種清爽的青草味道，使他的味覺恢復敏銳。這項配菜不只是用來增色，而是精心考慮後才擺上的佐料。

巴爾特更加仔細地品嚐起第四片肉。他已經不會像一開始那麼驚訝，並狼吞虎嚥地吃肉。他緩慢悠閒地享受著肉片深奧的滋味。

他把第五片切成四塊，再配上較多葡萄酒一起享用。他以喝葡萄酒為主，把這些煙燻肉片拿來當下酒菜吃。這種吃法能夠緩和強烈的油膩滋味，帶來輕盈口感。

然後盤子就這麼空了。吃完後感到意猶味盡。雖然充分地享受了它的美味，無奈量實在是太少了。

──真想再來個兩三片啊。

正當巴爾特這麼想的時候，下一盤料理被端了上來。起初在乍看之下，盤子上像是空無一物，但並非如此。原來是白盤子上盛有白色魚肉，還淋上了白色醬汁。

──這裡居然也是用淺碟。

巴爾特感到失望。不管去到哪個騎士家，他們總愛用淺碟盛裝料理。因為這樣看起來比較豪華。但是把溫熱的料理裝在淺碟裡很容易變涼。他原本以為在這裡也是一樣。但是，他仔細看看眼前的料理，看起來不像變涼了。

──醬汁也不像已經放涼凝固的樣子，盤子上還冒著熱氣呢。

此時，他注意到一個盤子邊緣擺了一樣奇特的餐具。是要他用這個吃嗎？

看起來像是綜合了刀子及叉子的餐具。靠近自己的一方形狀扁平，似乎是刀子。另一側只做成細小的齒狀，應該是叉子。扁平的部分有些凹陷，也像是湯匙。

──這該不會是銀製餐具吧？

由於現在是在夜晚的房間裡，即使燈火通明，還是有些陰暗。因此他無法確切地看清楚眼前的餐具，不過看起來像是銀製品。

巴爾特用餐具的刀子那頭切開魚肉，再以叉子那頭刺起魚肉放進嘴裡。

——喔喔！

這道料理豈止溫熱，根本是熱騰騰的。巴爾特感動得眼淚都快掉下來了。

回想起來，打從自洛特班城出發以來，他從來沒有在騎士家中吃到過熱騰騰的魚肉料理。

趁熱吃下熱騰騰的料理，居然是件這麼幸福的事。

但是放在這種淺碟中的魚，為什麼會是熱的呢？該不會廚房就在餐廳附近吧？巴爾特曾這麼想過，但就宅邸的構造而言不可能。

巴爾特雖然覺得不可思議，但手和嘴巴都停不下來。鮮甜的魚肉柔軟彈牙，十分美味。薄薄的皮帶著一股強烈的鹹味，為這道菜畫龍點睛。再配上柔滑的醬汁，很快就嚥了下去。

沒兩下子，巴爾特把魚吃了精光。吃完後，他看著盤子上剩餘的白色醬汁，很是在意。他很想抓起盤子把醬汁喝光，但是他不能做出如此無禮的行為。

巴爾特忽然看向坐在左側的巴里。沒想到巴里正拿著叉子舀起醬汁喝。

——原來如此！這支叉子在靠近我的這頭，形狀微彎且有個凹陷。我剛才還在想它有什麼作用，原來是用來舀醬汁的啊！

巴爾特當然也依樣畫葫蘆，一匙一匙地舀起醬汁送入口中。這個醬汁值得他動手這麼做。

這麼說起來，用鋼製刀子切魚，有時候會讓魚肉微微沾染一股令人不悅的味道，甚至會令舌尖有些麻痺。搞不好讓他們用銀製餐具，就是想避免發生這種狀況。

回過神來，巴爾特才發現盤子右邊還擺了麵包。既然擺在那裡就代表可以吃吧？他拿起麵包，撕成小塊吃了起來。

——怎麼說呢？真是令人安心的味道。

和料理的突出滋味對照之下，麵包的味道顯得樸實溫和。

在魚肉料理之後，他們端上了湯品，再來是肉和雞肉，最後則送上了點心。很少看到晚餐會附上水果以外的甜食。每道料理的量剛好都令人想再多吃一點，在這些菜色接連上桌的過程中，肚子也不知不覺地飽了。葡萄酒也從白酒換成紅酒，最後端出的是燒酒。

巴爾特嚐到了深深的滿足感。

「看來這頓飯讓您非常享受呢，讓我來介紹家中大廚吧。」

有位男人走進了房間。他身上穿著深藍色長袖襯衫及黑色長褲，外面套著一件白色圍裙，頭上戴著一頂向後反折的帽子，腳上穿著長靴。他是一位身材瘦削卻十分高大的老人。五官輪廓深邃，表情嚴肅，彎曲的鼻子向前高高凸起。

「打個招呼吧。」

男人聽到沙瓦林格茲卡魯的命令，報上名字後低下了頭。

「我是卡繆拉。」

他的聲音響亮紮實。

這就是巴爾特與廚師卡繆拉的第一次相逢。

3

隔天，巴爾特滿心期待著夜晚的到來。簡單來說，他期待的是晚餐。

早晨這段時間，他去馬場騎乘月丹跑了幾圈，欣賞庭園景色度過了。朱露察卡完成了巴爾特的武器保養之後，就不知道外出去了哪裡。附帶一提，朱露察卡在洛特班城的時候，似乎就把高級服飾變賣了，他現在穿的是平民服飾。不知道為什麼，他目前還是將自己擁有準貴族身分一事瞞著周遭的所有人。

時間來到下午，巴里到訪，並告訴他四天後將前往謁見國王。

「明天我們出門到城裡去走走吧。」

「喔喔，這真是令人期待。」

傍晚時分，沙瓦林格茲卡魯提早回家，來到了巴爾特的房間。

「羅恩大人，這麼說或許有點冒昧，不過我家的大廚是位有名的人。」

「喔喔，詹布魯吉伯爵，我在昨晚確切地了解到了。」

「真高興能聽到您這麼說，因為有許多人不喜歡不拘形式的料理。」

「不不不，熱騰騰的料理就該趁熱吃。這才是真正的款待啊。我昨晚可是深受感動呢！」

「那我就放心了。那麼，您有沒有愛吃什麼料理呢？不管什麼樣的料理，只要您說得出來，我就端得上桌。不過，如果是較難入手的食材或是需要早做預備的料理，就得等明晚之後才能端出來招待您了。」

「嗯哼。愛吃的料理是嗎？對了，我在庫拉斯庫曾經吃過拌了柯爾柯露杜魯生蛋汁的炊布蘭，那道料理真好吃。在這裡吃得到嗎？」

「哦？您想吃的料理……真特別呢。我去轉告大廚看看。」

過了一會兒，卡繆拉出現在巴爾特的房間裡。接著他畢恭畢敬地行禮後，開口說道：

「閣下。柯爾柯露杜魯的蛋確實是非常出色的食材，但是直接生吃不知道會染上什麼病。說起來，騎士大人也有屬於騎士大人的排場，這和平民的用餐方式自然不可一概而論。即使在這些平民之中，也有不少人認為禽獸才會生吃鳥類的蛋。此外還必須告訴您，布蘭只要用對方法烹煮，就能成為相當美味的佳餚，但是在中原地帶不會用水炊布蘭來吃，因為那是野蠻人的吃法。我猜想您應該也不是有意提出這種要求，但還是請您要多加留意。」

——什麼！

在這一瞬間，巴爾特感到強烈的憤怒。

卡繆拉的用字遣詞相當婉轉，但最後就是在貶低巴爾特，說他是個野蠻人。不只巴爾特，他這是瞧不起庫拉斯庫的人們。巴爾特認為這不可原諒。

「我只不過是被問起想吃的料理，就照實回答罷了。你的意思是，這個家做不出迎合我喜好的料理嘍？」

面對一個廚師，巴爾特也覺得自己這麼做不夠大氣，但是他已經停不下來。巴爾特拋出這個問題，語調中還帶著怒氣。然而，卡繆拉卻冷靜地做了個四兩撥千斤的回答：

「怎麼會，怎麼會。我的職務是遵從主人的吩咐，詢問賓客的要求，在充分理解要求內容之後，準備最頂級的美食招待賓客。而我也只是來闡述我的宗旨罷了。」

卡繆拉照例行完禮就退下了，吊兒郎當的舉止更是激起了巴爾特的怒氣。

——卡繆拉！你這傢伙！再怎麼說我也是客人！你是為了告訴我：「你想吃的料理是禽獸或野蠻人才會吃的食物」，專程到我這位客人面前來？真是傲慢！何等無禮！那位放縱他任意妄為的伯爵也真是的！

巴爾特心情差得不得了。

不久後，在前來的隨從帶領下，巴爾特前往食堂。今天晚餐的陪客只有沙瓦林格茲卡魯和他的長男，共兩位。

巴爾特正喝著葡萄酒等上菜，兩盤料理被送了上來。一盤是蛋料理，看來是先煮熟後再攪拌過。

他用附在一旁的銀製湯匙舀了一口。蛋裡還摻了切碎的石曲菇，香氣十分怡人。

——真好吃！

不知道該怎麼形容的好吃！而且蛋有些部分是熟的，有些部分又幾乎是生的，口味真是複雜又有趣。

煮熟的部分完全不硬，鬆軟地不可思議，而且香氣十足。

怎麼會這麼甜？這馥郁的香氣是怎麼回事？巴爾從不知道，原來柯爾柯露杜魯的蛋也可以散發出如此甘甜的香氣。其實是因為在炒蛋的時候，用了極為頂級的牛油（布衣由．伍），也就是從牛奶中取得的油脂，總之，這火侯控制得絕妙。

話又說回來，巴爾特覺得很不可思議。在從洛特班城來到這裡的路上，他也曾經吃過好幾次用牛油炒柯爾柯露杜魯蛋的料理。柯爾柯露杜魯蛋的風味細緻，其他食材的氣味會立刻蓋過它。摻入石曲菇這等風味強烈的菌菇，感覺立刻會蓋過蛋的味道，沒想到完全沒有這種情況。

巴爾特咀嚼著石曲菇時，終於明白了箇中緣由。原來廚師先把石曲菇稍微炒過，鎖住了它的香氣。石曲菇十分脆口，完全沒有失去它原有的風味。但是與它攪拌在一起的蛋，也還留有蛋的原本滋味。

——可惡！

巴爾特雖然很不甘心，也只能說廚師廚藝精湛。最可恨的是旁邊的盤子上盛著炊布蘭。

——你明明說炊布蘭是野蠻人的食物！

巴爾特一邊生氣，一邊挖了一口吃下。

——這是什麼東西？

他沒吃到炊布蘭特有的濕潤口感。這布蘭香脆、彈牙又有嚼勁，顆顆都紮實飽滿。這是什麼口感？逐漸滲出來的味道怎麼會如此甜美？

這不是炊布蘭。而且裡面明明沒有放半片肉，卻帶著炙烤肉品的風味。

好想知道。好想知道烹飪的方法。

——不。不不不不，要我去跟那傢伙請益，門都沒有。只能靠我的舌頭來解開這道料理的祕密了。卡繆拉，等著瞧！

遺憾的是巴爾特的舌頭不具備他所期待的性能。結果他還是對烹飪方法一無所知。不過這倒不必擔心，因為在料理一道道端上來之後，卡繆拉自己到場說明了。

他表示布蘭不是用炊的，而是用煎的。先在煎鍋裡放入牛油熱鍋，再下生布蘭。接著要不停翻炒以防止它燒焦，然後把加熱到起泡的牛油分幾次淋上。同時在另一個煎鍋裡放入大量奇由普油加熱，此時再拿來一塊煙燻牛肋排，把從牛肋排邊緣刮下來的碎屑迅速丟入鍋中，汲取它的香味後把肉拿起來，再把一半剛剛開始煎的煎布蘭移進這個鍋裡，讓香氣充分附著在布蘭上。最後迅速地將兩鍋的布蘭攪拌在一起，再倒入少量湯汁讓它膨脹並吸收水分。這道看似單純，實則複雜的煎布蘭就這麼完成了。

把這道料理和滑蛋石曲菇一起吃，其美味程度更是一絕。換句話說，以結果來說，倒也不能說這不是一道蛋拌布蘭的料理。

後來端上來的幾盤料理，樣樣都是珍饈美味。

卡繆拉使用牛油的方式非常巧妙。聽說卡繆拉挑選出來的牛，只能餵食某種固定的草，還會隨著料理改變牛油的製作配方。

但是最令人吃驚的，卻是最後一道端上來的料理。卡繆拉和侍者一起走進餐廳，開口說道：

「為您送上冰菓作為結尾。」

——冰菓？從沒聽過這個詞呢。

有個像小饅頭的東西被盛在一個極小的盤子上。巴爾特拿起隨附的小湯匙，挖下一口送入口中時感受到的衝擊，應該一輩子都忘不了。

這道料理正如字面所述，是冰。在這炎炎夏日中居然有冰。

這不是單純的冰。是把帶著多種水果甜味的冰凝固而成的天上甘露。冰冰涼涼的頂級美味在口中融化，順著喉頭滑落而下時所的喜悅，跟至今感受過的一切都不同。

巴爾特不禁身子一顫。眼前這道就是自己從未知曉的美味。這個世界上肯定還有很多很多自己所不知道的美食佳餚。

卡繆拉看著巴爾特那副陶醉的樣子，露出一個可恨的笑容後行禮退下。

——卡繆拉！你這傢伙！你那是什麼態度！

打從這一天開始，巴爾特和卡繆拉之間正式開戰。

隔天，也就是第三天夜裡，兩人之間出現這種對話。

「這個家裡的料理每樣都很好吃，就只有麵包吃起來不怎麼樣。」

出了洛特班城後，巴爾特經過許多國家，也在數不清的宅邸中借宿過，每個地方的麵包都非常美味。跟那些比起來，陶德家的麵包吃起來感覺遜色了些。

「巴爾特．羅恩大人，好吃的麵包，想做多少就有多少。但是，拿來搭配料理的麵包不能美味過頭。您可得仔細聽了。剛才的肉品料理，肉的味道濃厚，還淋上風味強烈的醬汁食用。如果我送上味道足以勝過肉和醬汁的麵包，肉的味道就會黯然失色，那它就稱不上是塊好麵包。那麼，好麵包指的又是什麼樣的麵包呢？即使剛吃過風味特殊的魚或重口味的肉，只要吃下一塊這種麵包，就能完整清除口腔中的味道，恢復舌頭的靈敏度，下一口又能嚐到新鮮的美味，這才真的算得上是好麵包。不僅如此，用這種麵包沾取從食材中流出的湯汁，就能嚐到食材真正的美味。不搶走食材滋味、不搶食材風頭，反而突顯、提昇它的味道，這才是真正的好麵包。劍與盾本來就各司其職。如果您說晚餐的麵包不夠好吃，就像在說盾不夠鋒利一樣。話雖如此，我也還只是在習藝中途，哪比得上在騎士庭園中諸神所吃的麵包呢？如果有什麼不合您心意之處，請您寬宏大量地原諒我。」

句句都說得謙遜無比，其實一點也不謙虛。結果不就等於在說這個世上沒有比這更好的麵包了嗎？雖然卡繆拉做出來的麵包，確實是他所說的那種麵包。

——唔唔唔！

接下來又發生一件更令巴爾特氣憤的事。由於他明白了麵包在晚餐中扮演的角色，所以才得以品嚐到更具深度的晚餐。

第二章——狼人王之國

——回鍋炸伯特芋——

1

抵達王都的第五天，也就是謁見的前一天，巴爾特去泡了一趟溫泉。

——景色真是美不勝收啊。

從多巴克尼山俯瞰王都，眼前所見的是他從未想像過的美景。真難相信棟棟相連的住宅密度如此之高，整個視線範圍都被維持著如此密度的街景填滿了。國民人數就是國力的象徵，帕魯薩姆王國國力的強大程度，是巴爾特這個在邊境長大的騎士難以估算的。

以天母神滴落之乳鞏固而成的都市。

這座城市正如其名，從多巴克尼山正好可以看見皇宮一片皓白的正面。它的巨大規模及莊嚴的氣氛，甚至會讓人以為是不是神之庭園的神座就這麼降臨人間。

不是只有皇宮才用了大量的當地特產——白輝石。包圍在皇宮周圍的「特區（依薩涅魯）」，也就是騎士貴族們的宅邸建築也用上了許多白輝石。

所以，從這個距離看起來，「特區」和「上街（扶勒葉）」，也就是富裕平民居住區之間的界線可說是涇渭分明，因為平民的建築不准使用白輝石。一棟棟的建築物外觀都非常壯觀且精緻無比。

跟這比起來，「上街」和「下街（由葉）」，也就是下層平民居住區之間的界線倒是模糊不清。即使是在「上街」，越靠近「特區」的宅邸就越氣派，住在鄰近「下街」的地區居民幾乎跟下層平民沒什麼分別。

嘩啦。

巴爾特用右手掬起溫泉水潑向左肩。

嘩啦。

這次巴爾特用左手掬起溫泉水潑向右肩。他閉上眼，抬頭享受這段愜意的時光。臀部和背部肌膚靠在乳練石上的觸感十分舒適。

僕人把高腳杯放在小板子上遞過去，巴爾特拿起了高腳杯。

拿著自己手上的高腳杯，和上級祭司舉起的高腳杯輕輕碰撞後，發出了沉重的金屬聲響。

這杯是紅酒兌冷水後的飲品。巴爾特本來只打算淺嚐一口，不過因為真的太舒適，結果他把酒咕嚕嚕地喝了精光。

明天終於就是前往謁見溫得爾蘭特國王的日子。雖然不知道國王傳召他所為何事，不過巴爾特也有些話想對他說。

——溫得爾蘭特，你等著吧。

這整座多巴克尼山就是一座溫泉，只要是貴族就能免費使用這座溫泉山。四處都有溫泉湧出，順著乳白色岩石表面流淌而下。溫泉會積在凹陷處，滿出來後再流往下一個凹陷處。溫泉的顏色不知道為什麼呈現藍色，兩人所在的這個凹陷處是離山頂最近，也最高的位置。

「要不是這種時候，我也找不到機會行使樞密顧問的特權。」

在他們喝完第二杯紅酒時，有料理端了上來。巴爾特學著巴里祭司的樣子，用手抓起一塊肉。

——卡繆拉那傢伙，要是敢做什麼奇怪的調味，等等就去跟他抱怨。

巴爾特內心充滿敵意，把肉片放入口中。

——唔喔喔喔喔喔！怎麼這麼好吃！

這是牛肉。看起來是生的，實際上卻不是。卡繆拉不會專程把那樣的食物拿來裝成便當，這應該是在背骨附近部位的肉。

——不過這到底是什麼味道？

巴爾特細細咀嚼了一會兒，在享受深奧滋味的過程中，他感到一股微微的煙燻味。所以

「原來如此。」

「我們家孤兒院可是很會吸金的。只要我登門拜訪，不管是哪裡都會多少捐點錢給我們。」

「哈哈，我想也是。」

「作為捐款的代價，有時候對方也會問我其他家系的內情。在不會造成麻煩的範圍內，把這家的情況告知那家，再把那家的情況告訴這家的過程中，莫名就成了消息靈通的人，現在居然還得到一個樞密顧問的頭銜。哎呀，吸金也是滿管用的嘛。」

「哈哈哈哈！」

「九歲的時候，我曾經偷偷跑到下街去。哎呀呀，想想還真是做了件蠢事，虧我還能平安回家。當時我交到了一個朋友，他的名字叫柯比。本來想去謝謝他照顧我，三個月之後我跑去找他，但是他已經死了，是因飢寒交迫而死。自那時以來，有個疑問就在我心裡紮了根。」

「什麼疑問？」

「就是大家明明同樣都是孩子，為什麼那些孩子們和我不同呢？我不停煩惱了將近三年，最後得到了答案。」

「什麼答案？」

「我的答案就是，我生在陶德家，就是為了幫助那些孩子們。」

這個答案和問題對不起來。

但是，沒錯。這就是正確答案。

提問就是對提出問題的自己反覆質問，再利用質問的結果漸漸修正問題。為了得到正確答案，就得先問得出正確的問題。在三年的苦心鑽研後，少年巴里安格茲卡魯・陶德終於找到了正確的問題。這點值得人尊敬。

現在隨侍在巴爾特和巴里身邊的八位僕人，似乎也是來自巴里的孤兒院。或許這裡對來自巴里的孤兒院的人來說，是最有力且待遇最好的工作地點之一。

在爬上這座山時，他們把馬寄在山腳下，搭乘僕人們扛的轎子上山。巴爾特本來說可以自己走，巴里卻溫和地搖了搖頭。現在的巴爾特已能深深明白其中緣由。

他們必須為在此勞動的人創造工作。不用工作就能得到的金錢，跟施捨沒有兩樣。如果靠施捨活著，人將無法擁有自尊。過著貧苦生活的人們也需要自尊，不，正是這樣的人才更需要自尊。透過工作，做個對社會有用的人，這正是這個社會需要自己的一種證明。

或許讓眾人上繳一半安家費給孤兒院的用意也是如此。不僅能給他們向照顧自己的孤兒院報恩的機會，還能讓他們覺得自己支撐著晚輩們的生活。這份責任感和驕傲能讓他們承受住辛苦的契約勞動。應該就是這麼回事吧？

僕人們將巴爾特和巴里的身上各處刷洗得乾乾淨淨，還幫他們按摩。這個過程舒服到讓巴爾特好幾次喊出聲。而此時他的身心都十分放鬆，正在度過一段極為愉悅的時光。他們真的將工作做得很完美。

2

僕人遞出盛著料理的板子，上面放的是油煮伯特芋。這是在昨晚晚餐席上令巴爾特大吃一驚的料理。

伯特芋和混在其中的洋蔥都是邊境地帶隨處可見的蔬菜。兩種植物在貧瘠的土地上也能長得很好。巴爾特極為熟悉的伯特芋以油煮方式烹調後，完全成了一道截然不同的料理。經卡繆拉之手煮出來的這道油煮料理，更像是不同次元的料理。巴爾特吃完並問清料理方式後，他感到十分驚訝。

首先，在鍋裡放入大量牛油加熱。等溫度充分提升之後，放進切成薄片的伯特芋。表面變成金黃色之後，立刻取出瀝油。

接著在別的鍋中放進牛油，這次改成以低溫加熱。把伯特芋下鍋後，慢火煮熟。然後再拿一個平底鍋放入牛油。待牛油融化再放入切碎的洋蔥，炒到洋蔥變軟為止。卡繆拉說洋蔥加熱後，甜味會提升三倍。這時再把伯特芋放進去拌勻。等伯特芋和洋蔥差不多化為一體時，再拌入切碎的佩里斯葉就完成了。

以油來燉煮食物的創意已經是極為奢侈的想法，更何況是用貴重的牛油來燉煮。而且還用上不同溫度的牛油，分兩次過油烹調。要不是大國的貴族之家，誰能想到這種料理方式呢？

啊啊，說起那味道啊！

聽過說明之後，巴爾特以為它會是道極為油膩的料理。然而，事實上它的味道相當爽口。表面帶來紮實的口感，咀嚼過後會有一股極具深度的甜味在口中擴散開來。

伯特芋這種食材有著飽含水分的獨特口感，以及淡淡的青草味，而這道料理中完全吃不出這些特點。滲入伯特芋中的牛油與芋泥結合在一起，成了一塊濃縮美味的集合體。

而且，由於外側先以油煮過，使鮮美滋味無所遁逃。柔軟的洋蔥帶著甜味，將香脆的伯特芋包覆於其中，演奏一首絕妙的協奏曲。而且，相較於伯特芋及洋蔥的甜味，灑了一整片的佩里斯葉碎末為這道菜畫龍點睛，為整道菜做了完美的收尾。

「這道料理的步驟雖然極為簡單，但已是最完美的步驟及組合。」

卡繆拉說的沒錯。這個組合、比例、步驟已是完美無缺，無可改變。發現這道料理的卡繆拉，真是位蒙神特別恩寵之人。

諸神為什麼賜給那種傢伙如此出眾的才能呢？

巴爾特覺得非常不可思議。

話雖如此，料理是無罪的。這道伯特芋、洋蔥和佩里斯都沒有任何罪過。

啊啊！真是太香了！雖然料理已經涼了，但是與溫熱時相比，吃起來又另有一番滋味。

吃了一個，就伸手再拿一個。吃了這一個之後，再伸手拿下一個。這味道怎麼吃都吃不膩。回過神來，巴爾特已把盤上的伯特芋一掃而空。

——可惡！真可惡！卡繆拉你這傢伙！

巴爾特用溫泉水洗了手，以喝酒來掩飾被卡繆拉算計的不甘心。

「話又說回來，巴爾特閣下，卡繆拉似乎非常中意您這個人呢。」

「您到底是觀察到了什麼，才會說出這種感想？」

「哎呀呀，那個男人可是鮮少用上如此露骨的說話方式喔。」

「真的嗎？」

「是啊，當然是真的。那個男人輾轉待過好幾間騎士家，個性膽小得很。」

「看起來一點也不膽小啊。但是，會有騎士家願意放那個男人離開嗎？廚藝如此精湛的大廚可是相當稀有。選擇素材的眼光、料理手藝及餐桌接待禮儀都做得完美無瑕，端出來的每道料理不都是絕品嗎？雖然個性上有點毛病。」

「巴爾特閣下，中原地帶的騎士們非常注重形式。比起食物的味道，他們最看重的問題是大廚能做出多少種料理、又用了多少種的肉、是否做得出極盡奢華的料理。」

「比起三盤冷冰冰的高級料理，一道溫暖的庶民料理不是好過千萬倍嗎？」

「只有巴爾特閣下您這麼想，或許這就是卡繆拉中意您的原因吧。總之，在中原地帶，虛張聲勢地擺出一道道料理才被視為高貴的款待方式，高貴的食物和下賤的食物必須嚴格區分開來。」

「我真搞不懂。端出好吃的食物不才是最好的款待方式嗎？」

「貴族吃的是自尊心，自尊心才是至高無上的美味。端上桌的料理分量及品質，還有擺盤的美觀程度都可以讓客人知道自己受到的是什麼樣的待遇。據說會訂出清餐（西耶路喀茲）、公餐及玉餐的規格，也是為了限制料理盤數增加到無以復加的地步。不過，既然料理盤數固定，大家就會在一道料理中放入許多種類的食材。」

「難怪其他騎士家總是用肉或菜，亂七八糟地擺了滿滿一盤。我終於明白為什麼了。」

「食材方面也是如此，廚師的廚藝好壞，取決於他能夠用上多少稀有且昂貴的食材。但是卡繆拉無視這些規則，堅持以自己的作風安排菜單。」

「畢竟只有大廚才知道當天有什麼好食材，他這麼做也是理所當然。」

「料理也非得一次全擺上桌才行。貴族們認為依照什麼順序、吃什麼料理、吃多少量都必須給客人完全的自由，這才是好的款待方式。由廚師主導下一道要吃什麼料理，這種方式跟中原騎士的習性不搭。如果是和親近的人或內部用餐，卡繆拉的做法倒是沒有問題，但是在正式招待貴客時，這種做法是行不通的。」

「嗯哼。那也難怪卡繆拉不管去到哪位騎士家，職涯都不順遂。」

「是啊。他擁有那麼精湛的廚藝和豐富的知識，只要肯依循慣例做菜，想必可以得到相當不錯的待遇。但是，他就是個在料理方面不知妥協二字怎麼寫的男人。連食材採購或家畜飼養的方法都會出言干涉，要是不按照他意思打造餐具，他可不會善罷干休。您要是知道那把有著凹面的魚餐刀和三齒叉花了我多少錢，肯定會大吃一驚。哎呀呀，我可從來沒遇過這麼難伺候的大廚。」

「嗯嗯。不過，這麼看起來，陶德家能駕馭這男人，也有點本事呢。」

「因為舍弟的為人大方，而且料理確實十分美味。對了，可不可以請您聊聊旅途中的事呢？」

巴爾頓把發生在哥頓、葛斯、多里亞德莎、朱露察卡、葛爾喀斯特等人及收復梅濟亞城和邊境武術競技會的事件，一一說給他聽。

此時，太陽神的身影已逐漸隱入對面山岳的稜線下。夕陽染紅了天空，也把乳練石的岩石表面暈染成一片橘紅色。

結果，看看這淺藍色的溫泉水，居然不可思議地漸漸變化為綠色。

這是何等奇妙的景觀。隨著陽光的變化，山的顏色、水的顏色在每一刻間變幻莫測。

夕陽更逐漸西沉。正是這逐漸下沉的時分，顯得它的光芒耀眼。

王都的家家戶戶都亮起了燈。這是顯示人們在此生活的光芒。光點的數量開始零零星星地多了起來，過不了多久，地面上閃爍著的點點星火多過了天空中的星星。盞盞燈火都映照著每個人不同的人生。

「這光芒真美。城裡能有那麼多盞燈火同時亮起，也不過是最近的事。現在即使是貧窮的平民，家裡至少也能點上一盞燈。寒冷的冬日中，至少也能煮上一碗熱湯。但是，這些都是滅了一個國家，奪走它的一切才能得到這樣的豐饒。」

巴里．陶德上級祭司以這段話當開場白，說起某個國家滅亡的故事。

3

盛翁國西方有座莫魯道斯山系。從帕魯薩姆王都的方位看，是在西北角。在這座莫魯道斯山系中，有個撒爾班公國。這是一個古老的國家，也是個高傲和平的國度。

聽聞撒爾班是狼人王所建立的國家。

在很久以前，曾有位魔神以巨蛇之姿現身，巨大的身軀足以包圍盤踞群山，人們幾乎快被魔神趕盡殺絕，後來人們向星神采炎祈禱後，出現了一匹身形魁武的狼。神狼耗費三年與魔神大戰，終於降伏了魔神。神狼娶了一位人類妻子，在當地建立起一個國家。這就是撒爾班公國建國的由來。每一代君主對狼人王有所顧忌，都不以王自稱，改稱大公。

莫魯道斯山系中長著綠炎樹（里耶·巴歐朱）。這種樹只長在莫魯道斯山系中，在其他任何地方都無法栽種成功。綠炎樹的樹液可以用來製造名為綠炎石（里耶·巴葛古）的珍貴燃料。

每一代的撒爾班大公都是寬宏大量之人。他們分別給了中原各國一座長著綠炎樹的山岳，准許他們自由採集樹液。

雖然已受到如此大的恩惠，諸國仍然對所得的東西不滿足，咬上了撒爾班的喉嚨。

這件事情發生在四千兩百五十一年，也就是二十一年前。辛卡伊以國王及大將軍——路古爾哥亞·克斯卡斯之名，向中原諸國發出檄文。檄文內容寫著撒爾班大公是混了汙穢亞人之血的邪惡君主，我們應該伸張正義，毀滅這個國家。

辛卡伊是個神祕的國家，完全不接受他國派遣使節拜訪。只要有他國人士進入辛卡伊，一律殺無赦。它也是中原地帶的大國中，唯一一個不在加冕儀式時邀請邁爾卡洛神殿神官參加的國家，國王的名字或是改朝換代的時機也幾乎沒有消息傳出。這個國家建造在物資豐饒的地區，是個都市十分密集的國家，很可能擁有眾人難以想像的強大國力。雖然辛卡伊是一個如此謎團重重的國家，不過只有大將軍路古爾哥亞，和他的別名「物欲將軍（古利戈爾·安特拉）」的名聲極為響亮。

以前在杜勒國的東方有一個叫仰嘉的國家。仰嘉國王克爾戴巴朱得到了一把出色的魔槍。而路古爾哥亞大將軍一心想要得到那把魔槍，居然率兵攻陷了仰嘉的王城。最後也因此導致仰嘉滅國，這大約是發生在八十年前的事。

世間還流傳著好幾件諸如此類的傳聞。這位奇怪的騎士只要遇上想要的東西，就絕不忍耐。於是人們開始稱他為物欲將軍。

帕魯薩姆王國接到檄文之後，派出軍隊觀察情況。結果戰端已然開啟。杜勒、盛翁、戈里塞伍可能已和辛卡伊締結密約，這三國都是仰賴綠炎石維生，非常希望擁有更多綠炎石的國家。

這次進攻的手段非常卑劣，這幾個國家完全沒有宣戰就攻入了撒爾班。撒爾班在大戰剛開始時就受到了極大的損傷，但還是封住了山路。但是辛卡伊彷彿早就知道有小路可走，由東方的通道衝了進去，以此為開端，四國軍隊開始從四面夾攻撒爾班王都。

此時，撒爾班最後的王牌，一位身穿黑色盔甲，人稱「王之劍」的騎士擋住了侵略者們。「王之劍」身上彷彿有一對翅膀，在戰場上四處穿梭，以卓越的劍術一一擊殺了負責指揮軍隊的騎士們。

但是撒爾班的抵抗也就到此為止了。因為物欲將軍在前線現身，打敗了「王之劍」。辛卡伊軍隊侵入撒爾班王都，開始殺戮所有人類。一般戰爭中，捕獲騎士就會向國家收取贖金，並將人民納為奴隸。但是在這次的戰爭中，他們卻殺了所有人。感覺就像要將能夠主張綠炎石所有權的人們全都斬草除根，「王之劍」不顧身上有傷，再次出陣迎敵，卻還是敗給了物欲將軍。

就在此時，邁爾卡洛神殿騎士團與蓋涅利亞軍也加入了侵略的隊伍中。原來是這兩個國家面臨可能再也無法得到綠炎石的恐懼，也無法再忍下去了。

帕魯薩姆軍已經深入前進到莫道魯斯山系中，但是沒有幫助任何一方。應該說，帕魯薩姆軍一直無法掌握確切情況，任憑情況一直發展下去。

擔任帕魯薩姆軍隊總指揮的是勒伊特伯爵，巴肯布魯克·席德。勒伊特伯爵判斷，撒爾班公國已逃不過滅亡的命運，就採取了大膽的行動。他進入撒爾班最後的城鎮據點法洛姆，與已戰死的撒爾班大公的遺孤——史瓦赫爾道魯格會面，並由自己當引導人，讓史瓦赫爾道魯格就任為騎士。史瓦赫爾道魯格宣誓繼任為大公，法洛姆領主鮑杜爾·索魯厄魯斯也認可了這件事。

勒伊特伯爵立刻與撒爾班公國宣戰，而史瓦赫爾道魯格大公與攝政官鮑杜爾也接受了。

當時巴里以隨軍神官的身分與軍隊同行，由他舉行開戰的祭神儀式。換句話說，帕魯薩姆王國與撒爾班公國之間正式開戰。

這場戰爭才開始就宣告終結。兩國各派出一名代表騎士進行榮譽決鬥，最後根據決鬥結果，撒爾班向帕魯薩姆投降了。也就是說，帕魯薩姆成了唯一的戰勝國，得到了能夠主導投降條件的名目。

當然，物欲將軍不打算承認這奇術般的戰術。然而，物欲將軍卻有著未正式宣戰的把柄在。而且杜勒、盛翁、戈里塞伍、邁爾卡洛神殿及蓋涅利亞等諸國，對帕魯薩姆和撒爾班的主張都採取了半承認的態度。其中原因是各國都很害怕辛卡伊會將所有好處全都拿走。

物欲將軍不喜歡將議論時間拖得太長，於是做出了大幅的讓步。他承認是帕魯薩姆擊敗了撒爾班這件事，珍貴的山岳資源則將由各國進行分配。但是各國代表也被逼著發誓要將撒爾班大公一族斬草除根。相對地，存活下來的撒爾班民眾則被准許活下來，只是必須離開莫道魯斯山系。

此時，勒伊特伯爵提出了強硬的要求。即使繼承了大公之位的史瓦赫爾道魯格難逃一死，但是應該留下前大公妃子——托莉安妲的命。托莉安妲不是出自大公一族，物欲將軍提出一個奇妙的交換條件，同意了勒伊特伯爵的要求。物欲將軍提出的條件是要賜死黑騎士「王之劍」並交出他的劍。黑騎士雖然身負重傷，但還存活在法洛姆之中。

在各國代表的監督之下，史瓦赫爾道魯格大公飲下毒酒自盡，黑騎士則是自刎而死，而黑騎士的劍交由物欲將軍帶走。各國史書中應該都記載了這些內容，四千兩百五十一年，帕魯薩姆王國毀滅了撒爾班公國。

在各國軍隊退場之後，臉色大變的物欲將軍回來了。巴里當時正在為傷者進行治療，這是他第一次見到物欲將軍。在這之前，巴里也多少有聽過物欲將軍的傳聞。也難怪他會聽過，一路以來從眾人耳裡他都聽到諸如將軍一劍就破壞了仰嘉都城的門扉、一揮劍就能擊飛十位撒爾班騎士或巨人族後裔之類的荒唐傳聞。

那不是這個世間的尋常人物。身高超越普通人的數倍，身上散發的氣息比野獸更凶惡強大，是可以稱之為怪物的存在。

物欲將軍雙眼充滿血絲，一頭雪白的頭髮氣得倒豎著。他表示他拿到的劍是假的。眾人提出辯駁，表示那把確實是黑騎士擁有的劍，他卻遲遲不肯相信。最後由距離最近的神官巴里舉行儀式，要眾人起誓。

「要是找到了魔劍『班．伏路路』，必定要將它送到物欲將軍手上。」

關於「伏地之人（班．伏路路）」的佚事十分有名。敗給狼人王的魔神立誓願成為他的奴僕，就化身為劍的模樣，這就是魔劍班．伏路路。或許物欲將軍是真心相信這把劍真的存在，還一直以為黑騎士的劍就是那把魔劍。

鮑杜爾．索魯厄魯斯伯爵帶領撒爾班的人民遠渡奧巴河東岸，歷盡千辛萬苦之後，建立了庫拉斯庫這座城鎮。

這個故事中還有一段後話。

勒伊特伯爵出手保護前大公妃子托莉安妲。本來她不被允許再婚，必須到死都在城內深處靜靜地過她的生活。但是托莉安妲懷了前大公的孩子，這讓勒伊特伯爵十分為難。他也和王宮進行協議，最後的結論是若她誕下男孩就必須殺死，如果誕下女孩就將女孩軟禁，直到女孩死去的那天。這麼一來，就不會違背誓言。

托莉安妲誕下的是一位女孩。她在感受過這渺小的幸福後結束了她的一生。

時光飛逝，公主也二十歲了。

此時發生了一件令人頭痛的事。勒伊特伯爵的長男茨魏布魯克表示，他無論如何都要和這位公主結婚。公主在十五歲時舉行了及笄儀式，茨魏布魯克自從在儀式上見過她後，兩人就墜入了情網，沒多久後演變成彼此密會的關係。而且他還說要迎娶她為正室。

這件事絕不可能得到允許。為了斷絕大公家血脈，原本應該將公主軟禁一輩子，現在卻要讓長男迎娶她為正室，這麼做太沒有誠信，也將連累勒伊特伯爵家和撒爾班王家，使名譽掃地。

眼看長男沒有放棄的意思，勒伊特伯爵提出了一個條件。這個條件的內容是只要茨魏布他活下去的唯一信念。只要聽聞哪裡有武藝高超的騎士，他就前往挑戰。當時，他也曾經做過相當離譜的事。

正當他在做這些事的時候，他得知撒爾班的遺民散落在中原各處。大家都過得苦不堪言，甚至有人淪為奴隸。

葛斯以班・伍利略之名給予這些人援助，假裝自己是受庫拉斯庫領主之託，讓他們前往庫拉斯庫。不管怎麼說，他需要錢，所以也曾經接了一些刺客之類的工作。

他花了十幾年找到所有的撒爾班遺民。就在此時，他得知勒伊特伯爵長男即將結婚一事。聽說沒有人知道對方那位公主是誰、從何處而來。但是，提起勒伊特伯爵，葛斯曾聽安東提起，這位伯爵就是出手保護托莉安妲王妃的騎士。那位來歷不明的公主或許是和撒爾班有關的人。

葛斯潛入勒伊特伯爵宅邸和公主聊過之後，才知道原來公主是葛斯雙胞胎兄弟的孫女。另外，他還得知公主愛著勒伊特伯爵的長子，希望能成為他的助力，為此需要一筆龐大的金錢。對方是個年輕人，也沒有做生意的經驗，根本沒希望在一年間賺取一百萬蓋爾。

葛斯下定決心去幹一番能賺大錢的事業。但要是在中原地帶幹出這等能賺大錢的大事，實在太過引人注目。而且，或許會有人把這件事跟公主急需大筆金錢一事聯想在一起。因此他才跑到邊境去承接工作，遇上了巴爾特。巴爾特知道葛斯想要大筆金錢，就把德魯亞西家給他餞別金錢的剩餘部分全給了他。

5

巴爾特懸在心上的事，有幾件得到了解答。

首先是葛斯明明非常厭惡葛立奧拉皇國，後來卻自願前往一事。原來他是不想前往盛翁國。萬一葛斯的真正身分曝了光，他的恩人安東·西布盧尼將會身敗名裂。

接著是他不想前往庫拉斯庫一事。臨茲伯爵曾經提過，當葛斯知道巴爾特人在庫拉斯庫時，看起來似乎不太願意前往庫拉斯庫。此外，在哥頓·察爾克斯返回領地平定叛亂後，雖然巴爾特陪同米杜爾·察爾克斯前往庫拉庫斯收購柯爾柯露杜魯，葛斯卻自己要求留在梅濟亞領地。

這也難怪了。畢竟在葛斯的幫助下，被送往庫拉斯庫的人們肯定記得葛斯的長相。而且，庫拉斯庫初代領主──哈道爾·索路厄魯斯清楚地知道「王之劍」的樣貌。參與侵略撒爾班一役的諸國都曾對諸神起誓，要讓撒爾班大公的血脈在世間滅絕。如果葛斯的存在被公諸於一直在收集中原地帶的情報。他一直拚命尋找班．伏路路這把劍，如今有個男人以此為名，還在中原地帶引起一陣轟動，他不可能沒有察覺。

難道是死了還是病倒了？他攻進仰嘉，並殺害克爾戴巴朱國王這件事發生在八十年前。就算當時他二十歲，毀滅撒爾班公國時應該也差不多八十歲了。現在應該已經死了吧？就算他還活著，巴爾特等人也不需要畏懼一個百歲的老人。本來是如此……

心中湧現的這股騷動是怎麼回事？這份讓他的心跳急劇加速，冷汗直流的不安從何而來？

還沒有。事情還沒結束。一切才正要開始，有什麼事即將發生。

一股近乎確信的預感，在巴爾特心中逐漸擴大。

6

「葛斯，吃過早餐了嗎？」

「還沒。」

「什麼！那你上次吃飯是什麼時候？」

「昨天傍晚吧。」

恐怕他是天一亮就驅著撒多拉，一口氣奔馳到王都來。如果真是如此，想必他已經飢腸轆轆。現在已經是中午了。巴爾特招來侍童，吩咐他準備兩人份的餐食。

「麻煩準備能儘快做好的東西。葛斯連早餐都沒吃，一路趕到這裡，所以希望是些能填飽肚子的食物。」

由於這是大戶人家，難以立刻應變。巴爾特本來以為需要一段時間，沒想到食物以令人驚訝的速度送了過來。原來是麵包和湯，而且麵包的量相當多。

湯的味道雖然清淡，但是裡面放了蔬菜和豬肉碎末，相當有分量。浮在湯上的油脂為湯增添了一些濃郁滋味，入口滑順，但喝下時口感又很實在。不對，應該說喉嚨能確實感覺得到湯的存在。

這味道、這手藝，肯定是卡繆拉的傑作。那個男人到底什麼時候才休息？

葛斯雙眼直盯著湯裡的蔬菜。

「葛斯，怎麼了嗎？」

「沒事，只是覺得這些蔬菜正確無誤地切成了同樣大小，斷面也很漂亮。」

這又怎麼樣？這不是理所當然的事嗎？這可是卡繆拉做的菜。

巴爾特忽然想到一件事。

「葛斯，莫非撒爾班人從前會吃炊布蘭？」

「嗯。」

啊！原來如此。那他在庫拉斯庫吃得到炊布蘭就沒什麼好奇怪的。哈道爾・索路厄魯斯平安逃到邊境地帶，找到一個能吃到故鄉撒爾班經常食用的布蘭之地定居下來。不，說不定長在庫拉斯庫的布蘭，就是用他從撒爾班帶去的種子栽種而來。對庫拉斯庫的人們來說，好吃的布蘭就等於是故鄉的味道。

巴爾特也明白了葛斯如此了解布蘭處理方式的原因。想必恰可也是如此。在撒爾班的鹽湖裡肯定能捕獲恰可。對葛斯而言，布蘭和恰可都是他非常熟悉的食材。

話又說回來，食物真的能為人心帶來很大的撫慰效果。

吃完午餐的時候，巴爾特想起他還有一件事要問。

「你到葛立奧拉皇國後，有否代我向法伐連侯爵問好？」

「嗯。」

「有沒有被邀請到其他人的宅邸？」

「確實接到不少邀約，但是我拒絕了。於是侯爵就來拜託我，希望我至少一定要去皇宮，所以我就進宮一趟。結果，這一進宮就是六天，不過當然我一次都沒輸過。」

進宮六天但一次都沒輸過，這段奇妙的報告中，明顯缺了什麼重要的部分。雖然少了這些部分，但是巴爾特覺得不要深入追問比較好。反正這是他未來也永遠不會到訪的國家。

巴爾特一直確信，他與葛立奧拉皇國的緣分已絕。

7

當天晚餐家主也一同入席。難得連夫人、孩子們及具重要地位的騎士們也同桌共進晚餐。巴里．陶德和葛斯也同在座上。

朱露察卡似乎跑到城裡四處閒晃，買了什麼食物回來吃。現在應該待在別館的僕人房用餐吧，巴爾特心想，等等得叫他也讓自己試試味道。

晚餐結束後，巴爾特才在想不知道今天的甜點是什麼，卡繆拉帶著推餐車的助手走進來。他看了看放在餐車上的東西，心裡驚呼一聲。

——這是綠炎石啊，火力還相當強烈。為什麼上個餐後甜點會需要火？

助手把平鍋放在燃燒中的綠炎石上，然後把蓋子拿起來。一股帶著濃烈甜味的高雅香氣立刻飄了過來。香氣中不只有甜味，是一股還帶著酸味的濃郁香氣。

卡繆拉一邊用大湯匙戳著平鍋中的食物，一邊開始說明。

「鍋裡先放入牛油，再把麵粉和蛋液混合過後的麵糊平鋪在鍋底煎過後，將煎好的麵皮摺疊起來。醬汁是以七種水果榨出來的果汁，再加上以艾勃果實釀的蒸餾酒製成。艾勃的蒸餾酒本身的滋味不足，但在加熱後會帶出高雅的甜味。而且……」

卡繆拉用小型火夾子夾起綠炎石，再把它放在平鍋上方。平鍋裡的醬汁緩緩燃燒了起來，冒出紫色的火焰。

「喔喔！」

巴爾特不禁喊了出聲。

陰暗的房間中，剛才點燃的火焰看起來有股神祕的美，映照著每個人的臉龐。

「像這樣點火燃燒醬汁，酒氣就會蒸發，並帶出極佳的香氣。來，如同貴婦需要花束點綴，讓我用香氣來點綴這道料理。」

卡繆拉說這句話的同時，拿起大湯匙舀醬汁淋上料理。火焰立刻熄滅了，但是眾人的視線全都牢牢地盯著料理。助手遞出盤子後，卡繆拉把平鍋裡的料理分裝在盤子上。站在卡繆拉身側的助手又從壺裡舀出某個東西放在料理上。

「我為這道料理取名為拉娉迪。」

在讓家主過目後，料理終於被端到主賓巴爾特面前。

「請您別等待，要立刻享用。」

巴爾特聽到家主這麼一說，立刻把料理送入口中。

雖然煎熟的麵皮味道清爽且口感紮實，但由於它吸滿了醬汁，所以也相當柔軟。這是巴爾特從未體驗過的口感及美味。

——不過，這是什麼？這顆被孤零零地放在甜點上的東西該不會是……

巴爾特用湯匙刮下那顆半球型的食物，放進嘴裡。果然沒錯。

這是冰菓。在被料理溫熱的口腔中注入一股凜冽的冰涼感，令人心曠神怡。為因強烈醬汁而變得遲鈍的舌頭帶來爽快的清涼感。他再舀起一匙送入口中。

——不會錯的，這是用艾勃果實做的冰菓。

他先用艾勃蒸餾酒完成一道溫熱的甜點，在其上擺了艾勃果實製成的冰菓。巴爾特將麵皮與冰菓一同吃下，口感溫溫熱熱的，但溫熱之餘又十分冰涼，冰涼之餘又帶著幾許溫熱。真是一道難以形容的奇妙料理。

——可惡！可惡！卡繆拉這傢伙，怎麼這麼奢侈！

「美食這種東西，當然需要以舌頭來享用，但是也能以它的聲音、顏色及香氣取悅眾人。請盡情享用這份餐後甜點。」

今天依然是由卡繆拉大獲全勝。

第三章——巴爾特將軍誕生

—炭烤白肉—

1

巴爾感到頭昏腦脹，全身上下的關節都痛得不得了。他好像感冒了，而且相當嚴重。

一陣敲門聲傳來。

「巴爾特．羅恩大人，早安。」

令他感到驚訝的是，推著餐車送來料理的人居然是卡繆拉。

卡繆拉放下料理，掀起蓋子。緊接著一股加熱過後的牛奶香味冒了出來。

「由於料理比較燙口，請您慢慢吃。這個壺裡裝著煮過的水加上水果榨成的果汁，還加入了少許鹽巴。請您在休息的期間，少量少量地喝一點。」

「……嗯。」

巴爾特一邊回答，內心一邊感到困惑。這道料理明顯是配合巴爾特的身體狀況所做的。

卡繆拉是如何得知他身體不適的？沒有人知道他感冒了，就連巴爾特本人也是今天早上才有所察覺，後來他再也沒有見過任何人。

這個謎團立刻解開了。因為卡繆拉在走出房間時說了一句話：

「朱露察卡說，他今天不到晚上不會回來。」

——原來是那傢伙！但是朱露察卡是怎麼知道我感冒了？

巴爾特披著長袍坐在床上，挖起一勺料理送入嘴裡。原來是碗粥。這不是麥片粥，是以布依由燉煮布蘭熬成的粥。巴爾特雖然沒有食慾，但身體接納了這碗粥。他可以清楚地感覺到粥滑過喉嚨，落入五臟六腑的感覺。已疲於與感冒抗爭的內臟們，正為這意外的援軍到開心不已。粥的熱度漸漸沁入身體的各個角落。

——啊啊，真好吃。

這句好吃代表著身體正因這碗粥而感到喜悅。布蘭煮得軟爛適中，布依由也沒有完全煮到收乾，喝起來相當清爽。巴爾特吃得很慢，但是料理很快地就被吃完了。

他再度躺回床上睡了一覺，身體漸漸暖和起來。

巴爾特睡了一陣子又醒過來。由於流了一身汗，他感到口渴而喝了那壺什麼加了果汁的鹽水。真好喝。

——可惡！真可惡！卡繆拉那傢伙！

真不可思議。為什麼那個高傲無禮，不把人當人看的男人，能做出如此體貼的事？明明個性惡劣之人不可能做出真正好吃的料理。

巴爾特的腦海裡浮現了一個想法，搞不好事實跟他所想的正好相反。換句話說，他覺得自己不該認為那種男人怎麼能做出好料理，而是該去想想既然他能做出這如此美味的料理，或許其實是個不錯的傢伙。

巴爾特立刻打消了這個念頭。

——卡繆拉就是卡繆拉，怎麼可能會是個不錯的傢伙。

他睡睡醒醒，每當醒來就會喝點水。到了晚上，身體狀況已經完全恢復了。

2

隔天，巴爾特在巴里．陶德上級祭司的帶領下，前往參觀下街的工房。工房主人是一位名為奧羅的工學識士。所謂的識士是在各專業領域中，賦予被認定擁有豐富知識之人的稱號。識士之上還有大識，再往上還有博識這些稱號。每個領域都只有二至三位博識，也相當於該門專業中的權威。

「您、您們好。」

他是一位剛過三十歲，皮膚蒼白且長著一頭亂髮的矮小男人。他為什麼看起來如此戰戰兢兢？

「喂！奧羅，你這是對騎士大人說話的態度嗎！巴爾特閣下，請您原諒他。這個男人沒有惡意，他知識淵博、創意豐富，甚至勝過一般的工學大識。」

「呃、呃……抱歉。然後，關於那個、這把十字弓……」

「喂！你怎麼又這樣，老是只想著自己的事。應該先問問巴爾特閣下有何貴幹才對啊！」

「好了好了，上級祭司閣下，我們先聽聽那個什麼奧羅想說什麼吧。」

巴爾特從巴里憤怒的模樣感覺得出來，巴里十分擔心這個男人，所以並不覺得有任何不愉快。面對這種類型的人，得先從本人有興趣的事切入才比較容易交談。而且，聽見十字弓這種武器，反倒引起了巴爾特的興趣。他也曾經使用過十字弓，但射程或威力遜於大弓，而且又重又難用，說起連射速度更不值一提。難道這樣的十字弓也有了新的用途？

「我、我覺得，請您看看實際使用情況比、比較好。您、您要不要拿這把十字弓射射看？」

工房中央設有箭靶。巴爾特伸手舉起十字弓。

——好重！這重量是怎麼回事？

仔細一看，這把十字弓上有許多金屬製零件。底座的部分更是全都以金屬所製。

「這把十字弓是把木頭和金屬接在一起製成的是嗎？但是這種做法，連接處不會很容易斷裂嗎？」

「沒、沒問題的。木頭的部分，我在接近核心的部分也都嵌入了極具韌性的金屬。」

巴爾特決定不管那麼多，先試射一下。這是把捲揚式的十字弓。先把弓弦扣在勾牙上，再把弩弓卡進底座，最後將弓弦捲至極限後再放上箭。這是一支相當粗的箭。由於這把十字弓重量相當重，巴爾特把弓靠在腰上增加穩定度後，動手扣下扳機。

箭以超乎想像的氣勢飛了出去，不僅貫穿厚實的木板擊中石牆，還將石牆擊碎了。

見識到這等非比尋常的威力，巴爾特呆站在原地。

「好、好厲害！巴爾特先生，真厲害！」

「不不，厲害的是這把十字弓。不過，為什麼需要用上這麼多金屬？」

「這、這個國家缺乏優質木材。但、但是倒有很、很多不同種類的金屬。最近在很多工房裡的研究都有進展，於是開始出現極……極具韌性，恢復力佳的金屬。」

「但是它這麼重，應該無法應用在實戰上吧？」

「那、那是因為您把它跟弓當成同一種東西，才會這麼想。您、您必須改變想法的出發點。底座可以帶著移動，還可以索性拿鋼來做箭身，再裝上聖硬銀的箭頭。這、這麼一來，就可以是把足以貫穿五十步之外，全身穿著板甲的騎士的武器。當、當然連盾也能一起射穿。」

這把十字弓確實具備著這樣的可能性。要是擁有上百把這種十字弓，將能完全改變戰爭的局勢。

「你這蠢貨！你拿聖硬銀來做箭頭看看！不管是多富有的騎士，只要一戰就破產了！」

「好痛！祭司大人，你、你別打我，我、我只是打個比方嘛。所、所以，巴爾特先生，不、不對，巴爾特大人您、您有什麼看法？它、它的強度還不穩定，弓弦的狀況也是。我做了很多嘗試，最後終於決定使用恰多拉蜘蛛的絲，可是很容易綻開。還、還有，我希望彈力也能再強一些。巴、巴爾特大人，您是有名的弓箭高手，不知道能不能請您提供一點意見。」

他是有名的弓箭高手這句話是誰說的？當然是居爾南特。巴爾特心想，居然給我增加多餘的工作，但是這句話他不能說出口。

後來兩人稍微談了一陣子。巴爾特的意見是金屬弓雖然很有潛力，但是以現況而言，或許只使用單一的木材素材多做嘗試會比較好。接著他說：

「據說用栽種百年的樹木製弓，這把弓能撐過百年，使用千年樹木製弓，就能撐上千年。用有一定程度樹齡的樹木，還是在砍伐後充分靜置的木材最佳。你就是因為用了水氣未退的年輕樹木，才會造成品質不穩且易斷的狀況。」

但是在帕魯薩姆王國中，似乎很難拿到能作為製弓素材的樹木。

在兩人交談的期間，巴爾特想起一件事。在邊境地帶，有個家系擁有大量極適合製弓的樹——寇安德勒家。寇安德勒家現在應該正在償還過去從帕魯薩姆王國盜領的金錢才對，要是提出將部分償還金額換成木材，想必對方會欣然上勾。

巴爾特把這個想法告訴巴里，他開心地拍了拍手。

「哎呀呀，真沒想到，沒想到啊。這招真是妙極了！其實我們才剛收到寇安德勒家的信，他們表示今年無法籌到償還金，希望給他們寬限一下。而我在這件事上，又剛好是顧問的立場。呵呵呵呵。我要是把這個絕佳的主意告訴財務官，我保證他肯定會感謝地五體投地。當然，木材要納入王宮倉庫，但是想撥一部分給這間工房也不成問題。話說回來，奧羅，我不是老是跟你說，你不要老是只想從腦袋裡變出東西來，也得向大自然學習。巴爾特閣下的教誨點醒你了嗎？不要再對金屬有奇怪的堅持了！」

「是、是的，祭司大人。大自然真是太棒了，木材真是太厲害了。但是，祭司大人，我們無法做出合我心意的木材。但是金屬的話，就算現在做不到，總有一天能創造出我理想中的東西。總有一天，一定能製造出輕到能浮於水面，又比聖硬銀硬的金屬。應該也能製造出比絲線還細，又兼具柔軟度，連魔劍也斬不斷的金屬。這也屬於大自然的一部分，世界上所有的東西都算是大自然。」

——這傢伙一興奮起來，就能自然地說話了呢。

「奧羅，找我什麼事？」

一位感覺起來五十歲出頭，皮膚黝黑的男人走進來。他有一雙大眼，頭髮捲曲成一團。由於他的皮膚太黑了，顯得唇色有些蒼白。

「啊，尼德伊，歡、歡迎你來。巴爾特大人，這、這位是皮革防具工匠尼德伊。雖、雖然性子有點古怪，但是他的手藝非、非常頂尖。我、我聽說您有修復皮甲的需求，就叫他來了。」

巴爾特從袋中取出皮甲。由於他的使用方式相當粗魯，皮甲上不僅有傷痕，有些地方也快綻開了。前些日子，巴爾特曾找巴里商量過這件事，所以今天巴里才會帶他到這裡來。

尼德伊才把皮甲拿到手上，臉色立刻變了。

「這、這是！沒、沒錯！這是河熊魔獸的皮甲，打版真是太大膽了。咦，沒想到這裡用上了魔獸的骨頭！喔喔喔喔！怎麼會有如此精妙的組合。太厲害了，真是太厲害了，而且這針腳縫得太漂亮了。」

尼德伊低聲吼著，同時動手檢查整件皮甲的每個角落。

「老爺子，這塊毛皮本身已經是無可比擬的頂級毛皮，但是不管怎麼樣，這位工匠的手藝太精湛了。目前在這個國家裡，沒有一位工匠能做出這種等級的東西。雖然很不甘心，但是他比我厲害太多了。可否跟您請教做出這件傑作的傢伙叫什麼名字？」

「這個嘛……這是庫拉斯庫一位名叫波爾普的工匠傑作。」

「庫拉斯庫的……波爾普。」

巴爾特從懷裡取出一束線。

「這是他給我用來修補皮甲的線。」

「哦？原來是恰多拉蜘蛛絲。這線捻得真是工整，為什麼完全不會散開？還有，這個顏色、這個氣味……」

「你說是恰多拉蜘蛛絲？而且不會散開？真的呢！完全不會散開耶。喔喔！就算拉它也不會亂掉，用鋼刀也切不斷。他明明把線捻成這樣了，卻還是很好彎曲。他是怎麼加工的？」

這個人果然一興奮，講話就不會結巴了。

「我聽他說過，他先把河熊魔獸毛皮浸泡在藥液中，等到把毛處理完畢，再把用四十八條恰多拉蜘蛛絲捻成的線浸泡在同一批藥液中。他還說什麼，等魔獸毛皮精華滲入恰多拉絲線，泡個幾天再把它弄乾，最後再塗上蠟。」

「魔、魔獸毛皮的精華。原來如此！還、還有這招啊！我、我想實驗看看。可是，魔獸毛皮的精、精華這種東西，要怎麼弄到手呢？」

「我有啊。我沒告訴你嗎？之前，某個地方發來一件工作的委託，要我把魔獸毛皮做成皮甲。當時居然送來完整兩匹的長耳狼魔獸毛皮，還是剛剝下來的。對方豪氣地說要我用那些做一件一人份的皮甲，還給了我不少工錢呢。對方說要我動作快點，不要做太多繁瑣的設計。再怎麼說，我也是第一次處理全新的魔獸毛皮。所以我翻出爺爺的筆記，調合好藥液後，就把毛皮泡進去啦。最後照著尺寸要求縫製好之後，就再送回……唔呃。」

「為什麼！你為什麼沒叫我！為什麼啊啊啊啊啊！」

「奧羅！我、我好痛苦……要死了，救我。」

巴爾特把揹住尼德伊脖子的奧羅拉開來。尼德伊調整好呼吸後，繼續說了下去。

「剩下的皮革、骨頭那些，我全都送還回去了，還附上保養用的邊角料和注意事項。因為合約就是這麼寫的。不過，因為我也想做各種嘗試，所以把飽含精華的藥液留了下來。但是，我可從來沒想過，可以把恰多拉絲線浸泡在魔獸毛皮的精華之中。」

巴爾特開口詢問尼德伊，該件委託的主人是否為臨茲伯爵賽門·艾比巴雷斯時，尼德伊驚訝地瞪大了雙眼。

巴爾特把皮甲交給了尼德伊。尼德伊表示想仔細修補，希望巴爾特能把皮甲交給他三天。但是巴爾特說希望他在一天內完成。因為萬一騎士需要臨時出戰，沒有皮甲就沒戲唱了。這絕不是因為雙眼晶亮地盯著皮甲不放的奧羅讓他感到不安的緣故。

3

「啊！是朱露察卡大哥。大哥，這邊這邊！」

「喔～你好啊～代我向瑪克斯老大問好喔～」

「好咧！」

這裡是「下街」裡較偏僻的地區。即使在下街中，也有住著更為貧窮的人們的區域。剛剛親暱地和朱露察卡打完招呼，從他身邊走過的是一位全身髒兮兮的孩子。但是他臉上的表情十分快活堅毅。不過巴爾特現在也是一副窮酸相，劍也沒有帶出來。

「朱露察卡，剛才那孩子是什麼人？」

「他叫陶茲爾，是『拾物人』。」

「拾物人？」

朱露察卡向一臉納悶的巴爾特說明。

王都裡有數量驚人的人和馬匹，所以排泄物的量也相當多。在「上街」或「下街」，那些汙物都散落在街上，但是下層平民擁有能去撿拾這些汙物，再做利用的特權。在「特區」裡，則是禁止馬的排泄物擺放在街上，所以會讓下層平民前去處理。下層平民會把馬糞當作燃料使用。

巴爾特聽了中原地帶的尿液處理方式後，他感到非常驚訝。在邊境地帶，洗衣服一定是用水洗。如果遇上難洗的髒汙再用烏斗的果實擦洗，或是浸泡在灰燼中去除。但是，在水源無比珍貴的中原地帶，則是用令人難以想像的方式進行清洗。他們會先把衣服浸泡在尿液中，然後用腳去踩，待去除髒汙後，再用水沖洗。

聽說王族或富裕的貴族，會使用從遠方運來的特殊土壤或以某種樹木的燒成的灰，但是一般來說洗滌衣物都是使用尿液。所以洗衣人是最底層人們的職業。據說在清洗皮甲的時候，似乎是使用積存已久並已酸腐的尿液，而且效果出奇的好。

此外，關於王都附近的山木林裡的雜草，只有不富裕的平民才被賦予割草的權利。而枯枝或是粗細在某種程度以下的樹木，也只有下層平民才有使用權。

不只是帕魯薩姆，中原地帶燃料短缺，所以從以前開始，每個都市中都是由「拾物人」來處理馬糞還有其他汙物。會去撿拾糞便，或是大量收購糞後再去兜售的，都是一些身分低微的年輕平民。他們大概是從兩三人一組，最多就六七人一組，各自擁有自己撿拾糞便的地盤。

雖然在社會上是個祕密，但是他們上頭還有個應稱為總管的人存在。因為如果沒有人負責整合，可能會發生交易金額崩盤，或是出現地盤被人搶走而無法維生的人。

「原來如此。那個什麼瑪克斯，就是那個總管吧？」

「就是這樣～好了，我們到嘍！我們要找的人在哪兒呢？」

這個地方跟強烈惡臭的下街相比，又充斥著另一種特殊的怪味。但是這裡也瀰漫著香噴噴的味道。這股刺鼻的味道是焚燒馬糞的氣味，眾多下層平民們都在各處燃燒馬糞烤東西來吃。明明還是大白天，大家卻把酒言歡，熱鬧地享受著這一切。

「啊，找到了找到了。喂～奧耶～」

朱露察卡拉著巴爾特走過去，向他介紹這個男人。

「嘿嘿，他是負責炭烤的奧耶。在這裡人人都叫他燒烤師奧耶。奧耶，那就開始吧。」

「好喔、好喔。」

巴爾特心想，這個人的名字跟奧羅真像，但是外貌完全不像。工學識士奧羅身材瘦削，身高一般，長著一對大眼睛。燒烤師奧耶則身高略矮，體格健壯。體態看起來非常結實強壯，眼睛也較為細長。

奧耶手腳俐落地生了火，再把炭夾到火上後，在上面擺了一塊開了個小洞的鐵板。等到鐵板燒熱了，再用類似火夾子之類的東西，從壺裡不知道夾了什麼東西出來。

「嘿嘿嘿！白肉（布諾·夫爾艾）可是下街最棒的美食喔！」

巴爾特還在想什麼是白肉，結果是內臟。原來這裡以前是家畜屠宰場。

說到底，肉可是騎士，也就是貴族的食物，平民不可以吃肉。時至今日，中原的各個都市裡，表面上都還嚴密地守著這個規矩。只不過，這種情況的肉指的是紅肉，內臟會被當作汙穢之物丟棄。這些本來應該被丟棄的內臟，在下層平民間就稱為「白肉」。由於白肉非常便宜，連貧民們也能買來吃。白肉指的就是不是肉的肉。

巴爾特在陶德家裡吃到的牛肉太美味，所以他曾提起想要吃看看這種牛的內臟。結果泰山崩於前也面不改色的巴里・陶德臉色一變，勸誡巴爾特千萬別再說出這種話。巴爾特知道他對動物內臟有很強的排斥感後，也放棄了這件事。而看來他在今天能吃到早已放棄的內臟。這下巴爾特也明白了，為什麼朱露察卡要他穿上這身服裝。

現在奧耶正在烤新鮮的牛內臟。牛內臟一塊白晃晃的，確實是白肉。奧耶用極為認真專注的眼神盯著白肉燒烤程度。

「白肉這種東西，熟度相當難掌握呢。來，老爺子，這給你。」

朱露察卡遞給巴爾特一碗酒，他接過後一口喝光了。

「只要買好炭，奧耶就會烤白肉給我們吃，而且是免費喔。代價是烤好的肉也要分給奧耶吃，我們只要付肉和炭的錢就好。」

「哦？是這樣嗎？奧耶沒有酒喝嗎？」

「奧耶他滴酒不沾喔。」

奧耶遞出一個木盤、竹串和小壺。

「這個小壺是什麼？」

「嘿嘿！這是燒烤師奧耶特製的味噌(伍涅露)喔！用白肉沾這個吃，真的是人間美味啊！」

奧耶頻繁地把白肉翻來翻去，一下改變烤的位置，不停地調整白肉的熟度。接著他取出兩塊像石頭的白色塊狀物，把兩塊白色塊狀物相互磨擦後，把掉下來的粉末灑在白肉上。原來是岩鹽。東忙西忙一陣後，看起來白肉是烤好了，奧耶抓起白肉遞給巴爾特。

「來，吃吧！」

「喔喔，感激不盡。」

巴爾特稍微沾了一點味噌後，把白肉送進嘴裡。坦白說，食材看起來不怎麼樣，又是在這種偏僻地區，巴爾特對味道並沒有太大的期待。

當他把白肉放上舌尖時，他不知道該如何形容現在的心情。

在那一刻，滿地垃圾的景象、難以忍受的惡臭都被巴爾特拋到九霄雲外，他的五感全被白肉所吸引了。

這股香氣。

汩汩冒出的肉汁既清爽又濃厚，而且鮮美無比。

柔軟彈牙的愉快口感。

白肉與帶有甜味的岩鹽那恰到好處的融合感。辣味強烈的濃郁味噌更突顯了它的美味。

巴爾特曾經吃過棲息在森林中的野獸內臟。自從踏上旅途後，克魯魯洛斯和柯爾柯露杜魯的內臟也曾讓他嘖嘖驚嘆。但是，這白肉完全是不同次元的食物。這鮮明的滋味和分量感可說極具王者風範。被喻為肉中之王的牛肉，連內臟都是肉中之王啊。

「嘿嘿，老爺子，好吃吧？不管怎麼說，白肉最難掌握的就是它的熟度。要是沒烤熟，根本不能吃；要是稍微烤過頭又會變得乾柴。燒烤師奧耶烤出來的白肉可是很特別的喔。」

繼巴爾特之後，燒烤師奧耶把烤好的白肉放在朱露察卡的盤子上。接著才放在他自己的盤子上。在這之後，順序也一直沒有改變過。

奧耶接著從壺中拉出一條暗紅色的肉，這種肉的苦味相當有趣。

接下來，奧耶烤的是一塊呈現粉紅色，極具光澤的肉。這塊肉咬起來彈力十足，感覺很奇妙。

就這樣，三個人吃了許多種類的內臟。

當壺裡的肉空了後，巴爾特想起一件事。這件事發生在前晚的晚餐時分。當天的主菜是小牛肉。吃了後，他才知道精心養育的肉用牛的小牛，跟成牛完全是不同的食材。不知道那隻小牛的內臟最後是怎麼處理的？一般的貴族之家肯定會丟掉，但是如果是卡繆拉，或許不會丟掉吧。

「朱露察卡，你回家去一趟，如果昨天的小牛內臟還在，你就去跟他們要一點帶過來。」

燒烤師奧耶的雙眼閃閃發光。

朱露察卡在令人吃驚的短時間內回來了。

「唔喔！唔喔！喔喔！」

奧耶看見小牛內臟，不知道為什麼瞪大了雙眼，一副驚訝不已的模樣。他立刻又往火裡加了炭。

奧耶在烤小牛白肉時的表情，帶著令人毛骨悚然的氣勢。他的額頭冒出了細小的汗珠。

「奧耶，這種肉能烤嗎？」

「可以、可以。這個很棒！熟度、難掌握。」

看來即使是手藝精湛的燒烤師，這種肉也是個難纏的對手。

奧耶慎重地把烤好的肉放進巴爾特的盤子裡。

「來，吃吧！」

這味道令人心神蕩漾。口感輕盈又深邃，但是在通過喉嚨的瞬間，剛剛吃過肉這件事又恍如一場夢。這種痛快乾脆的口感，讓人彷若置身天堂。

三個人心滿意足地吃光了小牛的白肉。

「這是次好工作，感謝、給機會。」

燒烤師奧耶低頭鞠躬後，消失在屠宰場深處。

4

當天的晚餐品項和分量都偏少，彷彿看透了巴爾特目前有幾分飽。

主菜是魚。王都不容易取得新鮮的魚，但是每次卡繆拉都能以出色的調味讓巴爾特嚐到美味的魚。今大的魚是威吉克，真令人懷念。體型較小的威吉克輕巧地擺在白色淺碟上。上面沒有淋上精緻的醬汁，看起來只是烤過而已。不過，巴爾特夾起一塊魚吃下後，整個人啞口無言。

——怎麼會如此濃郁！這真的跟我知道的威吉克是同一種魚嗎？

巴爾特一直認為，威吉克這種魚的美味之處在於它身上的豐富油脂，要是少了油脂，魚肉本身味道較為淡泊。

但是，此時他明白到事實並非如此。味道淡泊和魚肉乾柴是兩回事。味道淡泊的魚也有牠的美味之處。這道烤威吉克將淡泊的美味濃縮至極限。

柔軟有彈性的口感好吃得不得了。原來隨著不同的燒烤方式，威吉克還能煮成這樣的味道。每一片都非常新鮮，而且每個部位都有獨具的鮮美滋味。巴爾特吃得入迷，貪心地吃了一隻又一隻的威吉克。吃完這條魚後，他感覺白天吃的那些白肉油脂對腸胃造成的不適感，似乎舒緩了不少。

——唔唔唔，卡繆拉這傢伙。居然端出這種料理，好像早已看穿我有幾分飽似的。反正他肯定又用了大量的昂貴調味料，才烤得出這種魚吧！哼！砸了大錢的料理一定好吃。要是不甘心的話，就像燒烤師奧耶一樣，單憑燒烤技術來一決勝負啊！

不知道為什麼，這天晚上巴爾特對卡繆拉的對抗意識特別旺盛，所以在卡繆拉來到餐廳說明料理時，他巧妙地出言找碴。

「剛才的威吉克真好吃。想必是用了什麼珍貴的調味料，放在大量的綠炎石上烤出來的吧？」

「不，我只用了岩鹽調味，而且直火烤魚時不會用到綠炎石，因為它能發出的熱度太過平均。剛才的威吉克是以炭火烤成，把炭燒紅後散發出來的熱度有強弱之分。而且，根據魚的部分，其中含有的水分也不同。我只是在烤的時候，配合各部位的水分，調整魚和火之間的距離而已。」

配合魚的各部位含有的水分下去烤。感覺到時時刻刻都在變化的水分，再配合水分去調整烤的位置。聽他這麼一說，這種料理方法確實很有一套。這才是將白肉魚轉變成鮮美魚肉塊的魔法。

但是，要如何才能清楚辨別炭散發出來的熱度強弱呢？要如何才能看穿魚蘊含的水分多寡呢？要如何才能將炭散發的熱度強弱，和魚所蘊含的水分做出完美搭配？恐怕只有長久的踏實修練才能將這一切化為可能。

有件事巴爾特不得不承認，那就是今晚的威吉克確實是靠技巧烤製而成。

5

晚餐之後，巴里．陶德來到賓客居住的建築，並對巴爾特說：

「巴爾特閣下，有件事請您務必要保密。其實溫得爾蘭特國王陛下病了，已經病到連起身執行政務都很困難的狀態，所以突然必須在明天舉行居爾南特殿下的立太子儀式。由於國王陛下身體欠安，不會舉行慶祝儀式。還有，明晚居爾南特殿下將到此宅邸來跟您見面。請您明天下午不要外出。」

奇怪的是，巴爾特聽見溫得爾蘭特國王生重病一事，心裡沒有太驚訝。不知道該說他早有莫名的預感，還是說他早已從巴里告知謁見延期的態度上察覺了某些事？總之，此時的巴爾特心裡只覺得，喔～果然如此。

他心裡反而感到憤怒。他不認為目前已經做好能讓居爾南特繼承王位的萬全準備。要是現在國王死了，他可以預見在這自己人不多的宮廷中，居爾南特會有多辛苦。

——國王啊！你可別這麼任性地就死了！

同時他也感覺到了一抹類似寂寞的情緒。巴爾特自己也不知道這樣的情緒從何而來。

祭司低聲說了一句：「這時，要是賽諾斯在就好了。」

「賽諾斯是誰？」

「喔，他是我的一位老朋友。這個男人雖然只是個平民，但是他連醫學知識都已登峰造極。即使高升至王宮任職，他還是花更多時間去治療下級平民。要是他在，或許連國王陛下的病都能治好。」

巴里說這個人因為犯罪而遭到流放。他犯的是損傷屍體這等重罪。

「對象是他的妻子和女兒，兩人都因流行病而死。那個男人常常說，要是能夠對人體內部有更清楚的了解，治療上就能有大幅的進展。所以這兩人就留下遺言，希望賽諾斯能在她們死後，解剖她們的身體進行觀察。這個男人遵守了這個遺言，結果被助手檢舉。」

本來賽諾斯差點被判死刑，但是他的功勞顯赫，也有人為他求情，所以最後才改為流放國外。在這之後，隨著先王駕崩，國家也頒發了特赦令。簡單來說，流放一事也已註銷。

「賽諾斯畢內是個將一切奉獻給醫學的木訥之人，他不是壞人。啊，他有一個奇妙的興趣。他以前一直在研究諾勒怎麼吃才好吃，我被他逼著吃了好幾次可怕的食物呢。畢竟諾勒不管再怎麼煮，畢竟也不過是諾勒啊。」

賽諾斯畢內。

諾勒料理。

巴爾特想起了某個老人。

那應該是在去年五月左右吧。當時他和哥頓・察爾克斯一起前往艾古賽拉大領主領地，一個位於比東方盡頭的村莊更深入的村落。在那個村落裡，他們吃了一位名為畢內的老人所做的諾勒料理。

巴爾特告訴巴里這件事以後，巴里開心地抱著他，說要立刻派遣使者前去迎接。

6

夜幕低垂。一輛上等馬車駛進陶德宅邸後不久，巴爾特被叫了出去。

巴爾特穿著修補完成的魔獸皮甲。在隨從的帶領下，來到一間靜僻的房間，門口還站著兩位近衛騎士。他們是居爾南特的護衛。兩位護衛的對面站著詹布魯吉伯爵——沙瓦林格茲卡魯・陶德。在伯爵身後則是站著陶德家騎士尼特和傅斯班。

詹布魯吉伯爵神情十分緊張地對葛斯說：

「葛斯閣下，請您卸下那把劍。」

「詹布魯吉伯爵，葛斯・羅恩的劍是守護王太子的劍，可不能卸下。」

「巴爾特閣下，您這樣難為我會很令人困擾。」

此時，門打開了，裡面傳來一個聲音。

「以下是王太子殿下的吩咐。葛斯・羅恩是我的弟弟，也是最該信賴之人，我允許他佩劍。」

被這麼一說，伯爵也只能沉默下來。他瞪了一眼葛斯，然後催促他們快點進到房間去。巴爾特和葛斯進了房間。房間裡除了居爾南特之外，還有兩位身穿重盔甲的騎士。頭盔的面罩也放了下來，可說是完全武裝的狀態。

這個房間的擺飾出奇冰冷。正面——也就是居爾南特背後掛了一幅巨型掛毯，另一頭則是掛了一副巨型繪畫，除了這些，最多只擺了燭台，連桌子都沒有。一副表示著此處毫無藏身之所的模樣。葛斯稍微瞥了一眼那幅畫。

在這之後，伯爵也跟著進了房間。當伯爵的部下——那兩位騎士要跟著進來時，站在入口的近衛騎士出言申斥：

「伯爵，請留步。王太子雖然准許葛斯．羅恩閣下佩劍，但是沒有允許其他人也一起佩劍進入。」

「無禮之人！我們必須守護來到家中的顯赫之人，卻不讓我家騎士佩劍，這哪說得過去！」

果然不是平常的伯爵。

「行。我准許貴宅的騎士佩劍，但是僅限一人。」

居爾南特的聲音響起。

巴爾特感到佩服。他這麼做不止顧全了出言阻止的騎士顏面，也考慮到了伯爵的心情。如果只有一位騎士佩劍，將無法突破身穿重盔甲的護衛騎士的防線。

此時，巴爾特感到鼻子的舊傷一陣抽痛，這代表即將發生什麼不祥之事。但是，會發生什麼事呢？

騎士尼特的腰間掛著劍直接進入房間，接著走進來的騎士傅斯班把門關上，還上了門栓。

巴爾特心下一驚。

伯爵的嘴裡爆出怒吼。

「殺！」

正面另一頭的巨型繪畫倒了下來，在繪畫後方有九位士兵，所有人手裡都舉著十字弓。

巴爾特立刻反射性地做出行動——即立刻飛奔到居爾南特和弓手之間，大大張開雙手，以背向弓手們的姿態擋在兩方之間。

箭隨時都可能會飛過來。巴爾特想盡可能用背部擋下箭矢。居爾南特的兩側有負責護衛的重騎士。只要能爭取一點點時間，他們就能保護居爾南特。

下一秒，巴爾特看見了令他難以置信的一幕。兩位護衛騎士拔劍出鞘，對居爾南特做出刺擊的姿勢。

一陣疾風奔過巴爾特身邊——是葛斯。

——不行，來不及了！

居爾南特手上沒有劍，後方是道牆。不管葛斯的動作多快，居爾南特都不可能避過同時向他刺去的兩把劍。

在這一剎那，許多事幾乎同時發生。

巴爾特覺得自己似乎聽見了一句低語：「鳴叫吧！班·伏路路！」

葛斯憑著向前衝的氣勢，把居爾南特踢飛出去。

左右兩位重騎士刺出的劍撲了個空。

魔劍「班・伏路路」發出了鮮豔的紅色燐光。

左方重騎士的右手手裡還拿著劍，卻被一劍連同手腕一起砍飛。

右方重騎士的金屬盔甲，被從右邊腋下到左肩劃出一道血紅裂痕。

巴爾特的背後受到幾下悶聲的衝擊。

一支箭射中了重騎士的盔甲，另一支劍刺入了正面的牆壁。

掛毯正中央被筆直地掀開一個大縫——掀開掛毯的人是朱露察卡。掛毯另一頭是一條隱藏通道，居爾南特翻身滾入隱藏通道中。

巴爾特回頭一看，自己背上插了好幾支箭，還有幾支掉落在地。由於這是用來暗殺的箭，想必箭上當然塗了毒藥。

騎士尼特拔劍往居爾南特衝過去的時候，巴爾特挺身擋在騎士尼特面前。巴爾特雖然手無寸鐵，但不是毫無防備，他穿著注入了工匠波爾普心血的皮甲。他舉起左手肘，用手肘和拳頭中間的部位擋下了尼特的劍。

巴爾特居然以下手臂擋下他的劍，讓騎士尼特一陣愕然。

趁此空檔，巴爾特一拳狠狠揍向尼特的臉部正中央。騎士尼特向後方飛去，騎士傅斯班也遭池魚之殃，兩人一起倒在地上。

這個時候，葛斯已奔過巴爾特身邊，往弓手們飛奔而去。紅色光芒的軌跡再次在暗殺者們前方飛舞，不過瞬息之間，九位弓手的左或右手臂全都被斬落。

咚咚咚。門外傳來激烈的敲門聲。

「發生了什麼事！發生了什麼事！」

伯爵拚命地在懷裡摸索著什麼。他沒發現有個矮小的身影早跑近他身邊，把他想找的東西偷走了。

「哎呀～果然塗了毒！這是什麼毒呢～」

一陣與現場格格不入的悠閒聲音響起。朱露察卡靠在牆壁上，盯著一把做工豪華的短劍。

「你、你這傢伙！你從哪裡進來的？快把那把短劍還給我！」

巴爾特右手使出一計反手拳，揍向伯爵的後腦勺。伯爵在空中轉了半天，狠摔在地，接著昏了過去。

剛才被巴爾特一拳擊中臉部的騎士尼特噴著鼻血，昏倒在地。

騎士傅斯班還倒在地上，但是葛斯正舉劍抵著他，所以他也動彈不得。

敲門聲和詢問的聲音越來越激烈。

居爾南特語調強硬地命令道：

「別吵！沒出什麼大事。我現在開門，你們別再敲門了。」

接到居爾南特使的眼色後，朱露察卡拔下門栓，將門打開。

等在外頭的兩位騎士進了房間。但這兩位是否是自己人呢？

「這是謀反，把罪人們給我抓起來。」

——原來如此，只要這兩位肯服從這個命令，那麼姑且可以將他們視為自己人。

此時，剛才被葛斯斬飛右臂的重騎士爬起身，猛衝過來。他用左手抱著劍，用被斬去手腕的右手支撐著。

巴爾特再次挺身擋在居爾南特身前。他選了一個即使出了什麼萬一，依然最能確保居爾南特毫髮無傷的方法——他用腹部正中央擋下了這記刺擊。

重盔甲騎士的衝刺頗具威力，但是劍尖雖然陷入了魔獸皮甲，卻無法貫穿。

重盔甲騎士藏在頭盔中的眼睛，因為驚愕而瞪得老大。重盔甲騎士的動作停了下來，於是巴爾特舉起右手，從旁壓制住他的頭。巴爾特用巨大且粗壯的手牢牢地抓住頭盔，狠狠往左一甩，直接抓著頭盔撞上牆壁。一陣巨響響起，連牆壁都晃了晃。

居爾南特指著癱倒在地的騎士下令：

「把那男人也抓起來。」

「真不愧是前盜賊，扒走短劍的技巧真高超。能夠察覺有隱藏通道這件事也幹得很漂亮。」

「嘿嘿！你這麼稱讚我，我會害羞啦。啊！不過，王子～我不是前盜賊，我現在也是個盜賊喔。」

「別在我面前堂堂正正地講出這種話。老爺子他沒事吧？」

「嗯，箭上沒有塗毒。」

「這樣啊。雖然由我來說有些奇怪，但這真是場技巧拙劣的襲擊。」

這裡是別館中巴爾特的房間。由於以如此少的人數返回王宮太過危險，所以先移動到這裡來。他帶來的隨從當中，有一位返回王宮去請人前來迎接。兩位近衛騎士中，其中一位被派去看管被五花大綁的謀反人士們，另一位則是讓他站在這間房門外守著。還有一位隨從被派往前去將伯爵家家人及高級僕人壓進一個房間，並命他在上鎖後要嚴加看管。

「老爺子，話又說回來，你還真有本事，讓葛斯佩劍進房。」

「我會那麼做，完全是因為聽從了朱露察卡的直覺。他說感覺好像會發生什麼事，所以最好佩劍比較好。」

「喔～」

朱露察卡對居爾南特的態度和說話方式實在很奇怪。還有葛斯，就算是為了保護王太子才一腳把他踢飛出去，但是針對這件事卻連句道歉都沒有。不過，整體氣氛似乎默許著這些行為。對居爾南特來說，現在這個房間是只屬於自己人放鬆休憩的空間。

巴里．陶德被帶了過來。巴里在居爾南特抵達後，立刻就回到宅邸去了。當他得知這個事件時，驚訝得不得了。在對僕人們下達指示，待整體狀況平復下來之後，他一直在房間裡閉門思過。

巴里進到房間後，本想擺出罪人的姿態。但是居爾南特不允許他這麼做，叫他在椅子上坐下。

「巴里．陶德樞密顧問閣下，現在要是少了你可就頭痛了。我禁止你閉門思過或是辭職。話說回來，我有件事想問你。伯爵該不會不知道掛毯後有個隱藏通道吧？」

面對這個問題，巴里的回答是或許不知道。巴里過去曾是這個家的繼承人，所以父親曾告訴他隱藏通道的事，但是巴里加入了神殿。在那之後，父親就突然亡故，所以有可能來不及告訴沙瓦林格茲卡魯這件事。

這麼說來，由於朱露察卡潛伏在連接王太子房間的隱藏通道中，就算被判死刑也不能有異議。但是也多虧他躲在那裡，才能救下居爾南特。

外面十分吵鬧——是從王宮前來的騎士隊抵達了。居爾南特對前來房間的騎士下達了幾個命令，包括他將暫時停留在這房間裡，要他們加強戒備。另外就是要他們將犯人們護送到王宮，在給予他們治療的同時開始進行盤問。最後則是命令他們盡量隱瞞襲擊的實情。

「好了，老爺子，我就開門見山地說了。我將任命老爺子為中軍正將，夏堤里翁為副將。明日一早將舉行任命儀式，請你到王宮來一趟。」

帕魯薩姆國王直轄軍由上、中、下的三隊軍隊組成，每一隊軍隊中都派有正將與副將，各自指揮軍隊一半的人數。以官階等級大小來說，依序是上軍正將、中軍正將、下軍正將、上軍副將、中軍副將、下軍副將。依最近的慣例，上軍正將都是由王族擔任，因此目前居爾南特即是上軍正將。換句話說，在軍隊內部來說，中軍正將除了王族以外，沒有其他上級了，這個職務等同於軍人中的最高地位，所以也被稱為「大將軍（杜沙·安特拉）」。

即使非本國人士，只要是有能之人，這個國家都願意重用。但是這等重責大任居然要交給一個對中原戰役的行軍方式毫無所知，且既無官職也無地位的老朽身上，這絕對不是一件該發生的事。

巴里祭司向驚愕得不知所措的巴爾特說明整個情況。

中軍正將一直以來都是由那帕拉·夫吉莫擔任。他原本是其他國家的貴族之子，後來成為本國的客將，是一位曾侍奉過三代國王的人物。雖然在武士之間聲譽極佳，但是在國內幾乎沒有親戚友人，政治野心也不大。

從去年開始，這位那帕拉將軍的身體狀況一落千丈，曾三度提出交還將軍一職的申請，不過這次終於為了安靜養病，所以決定讓他暫時離職。

好幾位有力騎士都在覬覦這個空位。

只要曾擔任過將軍，即使在辭任後，也會終身被稱呼為將軍，還擁有部分特權。此外，在任期中，在軍事行動方面，將軍也被賦予了相當大的裁決權，要是濫用職權，想中飽私囊簡直易如反掌。

今天在立太子儀式後，召開了樞密顧問會議，中軍正將的人事案也被提為議題。眾人意見十分分歧。此時，卡杜薩邊境侯爵推薦了帕庫拉騎士——巴爾特．羅恩。巴里．陶德也表示贊同，這麼一來就有了兩位推薦人，居爾南特王太子殿下也順勢決定任命巴爾特為中軍正將。

「現在的狀況有些火藥味，所以每個派系都不是那麼積極地在爭取中軍正將的地位。老爺子不屬於任何派系，所以不論哪個派系都容易接納你。對我來說，中軍正將是個擁有強大發言權的地位，要是被持著奇怪意見的人搶去這個位置，我可就傷腦筋了。現在我所需要的人才，是即使成為中軍正將也不會做出多餘的事，待時機到了，又不會耍賴不肯辭任的人。而且，老爺子你身為王太子的師父，本來就可以賦予你某種程度的地位。我的提議是作為不封賞爵位、領地的代價，讓你在短期間內當個有名無實的中軍正將。而重臣們對這個提案也是樂見其成。濟古恩察大領主領地是帕魯薩姆王家正式承認的領地，現任大領主和前任大領主也都是由帕魯薩姆國王任命。由於帕庫拉隸屬於濟古恩察大領主領地，所以老爺子也不算是其他國家的騎士。而且，多年來你都作為德魯西亞家的首席騎士負責帶領騎士團，所以實績也很足夠。」

「有點火藥味的意思是？」

「國王陛下的病況有些詭異，也有人懷疑國王是不是中了毒，那帕拉將軍的病況似乎也有些可疑之處。後來可露博斯堡壘遭到襲擊，西部的兩座有力都市發動叛亂。這兩場叛亂並不嚴重。他們想要展現自己的力量，意圖將國王間的契約改為對自己有利的內容，這種事經常發生。但是在這些事情背後，似乎可以隱約地看見辛卡伊國的影子。」

「那我就在王都裡四處逛逛攤販就行了嗎？」

「那可不行。我要請你去可露博斯堡壘一趟。聽說那裡出現了大群魔獸，數量有二十隻左右。我委任密斯拉子爵管理可露博斯堡壘，這報告是從他而來。數量如果正確，我們在帕庫拉也不曾一次見到這麼多的魔獸。雖然密斯拉騎士團應該也在進行討伐，聽說損害情況還是相當嚴重。我希望你去協助確認是否真的是魔獸，然後教導他們應付魔獸的方法。」

「原來如此。如果是這麼回事，或許有我出場的機會。」

「你帶著夏堤里翁一起去吧。回程不需要急著趕回來，可以到南部的城鎮或村落進行視察，花個三兩個月再回來就好。」

巴爾特的心中回想起居爾南特在洛特班城說過的話：

「我希望能讓那傢伙看看世界更遼闊的一面。」

那傢伙指的就是夏堤里翁。居爾南特的意思是希望以視察這個名目，讓夏堤里翁去見見世面，進而感受這個世界。

「如果那帕拉將軍無法恢復健康，事態將會如何？」

「我們現在正在安排聘請某位騎士作為我國的客將。如果夫吉莫大人復職無望，會請那位騎士暫時擔任中軍正將一職。」

「既然是這樣，我就接下這個職務吧。」

「你願意答應嗎？真是幫了我大忙。我還有一個請求，可不可以暫時把葛斯和朱露察卡借我差遣？求求你。」

居爾南特居然站了起來，將右手抵在左胸，向巴爾特低頭懇求。他都做到這個地步了，巴爾特也難以拒絕。

仔細想想，初來乍到的居爾南特在王宮裡十分孤獨，還差點被本應是他最信任的護衛及世代服侍王家的家臣殺害。他很不安。他應該是想在葛斯和朱露察卡身上追求一份安心，以填補這份不安。居爾南特相信，巴爾特身邊的人絕對不會背叛自己。

巴爾特望向葛斯和朱露察卡。

兩人都點了點頭。

「那就把這兩人借給你吧。」

「感激不盡。還有，老爺子。我有件事想先跟老爺子說。迎娶雪露妮莉雅公主為正妃一事已經底定。五天後我將派遣使者前往提親。這位使者將同時把我王家的請求——借調多里亞德莎．法伐連前來當女武官的指導人一事，轉達給葛立奧拉皇國知曉。在與雪露妮莉雅公主的婚禮之後，接著將從阿格萊特、貝斯白朗兩家公爵之家，分別迎娶第一側妃及第二側妃。國王陛下非常高興，交代我也得向老爺子問個好。在此也跟老爺子道聲謝。」

第四章——可露博斯堡壘戰事

烤魔獸肉

1

他們花了七天即抵達密斯拉。兩地距離約九十刻里，一般來說，即使先準備好替換的馬匹，也需要九天至十天才能抵達。巴爾特勉強趕了一點路的目的，是為了先探探夏堤里翁的持久力和耐力。

而夏堤里翁這位看似軟弱的青年，輕易地跟上了巴爾特。他的座騎貝可利也是匹體型高大的健壯馬匹，隨行的兩位騎士也勉勉強強地跟了上來。

騎士札卡里．奇奇艾利特。

騎士納茲．卡朱奈爾。

兩人都是阿格萊特家的騎士，此行中則擔任夏堤里翁的勤務兵。簡單來說，就是負責幫夏堤里翁提行李，照顧他的生活起居之人。到了騎士家作客用餐時，這兩位則是站在夏堤里翁身後。把獨當一面的騎士當作勤務兵使喚這種事，在巴爾特的價值觀中是難以想像的一件事。

旅程能順利展開，一部分也是因為不需露宿野外。一行人在城鎮間移動，拜訪騎士之家就可獲得食物和落腳的地方。每戶騎士之家都是又驚又喜地迎接夏堤里翁的到來。在他們抵達某個城鎮時，雖已是深夜時分，負責警備的騎士還是專程為他們打開了城鎮之門，其後到訪的騎士家也是立刻把僕人們挖起來，大肆款待了他們一番。阿格萊特家的威望真是不可小覷。

看著密斯拉的城鎮，巴爾特心中一陣感慨。

隔著奧巴大河，在臨茲對岸有個波德利亞交易村。從波德利亞乘坐馬車，花上約兩星期越過沙漠及草原後，就可以抵達名為密斯拉的城鎮。對幾乎在邊境地帶的內地，度過整個人生的巴爾特來說，密斯拉可說是遙遠彼方的大國象徵。武器、日常用品等好東西都是從密斯拉來的。巴爾特心中所描繪的世界盡頭就是密斯拉這個城鎮。

而他現在正要踏入那座城鎮，還是從王都方向來到此處，心裡有種不可思議的感覺。

話又說回來，他的腰一點也不痛。過往他要是隨興疾馳，不消半天就會感到腰痛，令他叫苦連天。但這次非但沒有感到半點疼痛，體內還充滿了力量。

不僅是體力，他覺得自己的嗅覺也變得異常敏銳。開始分得出微妙的氣味，而且不管他吃了多少東西，還是能嚐到食物的美味。以前有些迅速的劍路他看不清，但現在也能看得一清二楚。

自己的身體到底發生了什麼事？巴爾特並不清楚。雖然不清楚，但是唯有一件事他可以斷言——

他現在覺得活著真是件快樂的事。

2

密斯拉子爵不在城內。巴爾特從代理子爵職務的騎士口中，聽到的卻是令人意外的事態。二十天前，從可露博斯堡壘來了一位傳令兵。原來是堡壘遭到二十隻魔獸襲擊，因而派他前來請求增援。

密斯拉在震驚之餘，在派遣騎士團前往救援的同時，也派出傳令兵前往王都。

理論上應該已經派了足夠的兵力前往，但七天後，卻再來要求更多的增援。此時，只要是有能力作戰的騎士全被派去了可露博斯堡壘。然而，時至今日卻音訊全無。

直到此刻之前，巴爾特一直將情況想得很樂觀。魔獸這種生物，在邊境地帶的山林野地裡遇到時才最可怕。如果是在視線良好的平地，還是由全副武裝的騎士對付魔獸，會有很多戰鬥的應對方式。更何況，雖然這次魔獸多達二十隻，數量多得有些異常，但他們可是待在堅固的堡壘內迎擊，他找不到任何該擔心的理由。

但是，在聽過這番話後，巴爾特心裡覺得疑點重重。

3

終於看見可露博斯堡壘了。

靠近後，巴爾特心下一驚。

馬匹和士兵的屍體被丟在路上，還是已被野獸啃食得亂七八糟的淒慘模樣。

眾人繞了好大一圈來到堡壘北方，卻看見一副令人難以置信的景象。

據說在中原地帶，優質木材相當稀少，所以箭矢和長槍都是十分貴重的武器。然而，上百支如此貴重的箭矢就這麼插在地面上，被棄之不理。長槍也是一樣。還有好幾位騎士、勤務兵和馬匹的屍體淒慘地曝屍在外。

還有藍豹及袋猿的屍體倒在其中。巴爾特撿起掉在附近的長槍一刺。

——這是魔獸，不會錯。

魔獸死亡之後，肉會變得柔軟。但是，皮和骨頭則依舊堅硬。

「是、是誰在那裡！」

堡壘中傳出質問的聲音。騎士納茲開口回答道：

「這位是此次被任命為國王陛下直轄軍，中軍正將的巴爾特．羅恩大人，以及同時被任命為副將的夏堤里翁．阿格萊特大人。兩位到此視察，請開門吧。」

在門被緩緩拉起之後，眼前的景象不禁令人懷疑自己的眼睛。

四處都是倒下的士兵。有些人已經死了，有些人則是即將死亡，整個環境臭氣沖天，活著的人眼神空洞虛無。再怎麼說，現在都算是將軍入城的場面，卻幾乎沒有半個人站起來迎接。

巴爾特從臉色稍微好看一些的騎士口中問出了事情始末。

二十幾天前，從北方來十隻藍豹和十隻袋猿。看見這等珍奇獵物，有位從騎士想藉狩獵來排遣無聊的心情，騎著馬衝了出去。或許他是也想要狩獵野獸的獎金。有兩位從騎士也受到他的影響，徒步飛奔出去。

這種地方的從騎士，都是一些已經完成騎士訓練，卻沒有錢進行就任儀式的人。說起來，這座堡壘中幾乎沒有騎士，很多都只是指望領點薪水的從騎士。不僅有領主借予的馬匹，要是有機會去討伐野獸或盜賊，還會有臨時收入，是一份不差的工作。

觀戰的人們全都驚訝不已。因為第一位從騎士沒兩三下就被殺了。

「那是魔獸！」某個人高喊出聲。

又有一位從騎士慘遭殺害，最後一位從騎士調頭就跑。此時，接到指揮官關門命令的士兵斬斷了吊索。可憐的從騎士劈頭就被落下的門直接擊中而死。

指揮官向密斯拉請求派出援兵。

雖然魔獸們到了傍晚時分就已退去，但是隔天再度來襲。箭雨連發之下，總算勉強阻止了試圖攀牆而上的袋猿。

第四天，援軍騎士隊雖然抵達了，但是騎士隊長太小看魔獸。他們還未進入堡壘就直接迎擊魔獸。任憑騎士們又砍又刺，魔獸們依然衝了過來，這情況讓騎士們失了平常心。騎士隊長命令所有人退進堡壘，保壘指揮官心不甘情不願地打開了東方的門。魔獸隨著騎士們進入堡壘，造成了慘重的損傷。雖然後來打倒了幾隻魔獸，但也接連出現死者，連堡壘指揮官也犧牲了。

騎士隊長身受重傷，臥床不起。地位相當於副隊長的騎士，在派出使者向密斯拉請求增援後關在房間裡。

三天後，眾所期待的增援抵達了。但是魔獸方也出現了增援，來了十隻白角獸魔獸及十隻長耳狼魔獸。白角獸用頭上那形似槌子的角不斷地撞擊門扉，撞得門扉吱嘎作響。除了命人從城中射下如雨的箭矢，還派出騎士從東方及東方的門出擊，但是長耳狼魔獸猛撲而來，妨礙眾人行動。

這樣的戰役持續了好幾天，騎士們的體力也已完全消耗殆盡。此外，供馬匹們食用的乾草也已告罄，人類的食物也逐漸減少。只要試圖派出新的傳令兵，就會遭到藍豹魔獸的攻擊。

士兵們明白了，魔獸們打算殺光保壘裡的所有人。

而後，無力及絕望的氣氛支配了整座堡壘。

4

真是令人反感。一切都令人反感。

魔獸居然會集體行動，而且一到晚上就停止攻擊撤退，這種情況讓巴爾特相當反感。中途還有幾天中斷了攻擊，這也讓他非常反感。

但是，其中最令他反感的是此處騎士們狼狽的模樣。

如果是在平地，而且是能騎馬和使用長柄武器的狀況下，和魔獸戰鬥並不是件難事。更何況，他們只需在如此堅固的城牆保護下守株待兔，再出手打倒前來襲擊的魔獸，沒有比這更簡單的事了。

外觀氣派的盔甲，還有劍、長槍、盾、弓和一大堆箭矢。

——手邊有如此充足的資源，現在這副模樣是怎麼回事？這樣也算得上是騎士嗎！

巴爾特感覺一股強烈的怒氣從腹部深處竄起。

巴爾特命令納茲把騎士副隊長拖了出來。

「目前毒的儲備量還剩多少？」

「沒、沒有儲備。」

「那史莫路巴斯在哪兒？」

「這裡沒有那種東西，我們不會用毒。」

面對魔獸這種對手，沒有毒要怎麼戰鬥？

對魔獸有效的毒只有三種，分別是加伯魚、沃魯梅吉耶及史莫路巴斯。

騎士魚(加伯)只能在奧巴河捕獲，但是用它的內臟製成的毒具有優異的速效性，在與強大的魔獸戰鬥時，甚至可能成為致勝關鍵。從腐蛇(沃魯梅吉耶)牙齒中取得的毒，對外殼堅硬的魔獸也很有效。而燉煮史莫路巴斯的根製成的毒，雖然效果較不明顯，但是可以任意栽植。所以在邊境地帶，不管多麼小型的堡壘中都必定會種植史莫路巴斯。

在大陸中央地帶富庶的諸國之中，連這樣的常識都失傳了嗎？

哎呀呀，若是多年來都沒有魔獸出現，知識或許會失傳。但是，怎麼能發生連騎士都忘了騎士精神這種事呢？

明明可以挺身而出卻不站出來，明明可以奮戰卻不出戰，連通知危險發生的傳令兵都沒有派出，只會窩起來發抖，這是怎麼回事？要是魔獸們把魔爪伸向密斯拉，事情又會變成什麼樣子？要是魔獸們大舉湧入密斯拉，將人民全數殺光，那這群膽小鼠輩又會怎麼說？又能拿什麼來補償？

巴爾特的腦海裡忽然浮現一位少女的臉龐——是從邊境地帶的剛茲啟程的那位少女。記得沒錯的話，她確實說要到密斯拉就學。

巴爾特．羅恩，要是看到那位女孩被魔獸咬死，你還沉得住氣嗎？

不，得在事情演變成那樣前做好自己能做的事。這就是騎士。

巴爾特帶著這股上湧的怒氣，深吸一口氣之後，對四周發出震天價響的吼聲。

「你們這群傢伙，給我聽好！我的名字是巴爾特．羅恩，也是身懷王軍印璽之人。此次乃奉王太子之命前來，教導你們如何與魔獸作戰！」

騎士副隊長被巴爾特發出的駭人氣勢震攝住，一屁股跌坐在地。

眼神如死灰的騎士和勤務兵們抬起頭看著巴爾特，開始交頭接耳地議論著什麼

「巴爾特．羅恩將軍？」

「你知道這個人嗎？」

「不，不知道。」

「巴爾特．羅恩。那不是『人民的騎士』閣下嗎？」

「人民的騎士？那是什麼？」

「他可是邊境地帶中人盡皆知的大豪傑。」

「好像會吃魔獸。」

「當你們在此毫無作為的時候，魔獸們的目標可能會轉向密斯拉。我們不能對這樣的情況坐視不理。現在我們還能戰鬥，你們有武器，也有這樣的能力，我來教你們如何戰鬥。來！站起來！」

巴爾特不停催促著眾人：「站起來、站起來！」眾人在巴爾特言語的刺激下，開始慢吞吞地動了起來。巴爾特讓一部分的人去回收箭矢，一部分的人去把遺體集中在一個地方，再請一部分的人去調查食材和藥品的狀況。

其實，巴爾特沒有直接指揮他們的權限，但是目前沒有人知道魔獸何時會再出現。

不出所料，魔獸出現的時刻馬上來臨了。

「魔、魔獸出現了——！」

偵查兵以近似慘叫的語調向巴爾特報告。

5

共有十隻藍豹和十隻袋猿往堡壘接近而來。

巴爾特板起了臉。一開始前來襲擊堡壘的應該是十隻藍豹和十隻袋猿，兩種魔獸都已被打倒了數隻。然而，此時逼近而來的兩種魔獸卻各有十隻。這不就好像針對被滅的數量做了補充嗎？而且，牠們確實是集體行動，這是與魔獸最不相稱的行為模式。

雖然很可疑，但此時也不是深究的時候，士兵們都很害怕。要怎麼做，才能重新恢復這些人眼裡那份屬於武士應有的堅毅？只要讓他們看看範本就行了。

「夏堤里翁！」

「在！」

已經換上白銀盔甲的夏堤里翁凜然回答道。兩位身穿盔甲的隨行騎士果然跟在他身後。

「騎士札卡里、騎士納茲，我也要派點工作給你們。你們分別去把那邊的大盾拿過來。」

「是！樂意之至。」

「能與將軍並肩作戰，我感到非常榮幸。」

在來到此處的路上，眾人都有時間多少感受一下彼此的人格或武德。夏堤里翁對巴爾特直接表現出來的尊敬態度也影響了兩人。看著這些人的言行舉止，巴爾特知道他們是有本事的武人。如果是這四人的組合，有望一戰。

巴爾特等人徒步走出東門。

他們繞到魔獸們可以看見他們的位置，這也代表敵方我方都能看見他們的身影。

一隻藍豹往他們衝了過來。巴爾特命令手持大盾的札卡里和納茲專注在防禦上，讓夏堤里翁守在他背後。巴爾特瞪著飛奔而來的魔獸，伸手拔出古代劍。

——史塔玻羅斯，輪到你上場了！

太古魔劍綻放藍綠色燐光——不，它發出了耀眼奪目的光芒。但是這道光芒只有巴爾特看得見。

藍豹魔獸縱身一躍，撲向巴爾特。

巴爾特以古代劍劈向魔獸的臉部。古代劍從魔獸額頭正中央陷入，一路劈開至喉頭處。魔獸摔落在地，不停抽搐著。

在堡壘牆上看著這一切的士兵們開始喧嘩起來。任憑他們劈砍突刺都不死，擁有不死之身的怪物，居然被巴爾特一擊擊斃，這副景象想必在他們眼裡點亮了希望之火。

「真精彩。」

夏堤里翁發出小小的讚嘆之聲。

此時，兩隻藍豹動作敏捷地衝了過來。

「防禦！」

「是！」

「是！」

札卡里和納茲雖然驚訝於撞擊時帶來的強烈手感，但還是成功地撐住了魔獸的第一下攻擊。

一隻魔獸從盾的下方鑽進去，牠的利爪雖然刺進了札卡里的右腳，但是札卡里沒有讓自己失去平衡。在他差點被魔獸拖走前，巴爾特的劍已往魔獸前腳橫劈而下。這一下的手感十分深沉。

「壓制住牠！」

巴爾特在對納卡里下達這個命令的同時，也對左側的納茲發出警告。

「要來了！」

左側的藍豹在助跑後飛撲過來。魔獸在飛越盾牌時，還對納茲的頭盔落下一擊。巴爾特將左手的盾舉在納茲頭上防禦，魔獸卻用他的盾作為跳板，躍過了巴爾特及夏堤里翁。就在牠飛過兩人頭上的那一剎那，夏堤里翁的劍雖然刺中魔獸的腹部，卻無法劈開牠，只是讓魔獸發出微弱的慘叫聲而已。

巴爾特瞥了一眼夏堤里翁，他的臉上滿是驚愕。也難怪他會驚訝，他手裡的劍可是阿格萊特公爵家世襲珍藏的魔劍「蒼白的貴婦人（伊雷．西切爾）」。夏堤里翁曾誇下海口表示，這把劍極為鋒利，即使面對魔獸，也能將牠一刀兩斷。

——終於明白魔獸這種生物有多可怕了吧？

巴爾特衝向前方，先在被札卡里封鎖行動的魔獸背部給予一陣痛擊。或許是背骨受到了重大損傷，那隻魔獸轉而撲向巴爾特。

巴爾特一抽身，納茲立刻迅速地揮舞盾牌將魔獸擊飛。此時，巴爾特再次向前踏出一步，在藍豹脖子上追加致命的一擊。

在他身後，夏堤里翁正在與剛才那隻藍豹搏鬥。

「攻擊牠的腳！最後一擊由我來！」

「了解！」

夏堤里翁的劍劈向藍豹的腳。巴爾特在轉身的同時，舉劍將動作有些微停頓的魔獸頭部劈成了兩半。

「撤退！」

「是！」

「是！」

「是！」

想知道騎士的實力，與其看其進攻的動作，更該看他選擇撤退的時機。原因在於往前邁進發動攻擊這種事，只要憑著一股氣勢，任誰都能辦得到。然而，在降低損害的同時，配合同伴的步調進行徹退需要訓練及膽量。

關於這一點，這四人面對接連不斷來襲的魔獸，依然姿態穩健，以一定的速度踏踏實實地向後撤退。這無疑是一流騎士才能做到的事。而且，這是在四人完全首次合作的狀況下辦到的。

趁著持盾的兩人在壓制藍豹的空檔，有隻藍豹躍過了眾人頭上，還用牠強力的右前腳往巴爾特的左側頭部踢了過去。此時，巴爾特正好剛打倒一隻袋猿，無法迎擊。他火速將頭轉向反方向，雖然避過了衝擊，卻還是受了傷。

令人驚訝的是，剛才擊飛兩隻袋猿的夏堤里翁一個旋身，就往給予巴爾特一擊的藍豹頭部劈下。他的反射神經極為傑出，但這步卻走得不好。夏堤里翁的劍被彈了開來，整個身體失去平衡，反倒被藍豹撲倒在地。

正當藍豹要往夏堤里翁喉頭一口咬下時，巴爾特一劍砍飛了牠的頭顱。巴爾特將沒了頭顱的藍豹一腳踢開，拉著夏堤里翁的右手幫助他站起來。當穿著全身盔甲的騎士跌倒時，會需要在附近的同伴幫助他起身。

「別打牠們的頭，你的手會麻。雖然是魔劍，劍刃還是會有所損傷，也可能會斷。」

「是。」

夏堤里翁這麼回答，接著一邊起身，一邊擊落兩隻向他猛撲而來的袋猿。巴爾特也迅速擊碎了兩隻袋猿的頭。

當四人費盡千辛萬苦，平安抵達東門時，士兵們似乎從巴爾特等人的奮勇戰鬥中獲得了活力，手拿長槍的士兵協助牽制住藍豹，讓四人能順利溜進門內。一隻探頭咬斷長槍的藍豹，最後成了古代劍的餌食。門一關上後，門內的人用早已準備好的幾根圓木堵住了門。

6

巴爾特將遞過來的水一飲而盡，大大吐出一口氣。夏堤里翁和兩位持盾騎士已累得癱坐在地。這場戰役的時間雖短，但是密度很高。堡壘中的士兵們全都聚集到他們四周，有的幫他們脫下盔甲搧風，有的給他們水和糧食，每個人都在讚揚著他們奮鬥的英姿。

也有幾個人圍在巴爾特的周遭，他們的眼神不再如一灘死水。剛才向巴爾特說明戰況的騎士也在其中，看起來是一位還算有地位的騎士。巴爾特對那位騎士下令，派了八個人去看守東門。

「夏堤里翁、札卡里、納茲，幹得漂亮。你們這番表現，即使到了帕庫拉也能有好表現。稍作休息後，我們這次換從西門出發。」

「是，遵命。」

「好的！」

「了解。」

但是，此時有人提出異議。

「將軍閣下，您不是要教我們如何戰鬥嗎？」

出聲的是那位說明戰況的騎士，名字應該是叫雷·考巴克。

巴爾特環視周遭一圈後，高聲問道：

「有人願意和騎士雷·考巴克並肩作戰嗎！」

「我願意！」

「我也願意！」

「也讓我參戰吧！」

眾多士兵群起回應，此人數已足夠出戰。

藍豹中還有五隻活著，袋猿還剩七隻，每隻身上都已受到傷害。為保安全，巴爾特只讓穿著全身盔甲的騎士出戰。三人一組，一人拿長槍，另外兩人則是拿盾及單手劍，馬上就編成了六組。巴爾特在城牆下達命令，讓兩組人馬對戰一隻魔獸。

「聽好！袋猿的部分，先把牠們趕走就好。只要打倒藍豹，袋猿算不上什麼敵人。別著急！魔獸不是不死之身。集中攻擊頭部，削弱牠們的生命力！」

雖然場面有些危險，但在巴爾特的指揮之下，最後成功在沒有損失任何一人的情況下，消滅了所有魔獸。

夏堤里翁等人則在巴爾特身邊觀看這場戰役。

「帕庫拉的騎士們都是像巴爾特將軍的豪傑嗎？」

「怎麼能拿他們跟我這老頭子相提並論。家主格里耶拉·德魯西亞不需我多說，首席騎士西戴蒙德·艾克斯潘古拉更是一位猶勝我年輕時代的騎士。」

「將軍閣下！北北西方向又出現了新的敵人，一共是十隻白角獸。」

聽見偵查兵的聲音，巴爾特確認有新的敵人，並迅速做出決斷。首先，他命令夏堤里翁及兩位隨行騎士裝備好盾及馬上槍，再命令人在外頭的騎士們立刻回到堡壘。對兩手空空的人，巴爾特則命令他們往北門前扔下圓木及石塊。此外，還命令人準備備用的長槍。

然後他自己也拿起馬上槍及盾，跨到月丹背上。即使是未魔獸化的白角獸發動的突擊，步兵也難以抵擋。要跟白角獸作戰，需要馬的機動力。

巴爾特等四人從西門出擊。

月丹不停地奔跑再奔跑，以絕佳的速度奔跑著。巴爾特將馬上槍深深刺入最前方的白角獸後頸後，直接放棄那把馬上槍，從魔獸群的的左後方穿越牠們，再順勢大幅度繞向左方奔馳，劃出一道圓。

——果然很奇怪。

就平常的狀況，白角獸應該會開始群起追趕巴爾特才對，但是他們依然筆直地朝著堡壘前進。不過，由於在他之後的三人也巧妙地將長槍刺進了白角獸的身上，成功拖慢了白角獸群突擊的速度。

巴爾特繞到西門時，地面已經依他指示插了許多長槍。他抓起長槍朝北門而去。

白角獸們已經開始用頭頂門。要是沒有緩下牠們的氣勢，也沒有扔出圓木及石塊讓牠們難以行走，恐怕門早就被頂破了。

巴爾特從側面將長槍刺進其中一隻白角獸的肩頸交會處，接著快速地離開。夏堤里翁也隨後跟著做了同樣的動作。

狠狠地削弱魔獸力量後，巴爾特舉著古代劍，一隻隻地斬下牠們的頭顱。看見這一幕的人想必都會驚訝。畢竟巴爾特只是拿著一把像是短柴刀的劍，乘坐在馬上動手一揮，白角獸的頭顱就這麼完整地被削落了。

當巴爾特結束最後一隻魔獸的生命時，周圍爆出一陣歡呼。城牆上的士兵們擠成一團，將手中的武器高舉向天，有些人則是舉起了拳頭。巴爾特也舉起古代劍回應他們。

——沒錯。開心吧！提昇士氣！我們贏了！

忽然間，直覺似乎正在訴說著什麼，引得巴爾特回頭一望。遠方的岩山似乎有什麼動靜，但是這股氣息在轉眼間消失無蹤。

7

此時發生了一個問題——食物。補給物資都被吃個精光，目前這個堡壘裡只剩下為數稀少的麵粉。食物這種東西，只要沒有嚴加管理，不消多久就會消耗殆盡。雖然已派出傳令兵前往密斯拉，請求對方送來食物及藥品，但是補給在七日後才會送達。

巴爾特用食用白角獸魔獸的肉這個方法，解決了食物問題。

白角獸的肉是沒什麼機會嚐到的珍饈。雖然變成了魔獸，但沒有理由放過。

「要、要吃魔獸的肉嗎？」

「沒錯。」

巴爾特佯裝平靜地回答雷・考巴克。但是，巴爾特也沒吃過魔獸的肉。畢竟平常在打倒魔獸時都會用毒，所以不可能吃牠的肉。

「喂、喂，他要我們去吃魔獸的肉耶。」

「原來傳聞是真的。」

「等等，該不會吃了魔獸，就能變得跟巴爾特將軍一樣強？」

「就是這樣！」

「原來是這樣，我剛才就覺得他不是一般人。」

士兵們意外順從地開始切下白角獸的肉。牠的皮雖硬，但劃開外皮後，裡面的肉倒是不難割下。切下的肉被送進了堡壘，各處都開始生火烤起了肉。當然，巴爾特率先吃下了魔獸的肉。第一口雖然令他有些忐忑，但是吃過之後，其實也沒什麼大不了。

巴爾特發現了意外的美味——白角獸臀部的肉。

白角獸的肉本身就是頂級的美味，但是巴爾特在陶德家早已吃慣最高級的牛肉，所以白角獸的背肉和肋排已經感動不了他了。但是，臀部的肉有著連牛肉都沒有的滑順口感及韌性，而且油脂也不多，吃在嘴裡真可說是一種高雅又豐富的味道。最棒的還是它那獨特的口感。

——果然什麼都得吃吃看呢。

巴爾特懷著不負責任的感想，一路吃著白角獸的臀部肉直到飽足為止。堡壘中的士兵們似乎也領悟到魔獸肉的美味，還好幾次出城去切肉回來。

巴爾特在可露博斯堡壘停留了七天，這七天內沒有再發生魔獸來襲的狀況。

在這期間，巴爾特教導眾人如何與魔獸作戰。

到了第八天，巴爾特親眼看見補給部隊抵達，並將要送給王太子的報告書託給騎士札卡里和騎士納茲後，與夏堤里翁兩人一起離開了堡壘。

第五章——劍匠湛達塔

山桃燒酒

1

「哎呀，你們也是要去湛達塔先生那裡吧？那個人啊，可是個難搞的人。就算是大財主來求他，他也不一定會幫忙鑄劍。」

突然從森林陰影處走出來的老人開口說道。

離開可露博斯堡壘至今，過了五十多天。剛開始夏堤里翁連野營的方法都一知半解，現在已經是駕輕就熟。他們中途經過了形形色色的村莊。曾經被富裕之家拒絕留宿，也曾遇過養了許多貧窮孩子的家庭溫暖地接待他們。在某個村莊，夏堤里翁聽見有人在賣孩子時，本來想要給他們錢。巴爾特告訴他，你想這麼做可以，但是要先確實看清這個家庭認真努力活下去的樣子之後再決定，接著告訴他，這真的是你該做的事嗎？你該好好想想。從那以來，夏堤里翁總是一副若有所思的模樣。

就在這個時候，他們得知一位在王都也頗負盛名，名叫湛達塔的劍匠就住在附近。由於想麻煩他幫忙磨一磨夏堤里翁的魔劍，他們決定前往拜託湛達塔。

「告訴你們一件好事吧。」

這是一位枯木般的老人，身上的衣物也相當簡陋。巴爾特對這老人十分感興趣。

「哦，有好事嗎？那就請你告訴我們吧。」

「湛達塔先生會先看前來訂製刀劍之人的腰間之物。在山腳的村莊裡，有人說他看的是對方有多少錢，但不是這樣的。他只要看過來人的腰間之物，就可以了解對方有多少斤兩。」

「哈哈，原來如此。」

「怎麼樣？要不要我來幫你們鑑定一下，你們倆的腰間之物，湛達塔先生看不看得上眼啊？」

「嗯，那就麻煩你了。」

巴爾特將古代劍連同劍鞘取下來交給老人。老人用手指撫過劍鞘上的針腳，確認著劍鞘的觸感。

巴爾特心下一驚，因為他從老人的模樣感受到某種不可侵犯的威嚴。

老人拔劍出鞘，將古代劍舉至面前，盯著古代劍看了好長一段時間。老人的眼眸平靜地如深山中的湖泊，令人完全猜不透他在思考什麼。

老人凝視著古代劍，淚水奪眶而出。老人將古代劍還給巴爾特，拭去了眼淚。

「真是讓我見識了一件稀世之物呢。那邊的小夥子，要不要也幫你看看你的劍？」

夏堤里翁有些猶豫，但在巴爾特對他點點頭之後，把劍連同劍鞘一起交給了老人。

這把劍雖是魔劍，但是劍鞘換成了最簡樸的款式。老人穩妥地接過劍，這次倒是看也不看劍鞘一眼，直接拔出了劍。接著沒花上多少時間，大致上觀察過劍之後，把它還給了夏堤里翁。

「這把劍相當不錯。這把劍應該還入得了湛達塔先生的眼吧。」

然後兩人向老人告別，爬上山路。

「以結果而言，讓那個老人看過劍這件事，有什麼意義嗎？」

「如果要問讓他看過劍有什麼好處，那答案是沒有任何好處。但是如果想成是請他幫忙看劍，那這個行為本身就具有價值。」

2

湛達塔是一位約五十歲的男人，身上穿著簡陋的工作服，但是隱隱透出一股威嚴的人物。

「先讓我看看你們的腰間之物吧。恕我無禮，這是我們一派的規矩。」

巴爾特把古代劍連同劍鞘一起交給湛達塔。湛達塔雖然看了一眼，卻皺起眉頭並很快就將劍交還給他。

接著換夏堤里翁將魔劍交出去。湛達塔拔劍出鞘後，眼裡露出驚訝的神色。

「這是名匠古伊德鍛造的魔劍『蒼白的貴婦人』吧，上面有傳聞中提及的特徵。看來最近剛經歷過一番激戰，劍上留下了不少細微的傷痕。不過這真是把出色的魔劍，感謝你讓我看了件好東西。然後呢？你們找我有什麼事？」

「我們想請你幫忙打磨這把魔劍。」

「遵命，請把劍留在我這一晚。」

就在兩人要前往山腳村莊尋找落腳處，循著山路走下時，撞見了一群詭異的人。

帶頭走來的是一位騎士，身上穿著有極多的尖刺和飾品的浮誇盔甲。有兩人跟在他身後走著，身上也穿著低俗又凶惡的盔甲。接著跟上來的兩個人雖然沒有穿著盔甲，但是長相既下流又凶神惡煞。他們乘坐的五匹馬都相當出色，配上這幾位乘客真是可惜了。

「喂！你們兩個！剛才去了湛達塔家是吧？該不會買到劍了吧？什麼？這年輕小夥子居然沒帶劍，老頭子腰間插著一把短得要命的仿劍，沒錢的騎士真是可憐。你們聽好，湛達塔的劍是這位騎士特古羅．曼達大人的東西。快滾！別擋騎士特古羅大人的路！混帳！怎麼會有個大塊頭騎著這麼大一匹馬呢！」

五人以自大到可笑的態度通過兩人身旁。

「那幾個傢伙的盔甲上沾有血跡。」

「這我倒沒注意。不過我很擔心他們到了湛達塔先生的地方後，會做出什麼蠻橫的行為。」

巴爾特點了點頭，調轉馬頭，保持距離追在五人身後而去。

3

「那麼你的意思是，無論如何都不會把劍賣給本騎士特古羅・曼達大人？看我們低聲下氣的，你就得意了。不過是個身分低賤的鍛冶師，竟敢違抗本騎士特古羅・曼達大人。這下你就算受到什麼天譴，都不能有半句怨言了，啊？」

特古羅雖然說他是身分低賤的人，但這位湛達塔應該具有武人身分。而且劍匠這職業雖屬平民，但是依慣例，都會將他們視為等同具有騎士身分的人對待。若不具此等權威和尊嚴將無法鑄劍。相對的，騎士特古羅這個人就算講得保守一些，也完全不像個騎士。

「你那眼神真令人看不順眼。你是不是仗著有領主那傢伙幫你撐腰？真遺憾啊，領主那傢伙已經不能過問這件事了。因為他結結實實地挨了本騎士特古羅大人一記狠劍呢。喂，你們幾個，不用擔心，把這些全給我殺光。只要去找找，肯定能翻出那叫什麼魔劍的玩意兒。快點做完工作，我想快點離開這個潮濕的鬼地方——你們是來幹嘛的！」

最後那句話，他是對著剛才抵達的巴爾特和夏堤里翁說的。

「手上沒半把武器就想跟我鬥嗎？真令人開心，我啊～最愛這樣了。先讓那種不知天高地厚的傢伙求我饒他們一命，接著剖開他們的肚子看看裡面的內臟。知道嗎？膽小之人的內臟啊～是毫無血色喔。」

夏堤里翁稍微向巴爾特使了眼色，他這是在問巴爾特該如何是好。

「別取了他們性命。」

夏堤里翁微微點了點頭，駕著貝可利衝了出去。

兩位粗獷的騎士舉劍逼近。夏堤里翁巧妙地操縱著貝可利，以順著左側敵人之馬匹側腹的形式靠近，往騎士即將揮劍的手一敲，奪去了劍。

夏堤里翁迅速調轉貝可利的方向，而此時，他已深深劃破左側敵人的左手腕，而且斬斷了右側敵人的右手。

夏堤里翁策馬向前。

兩個穿著金屬盔甲的人舉起了戰斧和帶刺的棍棒。夏堤里翁衝入兩人之間，將戰斧及帶刺棍棒從把手處斬斷。帶刺棍棒直接擊中手持戰斧的騎士的臉。接著面向剛才拿著帶刺棍棒的騎士，夏堤里翁舉劍刺進他頭盔的縫隙。劍尖或許貫穿了對方的眼球，對方耐不住而摔下馬。

騎士特古羅．曼達發出怒吼。

「喂！你這混帳小偷！居然偷別人的武器，怎麼會有這麼卑鄙的傢伙！就讓本大爺來懲罰你，你給我待在那裡別動！」

剛才被斬去左手且摔倒在地的男人撿起同伙掉落的劍，一副打算從背後偷襲夏堤里翁的模樣。載著巴爾特的月丹迅速走向前方，抬起右前腳輕輕地踢了那男人的腰一腳。野馬的馬蹄既硬又結實，即使看起來只是輕輕一踢，實際上的威力卻極為強勁。男人飛至前方，然後暈了過去。

騎士特古羅．曼達發出野獸般的嚎叫聲，向夏堤里翁猛撲過去。

就在特古羅的劍揮下的那一刻，夏堤里翁舉劍擊向他持劍的右手手腕。

——唔，這是隔著盔甲給予對方衝擊的招式啊。

但是夏堤里翁的這一招失敗了，他雖然擋下了騎士德古羅．曼達揮下的劍，他手中的劍卻斷了。

——糟糕，夏堤里翁沒有劍，無法對抗這個敵人。

月丹往前走去，沒什麼助跑就輕鬆一躍，落在騎士特古羅．曼達面前。

巴爾特舉起古代劍擊向特古羅．曼達的劍，結果特古羅．曼達的劍斷了，還飛了出去。

巴爾特接著狠狠地往頭盔一劈，整個頭盔裂為兩半。出現在頭盔之下的是個沒有頭髮也沒有鬍子，圓滾滾的彪形大漢，一雙黑色眼珠滴溜溜地轉著，有種詭異的可愛。特古羅不省人事地從馬上掉了下去。

「終於有幸得見真正的魔劍，我已感到喜出望外，沒想到還能親眼看見有人揮舞它的模樣，沒有比這更幸運的事了。」

在來到湛達塔的屋子前見過的那位老人，此時就站在湛達塔身後。從他的用字遣詞、言談舉止都可以感受到他的高尚及威嚴。

「師父，您說真正的魔劍是什麼意思？」

「這之後再說。騎士大人出手救我們於危急之中，真是不勝感激。」

語畢，他向巴爾特兩人行了一禮，湛達塔及弟子們也跟著行禮。

老人讓其他人把暴徒們綁起來。湛達塔沒有去幫忙，反而撿起了某樣東西，目不轉睛地看著。他盯著的是騎士特古羅．曼達剛才拿在手裡，但已被巴爾特擊斷碎裂的劍。

「這是當代湛達塔鑄成的劍，而且鑄好之後就獻給了領主大人。這群不法之徒肯定在領主大人的宅邸中幹了什麼好事。」

當代湛達塔說要將不法之徒押到領主宅邸，兩人也決定與他一同前往。

4

領主宅邸中一片混亂。似乎是在人手不足的時候，遭到了騎士特古羅·曼達這群人襲擊。領主也受了傷，他們正在召集方才外出的騎士們，打算等一下要派出討伐隊。

騎士特古羅·曼達最近才從某個地方來到此處，並開始四處找人決鬥，大發橫財。而且他的手法十分卑鄙，他先讓手下去挑釁對方並提出決鬥要求，最後再由騎士特古羅·曼達代為上場。當然，贏了就會勒索對方一筆高額贖金，甚至以決鬥奪取別人的屋宅。聽說還對平民們做出了相當蠻橫的行為。由於民怨四起，身為領主也不能坐視不理。

於是，領主大人先命令他們交出騎士證書。

他們拿出來的騎士證書，上面雖然寫了本人的名字，但他們是在某個遙遠國度中累積修行，再由名不見經傳的騎士引導他們就任，之後洋洋灑灑列出來的功績也是張疑點重重的文件。但是，由於內容太過雜亂無章，得耗費許多工夫才能證明這些內容是偽造的。當領主還在思索應該怎麼處理時，就發生了這起事件。

假冒騎士會被問以極重的罪。而且他們襲擊領主宅邸，毫無可以斟酌處理的餘地。

特古羅．曼達和他的黨羽應該會被要求在公開場合坦誠罪狀，在沒收他們的所有財產後，再處以死刑。

但是，在湛達塔將斷劍呈給領主看時，又發生了另一個問題。

這把劍是領主委託湛達塔製作的珍品，作為鑄劍的代價，領主賜予湛達塔住處，並提供燃料及食物。明明是把名劍，卻輕易地斷裂了。換句話說，這個湛達塔可能是個冒牌貨。如果真是如此，那可就是重罪了。

巴爾特在不得已之下，取出了刻有王印的短劍。領主立刻意會到這是什麼物品，瞪大了眼睛，嘴巴抖動個不停。夏堤里翁接著補了一刀。

「這位是國王陛下直屬中軍正將——巴爾特．羅恩閣下。」

領主不禁單膝下跪，行了最大的禮。周遭的人也跟著做了同樣的動作。巴爾特對領主說：

「領主閣下，我奉國王密命出外旅行，完全沒有出言干涉此地政事的意思。我突然出現在你的領地，或許會惹你不悅，不過還是希望你海涵。我只是有事拜託湛達塔才來到此地，立刻就會離開。這次的騷動，如果我也牽涉其中，會讓事態變得十分棘手。關於這件事，可否請領主大人就當做一切是在你的指揮下才落幕的呢？」

這把魔劍是由劍匠古伊特鑄成，他們那個時代可說是魔劍的完成期。

過去一把魔劍曾擁有足以改變戰爭勝負的力量。當時的戰爭規模並不如現今龐大且複雜，常常有派出代表騎士決鬥，決定勝負的情況。一把出色的魔劍能劈開任何盔甲，給予敵方騎士傷害。即使說不上是一騎擋千，但是大家都認為只要擁有一把魔劍，就必定能戰勝敵軍，在當時的戰爭中，能為己方帶來多大的優勢就不用我多說了吧。

此外，只有魔劍這項武器才能與魔獸抗衡。能從魔獸魔爪中保住領民的領主贏得了深刻的敬意。所以，魔劍成為至高無上的一樣賞賜。國王獨占了稀有的原料及工法，以魔劍代替領地，賜給立功的騎士。

但是，時代變了。戰爭規模越來越龐大，也越來越複雜。盔甲越來越精良，就連魔劍也不再打遍天下無敵手。騎士的劍變得越來越巨大堅固，甚至能把敵人連同盔甲擊飛出去。那已經是有著劍外形的槌子了，就算有人來拜託我做那種東西，我也不願意。啊，我這句話似乎太多餘了。

而且魔獸也不再出現了，影響最大的或許是這一點。畢竟打造一把魔劍所需的費用和工夫，已經足以製作二十把頂級鋼劍。

再說，打造魔劍所需的材料中，最稀有的東西已經難以入手。

反倒是鋼的品質漸漸提昇。在普通戰役中，鋼劍展現出的威力沒有比魔劍遜色多少。

時代已經變了。從過去試圖打造魔劍的努力中，漸漸衍生出各種冶金的技術。但是魔劍本身已成了過去的遺物。

不不不，還是有需要魔劍出場的戰役。但已經沒必要不惜一切地打造新的魔劍了。魔劍極少丟失，出現缺口就重新打磨，斷了再重新鍛接即可。魔劍的數量並不會減少。

我能離開王都，就證明魔劍的時代已然告終。過去的國王絕對不會允許修習魔劍工法的劍匠離開自己身邊。

眾所熟知的魔劍傳聞就說到這裡吧。

嗯，那劍匠們為何想要製作魔劍呢？為什麼我們會想要打造出能將魔獸大卸八塊的劍呢？接下來要說的就是傳說故事了。這是在劍匠們之間流傳的傳說。

過去，大地各處住滿了精靈。精靈們擁有不可思議的力量，在這些精靈中，出現了擁有特別強大的力量的精靈。這些強大的精靈被稱為神靈獸或聖靈神。據推測，當時大約出現了六至七隻神靈獸。

不久後，魔獸出現了。當時的國王為了得到對抗魔獸的方法，前去向神靈獸求助。神靈獸們用了不可思議的方法實現國王的願望——由祂們自己附身到武器中。神靈獸附身的劍和長槍能輕易劈開魔獸的堅硬外皮及骨骼，有傳聞曾提及，甚至有的劍只要用對方法，就能一次打倒數百隻魔獸。

沒錯。這就是魔劍，這才是真正的魔劍。

只需追溯到三百年前，就能一窺真正魔劍的活躍事蹟。

立志打造魔劍的劍匠們都看過真正的魔劍。他們都知道，有了魔劍能辦到哪些事，也知道魔劍擁有什麼樣的特質，也會將這些內容傳給弟子。但是，他們都會隱藏具體的事實，只用比喻或是傳說的形式告知弟子。

他們也只能這麼做。如果普羅大眾都知道魔劍的存在及它擁有的強大力量，而若是哪裡的某個人擁有它一事又被公諸於世，不用我說，大家也知道會發生什麼事吧。肯定因為想爭奪魔劍而爆發戰爭。擁有魔劍之人及他的國家都不可能得到和平，所以魔劍的真相和具體狀況都是祕密。這就跟我不會告訴任何人，您擁有真正魔劍的事實一樣。

就這樣，了解古代魔劍的人都已死絕，最後只剩下含糊籠統的口語流傳。但即使是現代，真正的魔劍應該還存於世上某處。我的師父也是如此相信著。然而他從未見過真正的魔劍就已去世。我希望這份心願到我這裡為止，所以沒有告訴當代湛達塔。

這樣您應該能夠明白，為何在拜見過巴爾特大將軍的魔劍後，我會潸然淚下的原因吧。

沒想到這位老人在第一次見到這把類似柴刀的劍時，就已經看穿這是他多年來心心念念的真正魔劍。這份洞察力簡直堪稱奇蹟。

巴爾特向兩位劍匠和夏堤里翁說起與古代劍的邂逅，以及後來發生的事。劍匠取得巴爾特同意後，讓三位弟子也一同列席聆聽。巴爾特的故事說了很長一段時間。當巴爾特在結尾時提起，他在這把劍中感受到了愛朵菈公主的祈願及史塔玻羅斯的靈魂時，甚至有人眼眶泛淚。

根據前任湛達塔的推測，附身於巴爾特擁有的古代劍中的神靈獸，是在神靈獸中也特別強大的一隻「神龍（梅吉艾利翁）」。

梅吉艾利翁。

天空的支配者，偉大的蛇之王。

一群人又重新以敬畏的眼神看著古代劍。

巴爾特確信，葛斯持有的班．伏路路肯定也是一把宿有神靈獸力量的劍。

「剛開始的時候，我只要用古代劍，全身就會感到強烈的無力感，所以我還以為這是一把吸取我的生命才能發揮力量的劍呢。」

「我沒聽過這樣的事。不過，畢竟是神靈獸的強大力量附於劍中，而那力量才又貫穿整副身軀。在還未適應時，或許會發生覺得疲勞或痛苦的狀況。總之，綜合所有傳說，真正的魔劍應該會賦予使用者強大的生命力才是。您不是說過，最近感覺自己的身心似乎有返老還童的跡象嗎？這種情況和口耳相傳下來的魔劍效果完全符合。」

劍匠對他的弟子──當代的湛達塔說：

「當代，我們這一派會先查驗前來訂製武器之人的腰間之物，是為了看清持有人的器量。但是……你是不是以為器量這兩個字的意義，指的是身分、財產、劍術強弱、上戰場的次數、養護劍的方式或是持有人的人格呢？只看這些就會錯過最重要的東西。」

「最重要的東西是嗎？」

「命運──應該說是宿命，也可以稱之為職責吧。了解並善盡自己的職責之後離開人世，這樣的人生才令人歡喜。你看看巴爾特將軍，他說他是在邊境地帶小村莊的雜貨店遇上了這把劍。光是如此，就讓人嚇到直不起腰了，還在不知道手裡的劍是魔劍的情況下運用自如。這代表附於劍中的神靈獸已認可他為劍的主人。連我都想說，世界上怎麼可能發生這樣的事，但這是鐵錚錚的事實。人會遇見與他器量相符的武器。能遇見絕世武器的騎士，身上一定也背負著驚人的宿命。總有一天，巴爾特將軍必定會需要香多拉・梅吉艾利翁，那將會是個甚至連眾多國家命運都能改變的場面。能夠貢獻一己之力並參與其中的喜悅，才是身為劍匠的樂趣啊。我搬來這等鄉下地方，也算有價值了。」

「您不是因為這裡的空氣和水適合鑄劍，才離開王都的嗎？」

「夏堤里翁大人，不是這樣的。其實我最喜歡熱鬧、有女人又有酒的地方。但是待在王都，每個人都會慕湛達塔之名而來。像這種交通不便又窮極無聊的鄉下地方，連順路前來找我們的客人都沒有呢。會來到這裡的客人，要不就是專程到訪，要不就是相當有緣的客人。不過，我倒沒想過弟子們會跟著我一起來到這裡。」

「師父，我認為自己還有很多事要向師父學習，所以才跟著您一起來。我現在再次覺得，能跟您一起來到此處真是太好了。我已經找到了新的目標。」

「什麼目標？」

「是，就是這個。」

當代說完這句話後，將斷劍拿出來給老人看。

「我一直自負這是把頂級的劍，覺得它是一把不輸魔劍的劍。如今，它居然斷成這副模樣，巴爾特將軍的魔劍卻毫髮無傷。我的劍只有這點程度。接下來，我要打造新的劍，它不會是把魔劍，我也不會使用聖硬銀。我一定會找到以鋼為基礎，而且更新穎、更優良的工法。沒錯，那或許會成為新的魔劍也說不定。對，我想創造出新的魔劍。師父，等領主大人的劍鑄造完後，我要回王都去。我要找到有才能的工學識士，將我的人生奉獻給新的目標。至今承蒙您多所照顧，在此致上謝意。」

當代的三位弟子也跟他一起鞠了躬。前任劍匠微笑地看著心愛的弟子們。

不知道為什麼，巴爾特是帶著喜悅的心情，聽著當代劍匠說話，雖然當代劍匠所說的話稱不上合理。難道不是嗎？巴爾特的劍中，可是宿有被稱為神靈獸或聖靈神這等不可思議的存在，愛朵菈的祈願和史塔玻羅斯的靈魂也蘊含於其中。區區一把鋼劍跟它交鋒，即使斷裂也沒什麼好羞恥。但是，會為此感到不甘心的劍匠才是一位好劍匠。

他不能容忍，也無法忍耐自己傾注心血打造而成的劍輕易斷成幾截。這與它的對手是否擁有寄宿著神靈的劍無關，總有一天要打造出一把毫不遜色的劍。這份決心在這個男人心裡燃起了熊熊烈火。這場火連他身上的技巧、知識及自尊心都一併燒個精光，最後在餘燼之中才會再誕生新的可能性。

巴爾特忽然這麼想著——起初想到要打造魔劍的劍匠，是否也跟他一樣？或許從前也曾有位劍匠打造的劍，曾被寄宿著神靈獸的劍斬斷吧。若沒有就太奇怪了。雖然已看過宿有神靈獸之劍的無窮威力，卻覺得能在沒有神靈獸的狀況下，打造出同樣的劍。這種想法太奇怪了。

巴爾特心想，這已不可說合理不合理。某位劍匠眼見自己的劍被斬斷，他的心中燃起火苗，想要打造出毫不遜色的劍。而這樣的火苗延燒到成千上百的劍匠心中，經過漫長的時光後，才創造出了魔劍。或許出乎眾人意料地，這才是歷史的真相也說不定。

人不是依循理論，而是在心之火的引領下，才能逐漸創造出新的事物。

7

黑夜即將破曉。前任劍匠說要親自打磨巴爾特的古代劍，如果用上特殊方法應該磨得了。巴爾特將古代劍交給他之後，在房間一角睡了下來。

當巴爾特醒來的時候，古代劍已被打磨得美輪美奐。雖然不知道劍匠用了什麼方法，但是古代劍看起來已經不像那把沒用的柴刀了。神聖的龍纏繞盤踞在霧銀色的劍身上，這是一把配得上神劍之名的劍。

而前任湛達塔已離開人世。

將巴爾特的劍打磨完後，他喝了一杯茶，一臉滿足地說他累了，要稍微休息一下，接著在面向庭院的房間躺了下來。聽說是在巴爾特起床時，有人前去叫他的時候，才發現他就這麼去世了。

巴爾特和夏堤里翁向劍匠的遺體鞠躬，並告知當代湛達塔工學識士奧羅的住處後，兩人踏上了旅程。

巴爾特乘坐在月丹背上搖搖晃晃的時候，他想起了與前任湛達塔對飲時喝下的酒的滋味。

那是以山桃製成的燒酒，味似淡泊又極具深度。

只要巴爾特還活著，這個味道就不會從他的記憶中消失。

回到王都之後，得告訴卡繆拉前任湛達塔過世的消息。巴爾特跟他聊起來才知道，原來卡繆拉愛用的大型切肉刀、中型切菜刀及小型萬能刀，全是他用聖硬銀做出來的魔劍。前任表示，平常要是有人來求他，他也不會做這種東西，但最後卻折服在卡繆拉對料理的熱情之下。卡繆拉可是花上好幾年才付完這筆費用。前任湛達塔笑著說，仔細想想，也沒有其他人能像那個男人一樣，將我打造的魔劍活用到極致。

巴爾特心想，前任湛達塔和卡繆拉真是一對莫名合適的組合。

第六章——狩獵人類的領主

—辣味噌醃山雞肉—

1

在兩人下個落腳的村莊裡，發生了一件有些奇妙的事。這個村莊的特產是塔利可戈樹的樹液，但是村中官員和商人勾結，以莫須有的罪名誣陷工匠們，想要獨占這些樹液。

巴爾特本來打算不報上身分，以溫和的方法證明工匠們的清白。然而，夏堤里翁跟巴爾特拿了土印的短劍，說出「這位乃是……」這樣的話。巴爾特無奈之下，只好盡量以較不會種下禍根的方式，告誡了村中官員及商人一番，沒想到引起了一陣騷動。

看來夏堤里翁是領悟到以大將軍的威名，懲治惡人的快感了。

巴爾特對夏堤里翁說過，別再宣揚我的名號了。夏堤里翁語調開朗地回一句知道了，但他是否真的明白了呢？

「聽說哥頓．察爾克斯閣下常常把旅行真好、旅行真好這句話掛在嘴邊，真的如他所說呢。」

巴爾特本來把這句話當耳邊風，聽過就算了，但他忽然又發覺一件事。

「哥頓這句口頭禪，你究竟是從哪裡聽來的？」

「咦？就是，那個……邊境武術競技會最後一天舉辦的晚宴。雖然我當時躺在床上，不過副裁判長是跟我家素有交情的人士，後來就詳細地把宴會的狀況說給我聽了。不是有一位巴爾特閣下的隨從，叫什麼朱露察卡？就是他把旅程中發生的事告訴大家的。」

——朱．露．察．卡！

當時他確實覺得自己好像看見了那傢伙。原來那不是他酒醉後意識混亂的錯覺。

「我深受感動，命令那個人盡量依他的記憶，把羅恩大人的故事寫了下來。」

——別做不必要的事！

巴爾特差點忍不住怒吼出聲，但是他忍了下來。現在的巴爾特雖然是夏堤里翁的上司，但是在身分上，夏堤里翁比他高出一大截，巴爾特沒資格對他的個人行為有所異議。

2

「嗒啦啦～嗒啦啦～嗒啦啦～嗒啦啦～」

「嗒啦啦～嗒啦啦～嗒啦啦～嗒啦啦～」

「跳舞吧～跳舞吧。舞者跳起舞來吧～」

「瑪烏卡莉悠娜是位漂亮的姑娘。」

這是一首節奏快速、曲調激昂的歌曲，演唱人是一位艾那之民的男性。在火堆的映照下，他的臉龐看起來既年輕又美麗，但看起來又像個老人。他正以快扯破喉嚨的高音演唱著。

「嗒啦啦～嗒啦啦～嗒啦啦～嗒啦啦～」

「瑪烏卡莉悠娜有個情人。」

「他是位有著柔嫩肌膚的溫柔男子。」

「男子要送瑪烏卡莉悠娜一份求婚禮物。」

「因此男子跟著騎士大人踏上了戰場。」

一位男人彈奏著四弦的察爾貝達，還有兩個男人正在敲著小型太鼓。他們都是艾那的男人。

十幾位艾那之民的男男女女們，在一旁配合著音樂，一邊打拍子一邊吆喝。

「嗒啦啦～嗒啦啦～嗒啦啦～嗒啦啦～」

「瑪烏卡莉悠娜感到十分寂寞。」

「她寂寞難耐。」

「瑪烏卡莉悠娜想要的並不是禮物。」

「而是男子那柔軟的嘴唇。」

村民們各自占了位子坐下，圍成一大個圓圈，一邊喝著酒或果汁，沉醉在表演之中。

「嗒啦啦～嗒啦啦～嗒啦啦～嗒啦啦～」

「瑪烏卡莉悠娜前往戰場。」

「戰爭還在持續著。」

「男子卻已命喪黃泉。」

「連與情人告別的機會都沒有。」

圓圈中心有位女人正在跳舞，是一位艾那之民的女人。女人扭腰擺臀，熱情地跳著舞，汗水從她披洩而下的火紅頭髮四處飛散，一對肉感的胸部晃動著。

「嗒啦啦～嗒啦啦～嗒啦啦～嗒啦啦～」

「她雖然想把男子帶回村莊。」

「卻沒有人願意為她搬運男子屍體。」

「因為騎士大人的馬上載滿了戰利品。」

「哪有空間再帶上隨從的屍體。」

這是巴爾特第二次見到這個女人。第一次見到她，是在從洛特班城前往王都的旅途中。那次因大雨停留在某座宅邸，才見到了她。

「嗒啦啦～嗒啦啦～嗒啦啦～嗒啦啦～」

「所以瑪烏卡莉悠娜懇求騎士大人。」

「將他的頭顱砍下吧。」

——這個女人為什麼用這種眼神看我呢？

「嗒啦啦～嗒啦啦～嗒啦啦～嗒啦啦～」

「瑪烏卡莉悠娜開心地凝視著被騎士大人斬下的頭顱。」

「大家都說這女人瘋了。」

「但是瑪烏卡莉悠娜十分幸福。」

「因為男人的嘴唇終於屬於她了。」

在巴爾特身邊的夏堤里翁愣愣地看得相當入神。由於他是高級貴族，對各種表演藝術應該都很熟悉，但是他應該從未見過這等與高雅氣質相距甚遠的歌曲及舞蹈。

「嗒啦啦～嗒啦啦～嗒啦啦～嗒啦啦～」

「跳舞吧～跳舞吧～舞者跳起舞來吧～」

「瑪烏卡莉悠娜是位漂亮的姑娘。」

「嗒啦啦～嗒～啦～嗒～～啦啦～～～～～～！」

哭號般的高音迴盪著，歌曲到此結束。

現場響起了如雷的掌聲。

3

村莊裡舉辦了收穫慶典。

在這個時節，不管在哪個村莊裡，艾那之民都是炙手可熱的搶手貨。他們會在村莊裡唱歌、跳舞，或是表演魔術、講故事來娛樂眾人，還會幫忙修補皮革工藝品，或是販賣有點罕見的細緻工藝品。占卜也是門熱門的生意。只要大方地對「旅隊（多拉）」首長略施小惠，村民也可以和中意的女孩或青年在樹蔭下共赴夢鄉。

巴爾特在村長的遊說下，此時正在參加收穫祭。他買下一桶特大號的酒桶，提供給村莊使用。村長將第一次乾杯獻給巴爾特，大家都為這位大財主鼓掌。

村長端了特別的美食來，說要答謝他買了酒桶。這道菜是辣味噌醃山雞肉。這座村莊的味噌，是先將丘津豆煮好，加入鹽巴後再混合數種野草，細細熬煮製成。接著在味噌中摻入大量磨碎的克茲伍里果實，再加入希希哈路的葉子碎末就可製成辣味噌。這道料理就是將山裡抓來的雞大卸八塊之後，用辣味噌醃漬。

用火稍稍炙烤後，真是香得不得了。然後拿這肉沾取新鮮的辣味噌吃。

肉表面的辣味噌被烤得香脆無比，又是一種絕妙滋味。

大口咬下後，外皮的口感酥脆，但是肉十分軟嫩。雖然肉帶著一股獨特的腥臭味，但這才是它最美味的地方。巴爾特看了看夏堤里翁，他神情微妙，戰戰兢兢地咬了一口。

「怎麼了？」

「沒事，這味道有點……」

對於從小生長在高雅環境中的夏堤里翁來說，或許相當難適應這道料理。看起來很生，又散發著一股快要腐壞的氣味。但這正是其美味之處。

巴爾特咬了一口，裡面的肉露了出來。他以乍看像生肉的部分沾取大量辣味噌，就這個部分咬下。這肉看起來是生的，但其實不是，吃起來既柔軟又濕潤，味道十分複雜。味噌的辣勁十足，克茲伍里果實和希希哈路葉都是具強烈刺激風味的佐料。由於大量摻入了這兩種佐料，這味噌辣到令人舌頭都麻了。這股辣勁十分下酒。

巴爾特大口灌下碗裡的酒。

這是葡萄酒，不過並不是多高級的葡萄酒。這是令人難以分出是紅酒或白酒的雜牌酒，裡面還殘留著葡萄皮和果實，著實是種充滿野趣的葡萄酒。而且和這道料理相輔相成。

夏里堤翁也喝不慣這種酒。雖然如此，小口小口啜了一陣子之後，似乎是漸漸適應了，開始大口咬著肉，舉起碗喝著葡萄酒。

村裡的姑娘拿著長柄杓和酒壺過來，把巴爾特和夏堤里翁碗裡的酒添滿。

「謝謝。」

夏堤里翁道謝時，臉上的神情姿態透著高雅的魅力，少女連話都答不出來，紅著臉離開了。巴爾特勾起唇角一笑，一口飲盡碗中的酒。酒的刺激強烈，每吸進一口氣，嘴裡就冒出一股火辣辣的感覺，這份刺激療癒了因旅行而疲憊的身軀。

曲子換了，曲調平靜甜蜜，是一首純情少女的情歌。

舞者配合著曲子扭腰擺臀，雖然動作不大，但是她美麗的肌膚彷彿冒出了媚藥，緊緊勾住人心不放。

——又來了，她又在看我。不對，她應該是讓每個人都有這種感覺吧？

不久後，女人的舞蹈結束，接著換村民搭著艾那之民演奏，開始跳起舞。

過了一會兒，連夏堤里翁都被拉出去加入跳舞的行列。好幾位村裡的姑娘都用熱情的視線看著夏堤里翁，還有人拉起他的手，想跟他一起跳舞。

巴爾特轉移陣地到稍遠的地方，背部靠著樹木開始假寐。

「你醉了？」

有個聲音從他靠著的樹木後方傳來。巴爾特不必看臉也知道，是剛才那位跳舞的女人。

「這是第二次見到你了呢。」

「是嗎？」

「哎呀，你真冷淡。我明明從看了你一眼後，滿腦子全都是你了。哎呀，你笑我？不過，你肯定也跟我一樣。你也忘不了我對不對？因為你是我的男人嘛。」

看來這個女人已經決定讓巴爾特成為她今晚的客人。應該是因為目前在這村莊裡的人中，巴爾特看起來最有錢吧。這點倒也不能算錯。

樹後的女人從右方走了出來，巴爾特感覺到她坐了下來。她身上瀰漫著一股香甜的氣味。這是什麼香氣呢？

對了，這是開在邊境地帶的杜魯西妮花的香氣。

女人的手伸過來，輕柔地撫摸著巴爾特的鬍子。接著女子用雙手捧住巴爾特的臉頰，使勁把他的臉轉過來朝向自己。女人跳舞時的那股妖豔氣質已然褪去。

她的容貌美得令人驚豔。即使在這陰暗之處，紅髮依然如烈火般耀眼。從輪廓鮮明的眉毛、眼角微微上揚的大眼睛，都可以感覺到她的好強。而她那張略微寬闊的唇瓣上，明明掛著一抹淺淺的微笑，為什麼卻能感覺到她的悲傷？

「我是萊莎。」

萊莎。巴爾特說出這名字。

「沒錯。」

萊莎對他露出微笑，臉龐靠了過來。彷若杜魯西妮花的香氣充斥著巴爾特的鼻腔之中。

——這樣也不錯。

但是，事情不如他所願。

有馬，是一隊騎馬隊，巴爾特還聽見了盔甲和武器互相碰撞的聲音。看來是有人闖進慶典來搗亂。

巴爾特和萊莎一起回到廣場。

騎士們是領主的家臣，他們命令艾那之民們立刻前往領主宅邸。命令本身並無任何可疑之處。但是，為什麼要派遣多達二十位的家臣前來？而且看起來至少有一半是騎士。

——嗯？不過是前來迎接表演人士，出動這麼多的戰力真詭異。

為了移動，家臣們把艾那之民們扔進了馬車。接著騎士找到了萊莎。

「妳這女人也是艾那之民的姑娘吧？過來。」

「我不要，今晚我已被這位老爺買下了。」

騎士試圖抓捕萊莎。巴爾特用自己的身體阻止了他的動作。

「騎士閣下，我確實已支付金錢給這些人，請他們給我一夜好夢。但這不代表只要付了錢，就能隨時隨地任意妄為。這些人也有自己的意願去決定想做或不想做。」

「妳不肯來，我就殺了首領。」

「什麼！」

事情越來越奇怪了，他們的做法太過強硬。

此時，夏堤里翁出聲了。

「那麼，請你們也一同招待我們到領主宅邸去吧？」

「哦？你是想在領主大人的宅邸中留宿嗎？」

「是啊，貴領主一定不會後悔邀我們到宅邸去一趟。」

「那就請你們一起來吧。」

4

巴爾特越過宅邸的門之後，心下一驚。

廣場四處都有人被綁在一起。以防他們逃跑，所有人都被綁了起來，他們的眼裡浮現絕望的神情。

——這是狩獵人類啊！

沒想到領主帶頭進行狩獵人類這種事。

他們在街道上布下天羅地網綁架旅人，再把他們當成奴隸賣掉。這是提升收入最簡便的方法，當然不能把他們當成正規奴隸販賣。但是，肯定會有些不肖之徒需要用完即棄的奴隸，所以能訂個比正規市場更高的價錢。女人會成為最底層的奴隸娼婦。如果長得漂亮又年輕，可以賣到比男奴隸高上數倍的價錢。對妓院來說雖然是筆龐大的支出，但他們不需支付薪水給這些娼婦，所以很容易回本。

「兩位，請往這邊。」

在騎士隊長的帶領下，兩人走進了建築物中。

領主及他的親信待在最深處的房間裡。這是位年輕的領主，了不起剛過二十歲沒多久。他的眼神裡只有虛假的笑意，整張臉毫無血色且面無表情。

「旅行的騎士閣下，是否可請教兩位高姓大名？」

夏堤里翁雙手伸向巴爾特，他這是在要求巴爾特將刻有王印的短劍交給他。

巴爾特搖了搖頭。他覺得要是被對方知道兩人的真實身分，肯定不會放他們活著回去。

但夏堤里翁再三跟他索取短劍。巴爾特不得已，只好把短劍交給他。

年輕領主從夏堤里翁手裡接過短劍，仔細地端詳了一陣子，不久後面露驚愕神情。

「領主閣下，這位是受國王陛下託付中軍正將印信的巴爾特．羅恩大人閣下。閣下正在微服私訪的旅途中，也不想將事情鬧大。我們明白你為了慶祝收穫需要艾那之民助興，但是手段太過粗暴。先讓民眾玩個盡興，再將艾那之民邀請至宅邸中不也很好嗎？我們將就此離開，但希望你能大大地賞賜艾那之民一番。」

領主的家臣們開始騷動。

巴爾特也嚇了一跳。夏堤里翁不明白剛才他所見的景象背後的意義。

「真是謊話連篇。我從來沒聽過名為巴爾特．羅恩的騎士，這把短劍也是把徹頭徹尾的贗品。假冒國家棟梁的大將軍名號是條不可饒恕的大罪。來人啊，把這兩個混蛋給我殺了！」

由於領主的命令來得過於唐突，家臣也無法即時採取行動。

巴爾特沒有浪費這短短的時間。他在內心呼喚史塔玻羅斯之名，接著拔出古代劍，往身穿金屬盔甲、正在轉身的騎士劈砍過去。

這間房裡除了領主以外，共有八個敵人。所有人腰間都掛著佩劍，其中兩人穿著金屬盔甲，頭上戴著頭盔。巴爾特估計只要處理掉這兩位戴著頭盔的騎士，應該就能闖出一條活路。經名匠之手重新打磨的古代魔劍，散發著別人看不見的藍綠色光芒，把騎士整個頭部連同頭盔一起劈了下來。

領主的家臣們也拔劍攻擊。巴爾特看也不看其他敵人，腳往右前方一踏，舉起古代劍由左往右，劃過另一位戴著頭盔的敵人脖子。還戴著頭盔的頭顱就這麼飛向空中。

一把劍刺中巴爾特的側腹，而另一把劍他用縫在左手的魔獸骨頭擋了下來。

為了爭取攻擊距離，巴爾特往後一躍。在跳躍的同時，他觀察了一下夏堤里翁的狀況。夏堤里翁連劍都沒有拔，只是呆站在原地不動。領主舉劍從前方發動攻擊，騎士隊長則是刺出劍，想從背後偷襲夏堤里翁。

巴爾特的背部抵上了牆，有兩位敵人舉劍從正面逼近而來。他用左臂擋下左方敵人的劍，再向舉起古代劍刺向右方敵人。右方敵人重重地往後方噴飛出去。

巴爾特用右腳往後方牆上一蹬，向前衝出去。他用左手抓住左方敵人的臉，直直往前推並將敵人扔了出去，後方的人遭到波及，也摔倒在地。有兩位免於摔倒的敵人立刻舉劍向巴爾特劈砍而來。

巴爾特向右瞥了一眼。領主的右手已被劃傷，失手將劍掉在地上。騎士隊長的腹部被打橫劈開，肚破腸流。真不愧是夏堤里翁，失魂落魄之餘，招式依然靈活。不過他的模樣還是很奇怪，彷彿在害怕自己搞砸的事，整個人都在發抖。

巴爾特迅速奔向左側，以占到不需同時面對兩位對手的位置。

巴爾特以左臂擋下劈向他的劍，接著舉起古代劍劈向敵人的後頸，敵人的脖子開始劇烈地噴出血沫後，他抬起右腳將敵人踹飛出去，正好撞上後方另一位正要起身的敵人。巴爾特趁此人失去平衡時，火速飛奔至他身邊，一劍劈向他的後頸。

巴爾特環顧四周，第一位敵人試圖站起來，因此從他背後往肩頭落下一擊。接著他舉劍砍下了捂著右手，四處鬼吼鬼叫的領主首級。

回頭一看，家臣們臉色鐵青地窺探著房內的情況。巴爾特告訴他們：

「觸犯國法的領主已受我制裁，膽敢反抗者一律斬無赦。」

一群人一哄而散，全部逃跑了。

夏堤里翁低頭看著被自己所殺的騎士隊長，愣在原地。

「夏堤里翁，快去幫綁在一起的人鬆綁。」

一陣慘叫聲傳來，是女人的聲音。

巴爾特跑了起來。想要逃走的騎士正試圖將女人扛上馬背。夏堤里翁拔腿飛奔，追過了巴爾特。既然如此，那位暴徒交給夏堤里翁處置即可。巴爾特停下腳步，四處張望，不過再也沒見到其他施暴的人。

他的視線回到夏堤里翁身上，發現他已打倒了暴徒，釋放那位女人。

巴爾特走近試圖擄走女人的騎士身邊，詢問他打算去哪裡。他說有位騎士在離此不遠的南方擁有自己的領地，他要去那裡。巴爾特命令夏堤里翁放了那個男人。反正已經應該有幾個人先逃走了，這下子動作得快點了。

巴爾特一邊釋放被五花大綁的人們，一邊告訴他們：

「我已經制裁了那位狩獵人類的領主！領主的同伙可能會趕到這裡來，你們最好立刻逃走。如果只是拿幾天份的食物，你們可以從這宅邸中取用，我可以當做沒看見。」

艾那之民們的動作很快。還沒等首領下達命令，一群人已衝進了宅邸。

不明就裡的夏堤里翁感到混亂。巴爾特向他說明了目前的情況。

「這位領主被殺一事，很快就會傳遍這一帶。知道這裡領主的犯罪行為，並從中得利的人勢必會想殺了我們報仇。而把這位領主視為家醜的人，也會想殺了我們封口。現在先逃吧。」

宅邸中傳來慘叫聲。巴爾特走進房間一看，裡面的女人們似乎是領主的家人，剛才那群男性家臣們正在攻擊她們。有位女人似乎是領主夫人，男人們正試圖搶奪她的首飾。巴爾特出手將男人們趕走後，離開了房間。

艾那之民的首領走了過來。

「感謝您救了我們。請問您接下來要到哪裡去呢？」

「我想到位於北方或西方的村落去。」

「從此處往西走三刻里有一個村莊，從那個村莊再往北前進兩刻里的地方，有一個大城鎮。」

「那就先往那座村莊去吧。」

「請問我們是否能一起同行？」

「呵呵，你這是把我當護衛了是吧？真是精明。好，一起出發吧。」

「謝謝您。」

艾那之民們離開了宅邸，每個手裡都拿著餐具或日常用品。

「等等，那些都是這間宅邸裡的東西，你們要把它們拿去哪裡？」

「夏堤里翁，算了。」

「可是，巴爾特閣下……」

「首領，叫他們快把行李收拾好。夏堤里翁，這些人也需要旅行的資金。而且以結果而言，他們在那村莊也算做了白工，那些就當他們的表演報酬吧。你現在更該做的是清洗身上的血跡，沒時間拖拖拉拉的了。」

「為什麼？」

「剛才不是有個人想擄走女人，把她帶去獻給南方領主嗎？這就代表，那位領主是一位會開心地把擄來的女人當作伴手禮收下的人。也就是說，他和這裡的領主是『一丘之貉』。」

聽完這番話，夏堤里翁明白現在正是分秒必爭的時候。

巴爾特前往水井，用水壺打了水，將附著在盔甲上的血跡清洗乾淨。夏堤里翁也跟著照做。

接著兩人和旅隊一起離開了宅邸。

5

令人慶幸的是，當晚是兩個月亮升起的夜晚。不過，除了腳不方便和年幼的孩子之外，所有人都是徒步行走。夜晚的山路讓人無法前進得太快。

在旭日即將高升之時，一行人抵達了村莊。

雖然村長看到艾那之民在一早抵達時，感到相當驚訝，不過還是立刻談好了夜晚表演才藝的約定，一群人就到村莊附近的樹蔭下歇息。村長機靈地讓人送了水過來。他們看見巴爾特和夏堤里翁時，雖然表情有些驚訝，但並沒有特別說什麼。

太陽即將下山的時候，夏堤里翁醒了過來。

巴爾特比他早一點醒來，正在保養武器及盔甲，並看著村民們在準備晚上的宴會。他們不必再感到著急。在這種眾目睽睽之處，就算追兵抵達，他們行事也不敢太過囂張。

首領幫他們送來餐食，但是夏堤里翁沒有動手。他抱著雙腿，完全沒有要動的意思。

接著慶典開始了。

艾那之民們明明沒什麼時間讓身體休息，卻還是精神奕奕地展現純熟的表演娛樂村民。

巴爾特在稍微遠離喧囂之處喝著酒，享受這場表演。

夏堤里翁還是那副德性。他應該正在煩惱什麼吧。是在煩惱搬出正義大旗，仍有騎士完全不當回事嗎？還是在煩惱自己殺了同國的騎士呢？

巴爾特決定把該說的話說一說。

「夏堤里翁，你是不是覺得沒必要殺他們？但是，當時的情況只能這麼做。會為了一塊麵包殺人的人，絕對無法再變回正常的人。那種人在餓肚子時，會再次動手殺害別人。世界上不會有這種笨蛋，在抓到吃人野獸後又縱獸歸山。放了這些狩獵他人的人，他們又會在某個地方繼續狩獵別人。我們這是在幫助可能會被狩獵的人們。」

夏堤里翁沒有做出任何回答。他的年紀要是十四歲左右，只要往他臉上揍一拳，再抱抱他就沒事了。但是對方是個二十四歲的大人。

——不對，等一下。

巴爾特站了起來，走近慶典的圈子。村人們正在跳舞，在那之中沒看到他要找的人。找到了，她在不遠處的樹蔭下休息。當巴爾特一靠近，萊莎臉上便滿是笑意。

「我就知道你會來找我。」

「雖然有點難開口，但有件事想拜託妳。我身邊那位年輕人，似乎一直把殺了同國騎士一事放在心上。這搞不好是他第一次奪人性命。這種時候，人的溫度是最好的解藥。能不能麻煩妳帶那位年輕人進入溫柔的夢鄉呢？」

「你啊，有沒有被人說過你很遲鈍？不過，我明白了。謝謝你幫了我們，我會幫你照顧那個少爺。」

巴爾特向她道謝後，邁步走向遠處。然後用艾那首領借給他的大張薄布墊搭了個臨時帳篷，在裡面鋪上柔軟的草。破曉時分的風總吹得他關節疼痛，有座能擋風的帳篷真是令人感激。巴爾特裹著披風躺下來，迷迷糊糊地思考著一些事。

在高級貴族家出生長大的夏堤里翁純真得難以置信。但這不是件壞事。夏堤里翁尊崇正義，抱持著善人就應該有善報的想法。如果能在不失去這樣的特質之下，培養出切合實際情況的判斷力，不也是件很棒的事嗎？

冷風吹了進來，有人潛進他的睡鋪。他聞到杜魯西妮花的香甜氣味，柔軟的身體貼著巴爾特的身體攀了上來。

「我應該拜託妳去照顧夏堤里翁才對啊。」

「我叫年輕的女孩過去了。我有好好交代她該怎麼做，不會有問題的。你不是說了嗎？

我們也有自己的意願。」

萊莎的手指撫上巴爾特鼻子的舊傷。

「你身上有著沙爾薩的香味，你是──我的男人。」

沙爾薩在邊境地帶長得到處都是，但是巴爾特不曾在中原地帶見過。它只是平凡無奇的草，也沒有像樣的味道。

巴爾特懷念起邊境地帶的山林野地。

6

「快快快，動作快。」

夏堤里翁出聲催促著。昨晚那消沉的模樣到哪裡去了？

今早啟程的時候，艾那之民們前來送行。其中有位年輕女孩揮舞著一條高級的手帕。那是緹耶露絲綢製成的手帕，可是貴得驚人，肯定是夏堤里翁送她的禮物。即使到了已經完全看不見村莊的地方，夏堤里翁還是頻頻回頭。那條手帕大概立刻就會被轉賣脫手這件事，暫時還是瞞著他好了。

巴爾特也交給萊莎一筆金額不小的錢，但是她說這些不夠。她說，她想要讓首領忍不住立刻點頭的錢。

由於巴爾特不缺錢，就給了她一筆高出市價一百倍，甚至兩百倍左右的錢。

正午之前，他們停下來休息用餐。夏堤里翁埋頭猛吃。

「那宅邸的事，我們就這樣不管了嗎？」

「反正不會有人扛著領地逃跑，而且在這背後，應該還有幕後黑手，以及不需文件就居中斡旋奴隸的業者，他們才是我們的目標。我們必須先找出人被賣到哪裡去，並且抓到確實的人證。這附近一帶有礦山或鹽田嗎？」

「這附近有一座巨大的黑石礦坑，那座山的所有人是與古雷巴斯塔有淵源的家系。他在幹道旁的城鎮中有間宅邸，去到那裡應該就能知道更詳細的狀況。」

「真是太好了。但是呢……月丹還沒吃夠草呢。這匹馬可是個貪吃鬼，一旦吃得不夠，立刻就會鬧起脾氣。」

「到了城鎮，想給牠多少高級乾草就有多少。快快快，我們快走。」

月丹似乎明白他這句話的意思，連牠都開始催促巴爾特。真是匹嘴饞的馬，這點是像誰呢？巴爾特在他們的催促下，跨上了月丹的背。

他將手伸到胸前的內袋，裡面還剩下幾片已完全枯黃的索伊竹葉。他本來打算在這小河裡放下竹葉，最後還是算了。

接下來兩人的旅程又持續了一段時間。

他們回到王都的時候，已是九月底的深秋時節，從堡壘出發後剛好過了三個月，等於是過了約一百二十天。

第七章——繼承王位

——四種炸肉裹醬汁佐棒麵包——

1

王都的氣氛十分輕快。

起因是眾人接到通知，雖然兩個作亂的都市做出卑鄙舉動，卻都被居爾南特堂而皇之地擊敗了。由於打勝仗能提昇景氣，每個人都喜上眉梢。

居爾南特本身還沒有回來。所以巴爾特進宮一趟，報告兩人已歸來之後，就在陶德宅邸中悠閒度日。

不知道為什麼，夏堤里翁日日都來拜訪悠閒度日的巴爾特。

第三天來了一位稀客——多里亞德莎。

「巴爾特．羅恩大人，在此衷心地恭喜您就任帕魯薩姆王國大將軍。」

「妳不必用這麼恭敬的語氣，可以麻煩妳像之前那樣說話嗎？」

「這是什麼話！面對已升為王軍統帥之人，我怎麼還能像以前一樣！」

多里亞德莎在接到招聘要求的三天後就從葛立奧拉皇都出發，在巴爾特和夏堤里翁出外旅行的期間抵達了帕魯薩姆王都。在歡迎晚宴上，她穿著騎士服裝登場，並和王都的貴婦們共舞，讓她成了眾人的熱門話題。聽說目前她是王都中最受矚目的女性。

「妳的工作狀況如何？」

「沒有什麼好說的，什麼都還沒開始呢。在王太子殿下回國決定人選前，我也無事可做。話說回來，我有點驚訝夏堤里翁閣下也在這裡。兩位的關係是何時變得這麼好？」

「哈哈哈！我和他老早就認識了。兩年前，夏堤里翁曾陪同王使前往邊境地帶，我們是在那個時候認識的。」

「原來是這樣啊。」

「嗯，而且在我受命成為將軍之後，又接到同一個任務。所以我們兩人去了趟為期三個月左右的旅行。」

「多里亞德莎閣下，接下來說的這件事可得請您保密。其實北方的堡壘遭到了許多魔獸襲擊。而我是陪同身為中軍正將的巴爾特閣下前往堡壘，我們聯手狠狠地擊潰了魔獸。接著我們到好幾個村莊巡視，調查民情，進行了一趟懲治惡人的旅程。」

「什麼？遭到許多魔獸襲擊？」

「沒錯。堡壘差點遭到殲滅，士氣也跌到了谷底。但是巴爾特將軍進城叱責眾人後，將士們打起了精神，徹底殲滅了整群魔獸。」

「真不愧是巴爾特大人！然、然後您剛才說，您和巴爾特大人一起去了一趟救濟民眾之旅是嗎？」

「是的。巴爾特將軍的慈悲之心真是寬廣深邃。」

「能不能請您跟我說說發生了什麼事？」

「當然可以，但是這也要請您保密。」

「那當然。」

夏堤里翁隱去地名及人名，對多里亞德莎述說了旅途中發生的事。

「天啊，怎麼會有這種事。巴爾特大人的周遭隨時充滿了冒險、正義及崇高的志向。夏堤里翁閣下，在此跟您說話的我也是一個曾受到巴爾特大人救贖及引導的人。這輩子能有這般的好運氣，令我心懷感激。」

「多里亞德莎閣下，妳說的一切我都明白。在邊境武術競技會的最後一天晚上，妳所說的那些故事，與我家有所淵緣之人都告訴我詳情了。」

後來兩人聊著旅行及冒險的事，聊得非常起勁。多里亞德莎一知道夏堤里翁手上有巴爾特的冒險紀錄，一副很想要複本的模樣。但是巴爾特咳了幾聲，以眼神截斷了這個話題。

此外，當兩人知道彼此的佩劍都是魔劍時，他們取出「夜之少女」及「蒼白的貴婦人」給對方看，並讚嘆著兩把劍是如此精美。

「多里亞德莎閣下，打造『蒼白的貴婦人』的劍匠古伊德，和鍛造『夜之乙女』的劍匠克爾德是同門師兄弟，真是段不可思議的緣分。」

「咦？是這樣的嗎？居然還有這段緣分。」

「話說回來，多里亞德莎閣下，我想送您一件禮服，不知道妳是否願意收下？」

「呃，不了。我很高興您有這份心意，但是我沒穿著禮服出席宴會的打算。」

「這、這樣啊。」

真奇怪。夏堤里翁的樣子太奇怪了。

這麼說來，在前往可露博斯堡壘的路上，夏堤里翁總是以過分熱烈的語氣稱讚多里亞德莎的劍技，搞不好他心裡真正想稱讚的並不是劍技，而是多里亞德莎這個人。

不過，巴爾特對這個想法沒什麼把握。因為他早已明白，自己對男女之間的微妙情愫的感覺相當遲鈍。

兩人聊得無比熱絡，而時間也晚了，巴爾特就勸兩人吃完晚餐再走。

主菜是魚肉料理。

「這道料理是牛油烤特各茲魚。」

真失禮。特各茲魚是種風味平凡的白肉魚，不是可以用來招待貴客的食材。

巴爾特有些生氣地將這道料理送入口中。

——這是什麼？

辛香料在口中迸發，繚繞在口中。華麗無比的香氣及刺激在競相爭取表現。

巴爾特用餐刀刮去淋在料理上的醬汁，看看特各茲魚被煮成什麼狀態。

魚的表面抹上滿滿的辛香料，種類之多令人咋舌。

然後在魚上灑了麵粉後送去烤。而且不光是魚片的表面，連底部都烤得恰到好處。

喔，是切片啊，原來是把特各茲魚切片了。不知道為什麼，口感十分彈牙，還帶著滿滿的鮮甜滋味。

怎麼煮才能煮成這個味道？中原地帶的特各茲魚跟邊境地帶的不同嗎？

而且這白色醬汁真是對味。這是烤魚時滴下的汁液，混入去除脂肪的牛奶，再加入炒過的麵粉製成的醬汁吧？巴爾特輪流吃著被醬汁包覆的魚肉，和未沾醬的魚肉，更提昇了魚肉的甜美滋味。

在交換吃著兩種魚肉的期間，巴爾特撕下一塊麵包沾起醬汁吃。這又是另一種美味！

「這是什麼葡萄酒？」

「這是用早摘的艾利安芙榭釀成的葡萄酒，澀味極重。」

冰鎮地恰到好處的白酒強烈地直擊喉嚨深處，這股爽快感真是棒得不得了。葡萄酒這股清淡灑脫的滋味，真是一而再再而三地襯托出魚的鮮美。

夏堤里翁和多里亞德莎也是驚嘆連連，極為愉快地享受了這頓晚餐。

卡繆拉這傢伙。那男人明明已經自身難保，卻老是只想著料理的事。等詹布魯吉伯爵的處分確定後，其他高級僕人們都可以拿存了許久的存款，過上悠閒的退休生活。但是卡繆拉沒有辦法，因為這個男人把高額的薪水全都砸在購買料理工具或食材上了，根本沒什麼存款。

卡繆拉這傢伙。

3

「葛斯閣下的劍技之深奧，我沒辦法估量。而說到巴爾特閣下的強大，更是令我望塵莫及。」

「喂喂，夏堤里翁閣下，你在這三個月已見識過我的本領，應該很清楚才對吧？論技巧，你可是遠遠勝過我呢。」

「就是見識過才會這麼想。巴爾特閣下的強大根本與眾不同。」

「我也是這麼想。葛斯閣下也曾說過，老爺子具備的強大是很少見的那種類型。」

「葛斯那傢伙自己不也說了嗎？在一百次中，我大概只能避開一次他的攻擊。」

「我也聽過那句話，但是在邊境武術競技會上，親自見過巴爾特大人那壓倒性的強大後，我心中就有了疑問。所以在回皇都的路上，我試著問了他一次。葛斯閣下是這麼回答的：『當時確實是如此，但是現在的父親已經不同了。原本父親就在稀世名劍士的嚴格教導下打好了基礎。但是在那之後，他受到的訓練是以蠻力作戰的騎士戰法。持劍之人，都不得不面臨以蠻力或以技巧作戰的選擇。由於這兩者在訓練方法及在戰場上的應用方法都截然不同，所以難以並存。但是，父親學習過的技巧一直沉眠在他的心中。而隨著他漸漸年老力衰，遇上了讓他心中技巧甦醒的契機。再加上，現在父親的體力和反應速度都有回春的狀況，已是一位難以對付的戰士了。』聽了葛斯閣下的這番話，我才恍然大悟。」

「沒錯。在邊境武術競技會上，巴爾特閣下拿著劍與盾站著的模樣真是英姿挺立。只是站在那裡，那個身影散發出來的武威就令我渾身戰慄，大家應該都有同樣的想法。而且，您痛打艾涅思．卡隆一頓的那個招式美得太不可思議了。」

「你口中的艾涅思．卡隆是什麼人？」

「第四項競技的優勝者，也是巴爾特閣下在示範比賽中的對手。只是在頭盔上落下輕輕一擊，居然就輕而易舉地讓艾涅斯失去了意識。在我看來，那簡直是出神入化的一擊。」

「喂喂喂，那只是單純的偶然。說到從盔甲外給予打擊，重創盔甲裡的人的這種攻擊，你不也很擅長嗎？那才叫真正的技巧。」

「承蒙您這樣的稱讚，但我只覺得很難為情。關於那個招式，如您所注意到的，這招是先推測盔甲內的骨骼及肌肉的動作之後，給予對方打擊。但是，非常難判斷該打擊哪個部位及打擊的時機。在邊境武術競技會上雖然成功了，但是在湛達塔先生的住處，我用這招對付暴徒時卻失敗了。」

眾人又多聊了一會兒，多里亞德莎就先回去了。

「夏堤里翁閣下，你是為了見多里亞德莎閣下才來的嗎？」

「不不不！呃，這……我是為了見巴爾特閣下才來的。來了之後，我就在想多里亞德莎閣下搞不好也會來，該說是我的預測……還是期待呢？那、那個，我該怎麼做，才能讓多里亞德莎閣下喜歡上我呢？」

「我不太擅長給人這方面的意見。那麼，你父親是怎麼追求你母親的呢？」

「沒記錯的話，應該是在窗下唱情歌之類的吧。對了！唱歌！巴爾特閣下！您真是提供了一個好主意！」

4

巴里．陶德在深夜時分回來了，看起來已是筋疲力盡。

巴爾特詢問這個會議這麼棘手嗎？巴里回答，會議是很棘手，但是在那之後發生了某個事件。

後宮裡居然出現一位入侵者。這位可疑人士完全躲過了近衛騎士的耳目，潛入女官們的居住區域，膽大包天地在庭院裡唱起了歌，而且唱的還是一首甜蜜的情歌。

近衛騎士們雖然試圖逮捕他，但是為了不將小事化大，只讓少數人前往，沒想到卻是徒勞無功。可疑人士利用陰影和草叢掩蔽，在閃避近衛騎士搜捕的同時還繼續唱著歌，最後居然狠狠地把兩位騎士打昏。而在他唱完之後，就從容不迫地消失在王宮內部的庭院深處。

女官居住區和庭院是相通的，柵欄的門若是打開，偶爾會有迷路的僕人或愛惡作劇的少爺闖進來。巴里告訴巴爾特，這次也是因為時機太過敏感，所以才鬧出了大事。但是，最後應該會以不需任何人負責的情況結束。

「巴里閣下。」

「怎麼了？」

巴爾特向巴里說明了他和夏堤里翁的對話後，兩人陷入了短暫的沉默。然後兩人異口同聲地說，把這件事忘了吧。

「巴爾特閣下，先別管那件事了。王太子殿下在最近就會回國，他希望您在明天早上進宮一趟。」

5

隔天，巴爾特一大早就進宮了。王都正為了準備慶祝勝戰的遊行亂成一團。要是再晚點出門，恐怕得花上好一番工夫才能抵達王宮。

巴爾特一直等著。有人端了餐食和點心給他。

居爾南特似乎是在黃昏時分進了王宮。巴爾特接到傳召時，已經是隔天太陽剛升起的時候了。巴爾特被帶到的地方不是大廳，也不是正式的謁見室，而是庭院中的一座涼亭。

居爾南特立刻迎了上來。他身邊帶著護衛及文官，葛斯及朱露察卡的身影也在其中。居爾南特命令護衛及文官們退下。

「好，這樣就能輕鬆地聊聊，葛斯和朱露察卡也可以卸任了。至今真是辛苦你們了。現在就以自己人的身分說話吧。老爺子，這兩人真厲害。要是沒有他們兩位，這次的遠征早就出了不得了的大事，或許連我也無法活著回來。」

「究竟發生了什麼事？」

「這次發起叛亂的是伐各和艾吉得，這兩國都是舊戈里塞伍國的有力都市。這兩個都市的姿態都擺得很高，還提出了一些傲慢的要求。這次的叛亂形式相當老派，他們指定了戰爭的時間及地點，連騎馬人數也一併告知。所以我們也不得不配合派出同樣的騎馬人數。我軍在距離戰爭還有相當充足的時間點，進入了卡瑟這座城鎮。我累了，接下來的事由朱露察卡你來說吧。」

「好。哎喲，也沒什麼大不了的啦。我們進入卡瑟這座城鎮後，我就扮成蠢蛋走在市場和繁華大街上。就是扮成那種有點小錢，又不熟悉這座城鎮的蠢蛋。於是，果然不出所料，壞蛋們就上勾啦！像是扒手、小偷那類的人。因為王太子派了本領高強的從騎士跟著我，所以我就麻煩這位騎士把這群傢伙先綁起來，後來就付錢跟他們買情報。因此，我知道了一件有趣的事。原來在最近這兩年，運往古利斯莫的食物量增加了許多。」

「古利斯莫雖然規模小，卻是座擁有堅固城池的城鎮。原本它跟伐各和艾吉得一樣是屬於戈里塞伍國的一部分。但是古利斯莫子爵在早期就歸順我國，這件事讓先王陛下非常開心，還將古利斯莫子爵的爵位晉升為伯爵，表揚他的功績。所以過往我們從沒擔心過古利斯莫的狀況。即使古利斯莫想舉旗造反，就他們那點兵力根本不值一提。所以當朱露察卡說他要去古利斯莫進行調查的時候，我感到相當錯愕。我心想現在這麼忙，還去做這麼無謂的事。」

「哎呀，就算這樣，你還是讓我去啦。所以我就去了一趟古利斯莫。因為沒有時間慢慢調查了，我就跑去找拾物人的老大。古利斯莫的拾物人老大是一個叫班的人。他知道我是王都的『紅鼻子瑪克斯』的小弟，嚇了一大跳。後來他告訴了我很多事。簡單地說起我從他口中得知的情報，那就是這兩年從城裡運出去的馬糞數量增加了五倍。雖然他們分散給好幾位拾物人收糞，但是老大這裡全都清楚得很。」

「這傢伙說據推測，目前在古利斯莫的騎士不是五十騎，而是二百五十騎。而我收到這份報告時，正是本隊正要出發的時候。前往戰場的路上必定得經過古利斯莫附近。要是遭到側面突擊，本隊應該會全軍覆滅。」

騎馬的騎士身邊通常會跟著兩位到四位的勤務兵，也就是步兵。簡單來說，二百五十騎的戰力換算成士兵數量，就是相當於七百五十人至一千兩百五十人左右。

「我向原本預計留在卡瑟的部隊下令，要他們保持距離隨後追上後，我們就出發了。就在剛經過古利斯莫的那一刻，城門大開，出現了兩百騎以上的騎馬隊向我們發動突擊。我們與後來出發的部隊，以雙面夾攻的形式發動猛攻。就在我們差不多將敵軍壓制住的時候，先遣隊傳來緊急軍報，說是伐各和艾吉得兩國皆以高出約定一倍的規模發動攻擊，我立刻做出指示，要眾人衝進古利斯莫。但是敵人已深入我軍陣中，好幾次敵方騎士都已經欺近我的跟前。此時，就輪到葛斯大顯身手了。有三次都是靠葛斯將突擊而來的騎士連同盔甲劈下，將對方打倒，讓我勉強逃進城裡。不久後，諸侯的軍隊抵達，痛擊了敵軍。最後的結果也跟引蛇出洞差不多。不僅火速地訂立了對王家有利的協定，還能收到賠償金。由於這場無人看穿的襲擊被我成功看穿，也大大地鞏固了我的地位。要是沒有葛斯和朱露察卡，事情不知道會變成什麼樣子，我一想到這就寒毛直豎。基於以上原因，老爺子，你把葛斯和朱露察卡給我吧。」

「給我」的意思，是要聘兩位為王臣。這可是飛黃騰達的機會，本來應該又驚又喜地答應才是。但是朱露察卡搖了搖頭。巴爾特望向葛斯，葛斯也同樣搖了搖頭。

巴爾特轉向居爾南特，向他搖了搖頭。

「可惡！老爺子，你太奸詐了！竟然獨占葛斯和朱露察卡，你不覺得這樣太奸詐了嗎？就算只有這兩人中的其中一人，都是所有君主都渴望收為己用的人才啊。你知道我現在有多煩惱人才不足這件事嗎？你居然獨占這兩位出色人才，只讓他們成為你流浪旅途中的旅伴！」

「任性也該有個限度！」

聽見巴爾特突如其來的喝斥，在遠方守著的騎士們都端正了姿勢。

「……沒有啦，我是真的很羨慕老爺子。該怎麼做，才能讓這樣的人聚集到自己身邊呢？如果有什麼祕訣，我真希望你能教教我。不過，好久沒有被老爺子臭罵，罵得我精神都來了。在此向老爺子道聲謝。接下來，我還有好幾個重要的會議，等會議都結束後，我應該還會去找老爺子談談。今天就請你先回去，好好休息吧。我應該會在明天或後天再請你過來。」

居爾南特說完後，走到一半的腳步又停了下來，回頭向巴爾特說道：

「聽說你在東方立下了不小的功勞。這下不僅無法罷免你，還得給你賞賜才行。你要是想索性在這裡擁有一方領地，這樣也不錯。當海德拉閣下提出要將薩里沙銀礦山賜給老爺子當領地時，你不是曾有意要接受嗎？渥拉閣下一直到死都很後悔自己當時做的事。他說因為他自己的愚蠢行為，讓老爺子永遠失去了和母親大人結為連理的機會。」

這句話極具衝擊性。但是，聽他這麼一說，巴爾特也認為確實也是如此。

當時，巴爾特二十九歲的那個春天。

德魯西亞家的家主──海德拉曾經要巴爾特收下薩里沙銀礦山作為領地。

對德魯西亞家而言，薩里沙銀礦山是堪稱命脈的收入來源，根本不可能將它交於他人之手。這代表德魯西亞家對巴爾特信任到不可思議的地步，他們認為將這座銀礦山交給巴爾特及他的子孫，就可以高枕無憂。

這個提議中還有另一層涵義。愛朵菈已滿十五歲，也行了及笄之禮。深謀遠慮的家主推測，只要將薩里沙銀礦山賜給巴爾特，他一定會向愛朵菈提出結婚的要求。

巴爾特待在堡壘三個月，完成任務後，他下定決心回到了帕庫拉。接著得知了愛朵拉即將嫁給卡爾多斯．寇安德勒一事已經底定。

巴爾特聽聞此事的時候，內心憤怒不已。寇安德勒的使者到訪時，家主海德拉難得地不在城中。代替他接待使者的是海德拉的長男——愛朵菈的兄長渥拉。渥拉對使者說，就讓本人決定吧，然後把愛朵菈叫了過來。愛朵菈聽完整件事之後，當場答應嫁到寇安德勒家。

渥拉一直深信愛朵菈會拒絕寇安德勒家提出的婚事。渥拉並不了解愛朵菈。他也不明白，她眼看寇安德勒家的騷擾，讓德魯西亞家的騎士們過得這麼辛苦，她有多心痛。若有人逼她做出選擇，她根本不可能給出答應結婚以外的答案。這個在任何人眼裡都清楚明白的事實，只有她的兄長渥拉看不明白。

巴爾特感到憤怒、憎恨，且慨嘆不已。

但是他沒有將這些激動的情緒表現出來。他這麼做，等同於背叛對他有大恩的艾倫瑟拉．德魯西亞，等同於背叛對他傾注了比親生兒子更多親情的海德拉。所以他一聲不響地忍著，藏起自己的絕望，一直以忠義的騎士的身分侍奉德魯西亞家至今。

他一直努力地去敬愛渥拉，也一直認為自己做得很好。而當他為了德魯西亞家鞠躬盡瘁，在渥拉死後又過了兩年的歲月，他提出了辭呈，踏上流浪之旅。

巴爾特一直認為，自己的騎士生涯中沒有任何汙點。

但是，但是……唉！他表現出來的那種態度，是否才讓渥拉感到痛苦？

渥拉是否已察覺到他的憤怒、絕望？他越是以忠義的家臣身分盡心侍奉，這樣的捨己奉獻是否更讓渥拉心如刀割？

巴爾特為自己所犯下的罪感到戰慄不已。

6

巴爾特回到陶德家，雖然吃了晚餐，卻是食之無味。

等到巴里．陶德回家，巴爾特就出言詢問，先是抱歉在他如此勞累時提出這樣的要求，但是他想進行「告解（史帕薩）」，能否麻煩他幫忙。

巴里爽快地答應了。他將一張椅子橫放，在它對面放了另一張椅子坐下。

巴爾特雙手握拳，抵住額頭，雙膝跪地，趴伏在擺在他跟前的椅子上。

他坦誠自己的罪過。上級祭司默默地聽著他漫長的告白。巴爾特開口尋問，他該怎麼做才能彌補自己的罪過。

「您這麼想就錯了。在您彌補自己的罪過之前，還有一件事要做。」

「是什麼事呢？」

「那就是原諒渥拉閣下。」

「沒什麼原不原諒。說到底，我根本沒有資格譴責渥拉大人。」

「那是因為您只從自己的角度思考這件事。您會想彌補這個罪過，那是因為您想要被原諒，想讓自己輕鬆一點，結果您的這些行為都是為了自己。您應該停止本位思考，站在對方的角度去思考。如果您能真心為對方做什麼，諸神也必定會善待您。那麼，渥拉閣下真正渴望的是什麼呢？那就是得到你和愛朵菈公主的原諒，並且得到解脫，這跟您是否具備這樣的資格無關。來！原諒他吧！全心全意地向諸神宣告，您原諒了渥拉．德魯西亞！」

巴爾特花了一點時間才將這段話消化完。過沒多久，巴爾特雖然想說出：「我願原諒渥拉．德魯西亞。」卻說不出口。

他想勉強自己將這句話說出口，但心裡出現了這樣的聲音。

「為什麼我非得原諒他不可？為什麼我得原諒渥拉．德魯西亞的過錯？」

「要是我就這麼原諒他，那愛朵拉小姐的三十年算什麼？」

「我這三十年來的痛苦又算什麼？」

「這樣……這樣的話，愛朵拉小姐和我不就太可憐了嗎？」

巴爾特終於知道他一直在內心深處不斷地責備著渥拉。

巴爾特花了好長好長的時間，緩和、安慰並告誡自己的心靈。

不久後，巴爾特低聲擠出了這句話。

「我願原諒渥拉．德魯西亞。」

要說出這句話需要堅強的意志。巴爾特不停地喘著大氣，再說了一次：

「我願原諒渥拉．德魯西亞。」

巴爾特抬起頭，深深地吸了一口氣，緊握拳頭敲向椅子，發出了響徹四周的巨響。

「我願、原諒、渥拉．德魯西亞！打從心底原諒他！」

上級祭司溫柔地將他的頭包覆在掌心，對他說出祝詞。

「神的愛子巴爾特．羅恩，諸神已應允您的誓約。您願意原諒並愛別人，您做得很好，願神祝福您。」

隔天一早，巴爾特醒來的時候，他覺得映入眼簾的早晨光芒無限美好，吸入鼻腔的空氣芳香甜美，無比清淨。巴爾特從未在起床時如此神清氣爽，他知道自己已經得到了原諒。

然後，他回顧起昨天的事。聽居爾南特那麼說，他應該不知道巴爾特和愛朵菈之間最後的祕密。巴爾特和愛朵菈共結連理這條路，並不是因為愛朵菈同意寇安德勒家的婚事才被封死，其實在這很久以後，還發生了另一個故事。

——是否該告訴他呢？

短暫地思考了一會兒，巴爾特得到了他不該這麼做的結論。知道真相的除了諸神之外，只有愛朵菈和巴爾特，而愛朵菈什麼都沒告訴他就離開了人世。既然如此，自己也應比照處理。就算把那件事告訴居爾南特，也只會引致讓他痛苦的結果。

而且，他心想雖然兩個人無法同生，但只是共同擁有一個祕密這件事，應該可以得到原諒。

在這之後，他再次回想起那年從堡壘踏上歸途時的事。他一直在想該如何傳達自己的心意，卻還是想不到好主意，最後就想，乾脆在她窗下唱首情歌好了。

——不知道愛朵菈小姐聽了我那五音不全的情歌，臉上會有什麼表情？不能看見她當時的表情，還真有點遺憾呢。

溫得爾蘭特國王駕崩。

隔天一早，這個衝擊性的消息傳遍了整個王都。而居爾南特王太子殿下立刻在重臣們的擁護下，進行宣言，繼承王位的消息也同時傳了出去。

巴爾特接到緊急傳召，現在正站在居爾南特面前。

「巴爾特・羅恩將軍，謝謝你來這一趟。等到邁爾卡洛神殿的神官閣下抵達後，會立刻開始進行正式的加冕儀式，所以紀錄上，實際的加冕日期會追溯至今日。換句話說，我所說的話，你必須當成已經加冕並正式登上王位之人所說的話來聽。那麼巴爾特將軍，我希望你接下某個任務。里希歐內爾子爵，你來說明。」

「是。昨天，還是王太子殿下的居爾南特陛下在數名重臣的陪同下，與葛立奧拉皇國及蓋涅利亞國的大使進行了會談。此次會談的起因，乃是因為我們從此次戰爭中逮捕的古利斯莫伯爵口中，得知了一樁可怕的陰謀。換言之，在我國發生的那些可疑事件，都是辛卡伊在背後策動。辛卡伊應該會在近期內對所有的中原各國公開宣戰，親自出馬，想稱霸整片大陸。與此同時，還有五百隻以上的魔獸會從奧巴河邊出發，向中原各國發動攻擊。

接下來會針對其中與巴爾特將軍較有關係——與魔獸相關的部分進行說明。巴爾特將軍在可露博斯堡斯堡壘成功擊退了魔獸，但是茨卡德堡壘及賽亞諾斯堡壘被魔獸的攻擊毀壞。

如大家所料，葛立奧拉皇國在邊境地帶的四座堡壘也遭到魔獸攻擊而毀滅。而蓋涅利亞國的部分，雖然有三座堡壘遭到魔獸侵襲，但是在喬格．沃德將軍的活躍之下，保住了其中兩座堡壘。綜合這些異常事態與古利斯莫伯爵所說的話，可以想見這是為了準備魔獸大侵襲，類似軍事演習的狀況。為了對抗此一事件，已決定於十月四十日，在洛特班城組成三國聯合部隊。詳情請見這份報告書。」

「巴爾特將軍，事情就是如此。面對辛卡伊的進攻，我將呼籲諸侯進行防衛準備，但是當務之急是針對魔獸做出對應。組建三國聯合部隊一事馬上就得到了各國的同意，但問題還在這之後。為了讓部隊的行動更有效率，必須將指揮權集中於一國。然而，三國都主張指揮權應該由自國騎士執掌，無人肯退讓。在多番爭執後，葛立奧拉大使說了以下這段話。聽說邊境地帶的英雄巴爾特．羅恩大人已在帕魯薩姆就任大將軍一職。如果由羅恩大人來執掌三國聯合部隊的指揮權，那我國騎士願意接受。於是，蓋涅利亞的大使也立刻跟著說了這段話。如果由羅恩大人發號施令，我國勇士也願意服從。只不過在這之前，可否請他先與我國喬格．沃德將軍決鬥，打敗他以一展武威。我不得已只好吞下這個條件。我曾與巴爾特將軍約定不會讓你指揮軍隊。必須推翻前言一事令我於心有愧，但是為了保護中原的民眾不受魔獸魔爪侵擾，我希望您務必答應這件事。」

巴爾特只好答應下來。

接著他被帶著退到別的房間，開始讀起報告書。

這件事得追溯到十四年前。

十四年前，也就是四千兩百五十八年，戈里塞伍國與帕魯薩姆王國之間曾因綠炎石的採收及搬運一事起衝突，兩國在交換文件後開戰。結果戈里塞伍的王室滅絕，開啟了由伐各公爵和艾吉德公爵共同進行統治的二公時代。

四千兩百六十一年接連發生了許多小衝突，辛卡伊國——路古爾哥亞．克斯卡斯將軍派遣密使，前來拜訪戈里塞伍的古利斯莫子爵。路古爾哥亞將軍提出了一個驚人的提案。由於古利斯莫城就位於帕魯薩姆進攻伐各和艾吉得時的關鍵位置，只要假裝降伏，事先隱藏戰力，就能確實為祖國帶來勝利。辛卡伊將提供資金以助他們一臂之力。

古利斯莫子爵在與伐各公爵、艾吉德公爵商量過後，向帕魯薩姆王提出了投降申請。

自此，伐各和艾吉得就將剩餘戰力送至古利斯莫。

然而，隨後戰況產生了變化。帕魯薩姆動員北方、東方的有力諸侯，分別從東西兩方對伐格和艾吉得發動波狀攻擊。古利斯莫伯爵判斷，在這種情況下，就算把戰力封藏在古利斯莫也沒有意義，所以悄悄地派遣援兵前往伐各和艾吉得。這批援兵起了作用，終於在四千兩百六十九年攻破了帕魯薩姆的主力軍隊，殺死了身為主將的帕魯薩姆王太子。

溫得爾蘭特王子和那帕拉．夫吉莫將軍趁這個機會，兩人閃電般地擊敗艾吉得公後，一個回馬槍，連伐各公都被其擄獲，僅僅一天就逆轉了勝負局勢。伐各和艾吉得向帕魯薩姆王國投降後，至此戈里賽伍國已然滅國。這是發生在三年前的事。

這個時候，只要在古利斯莫城還有那麼一點戰力，就能從側面攻擊溫得爾蘭特王子和那帕拉．夫吉莫將軍。古利斯莫伯爵認為是自己的判斷太過天真，才會使祖國滅亡。這股後悔不停地苛責著他。

自這一天起，古利斯莫伯爵就開始準備復仇。古利斯莫依然悄悄地接受辛卡伊國的資金援助，在伐各和艾吉得培養戰力，再把這些戰力送往古利斯莫。有時讓人混進商隊，有時利用出外巡視擊退山賊的機會，將一位又一位的騎士們藏進古利斯莫城。花了兩年完成準備後，伐各和艾吉得發動叛亂。王軍應該會從卡瑟出擊，殲滅王軍的日子終於來臨了。

古利斯莫伯爵為了進一步復仇，前往請求路古爾哥亞將軍的協助。他的要求就是暗殺帕魯薩姆國王溫得爾蘭特，以及將軍那帕拉．夫吉莫，後來還加上要讓王子居爾南特痛苦後殺害。他的回報是在復仇達成後，古利斯莫將臣服於辛卡伊國之下。對於希望復興戈里賽伍國的伐各和艾吉得來說，這個行為是一種背叛，但是古利斯莫伯爵也有不能再等待的苦衷。他年事已高、病痛纏身，命不久矣。路古爾哥亞將軍答應了他的請求。

路古爾哥亞將軍教了古利斯莫伯爵一項詭異的陰謀。辛卡伊即將派出軍隊侵略各國。配合這次進攻，他們還請瑪努諾在奧巴河邊準備五百隻魔獸發動攻擊。

最後古利斯莫伯爵是這麼說的：

「居爾南特王太子，溫得爾蘭特很快就要死了，那帕拉．夫吉莫也是一樣。然後你也會因為絕望而死。」

在巴爾特讀完報告書時，傳喚官走進房間，轉告國王給他的留言。

「那帕拉．夫吉莫將軍已在今天早上去世。將軍的衰弱及死亡已知是由毒所造成，長年忠心侍奉的管家已被當作犯人逮捕。」

兩位文官接著繼續以口頭進行報告。

看穿國王被下毒的是被召喚回宮，醫學知識淵博的賽諾斯畢內。最後弄清楚了主治醫生就是犯人。不可思議的是，主治醫生並未拋棄對國家及王家的忠誠，但他是抱著一股必須殺死國王的強烈想法，卻完全找不到他這麼做的理由。

詹布魯吉伯爵本人也想著必須殺了居爾南特，但是他本人也不知道是什麼理由。對於不知理由這件事，他也沒有感到絲毫異樣，只是有著必須殺了王太子的強烈衝動。

護衛的騎士們也一樣，他們並沒有與伯爵串通。只是不知道從什麼時候起，就深深覺得必須殺掉居爾南特，只是偶然在那天剛好得到了下手的機會。

不管是哪位犯人，他們的行為只能說是極為古怪。毫無理由及脈絡，僅僅是一股意志，就像被某個地方的某個人灌輸了這種想法。

8

兩位文官前腳才退下，隨從後腳就送來了簡便的餐食。巴爾特從早到現在都還沒吃過東西，這食物令他十分開心。他讓隨從離開房間，一個人悠閒用餐。

銀盤上放著壺、高腳杯、裝著肉的盤子，還有一個小籃子。

巴爾特將壺內的飲品倒入高腳杯一看，原來是紅酒。

巴爾特試著啜了一口，這是非常頂級的葡萄酒。甜甜的醉意輕盈地包覆著他的身體。

以金色點綴的白色大盤中，盛著四種肉。巴爾特用隨附的叉子扠起肉送進嘴裡，濃郁的肉汁充斥在口中。

看起來是先將肉以油煮方式料理，再漬泡在醬汁中。由於先以油煮煮過，去除了肉的厚重感，咬起來十分輕盈。而且，用來浸泡肉的醬汁滋味甜甜辣辣，一點一滴地提出了肉的鮮美。

巴爾特喝乾杯中的紅酒，又倒了第二杯。他看了看籃子，裡面裝了五根細細長長，像是麵包的東西。他抓起麵包塞入口中。咬起來相當脆口，連麵包體都是脆的。

——這是？把麵包拿去油煮嗎？

表面香氣逼人，咬下又鬆脆崩落，是一道相當時髦的料理。

專心地享受著食物。他把四種肉和五根麵包吃光，喝完最後一滴紅酒後，閉起雙眼舒服地靠在椅子上放鬆。

接著他開始思考。

他進入德魯西亞家開始修行，後來以騎士身分度過了四十八年。

接著踏上了旅程。

結交友人，收了養子。

見識稀世奇景，經歷了許多意想不到的體驗。

最後還踏足了這座「以天母神滴落之乳鞏固而成的都市」，盡情地大啖美酒美食。

日前居爾南特置身於中的是什麼狀況。

自己又能做到什麼。

他深入思考這些事。

——唉！居爾！居爾啊！你真是背了個無比重擔。某天突然有人告訴你，你是帕魯薩姆國王的長子，接著被迎入王宮之中，想必有很多人非常羨慕你，覺得你是個幸運的男人。但是，你現在坐在那張椅子上，肯定如坐針氈。難題接二連三地降臨，而且你現在也不能拋下這些難題，逃離此處。

但是，居爾。我認為現在坐在那張椅子的人是你，這件事對這個國家的人民來說是一種福氣。

居爾，忍著，你必須忍耐。在你忍耐的期間，不用多久，就會有與你同行的人出現。這樣的人一定會出現，那群人才是真正會在你背後支持你的人。

雖然我也被賦予了意想不到的任務，但是只要能稍稍減輕你的重擔，我也不會逃避。

離開帕庫拉的每一天真是充實，我暗藏於心中的願望可說是全部實現了。我已經沒有任何遺憾，剩下就是拚上這條老命罷了。

五百隻的魔獸？簡直難以想像。如果是真的，可是場連這個國家都能毀滅的災禍。要我跟牠們戰鬥？行！對於將一生奉獻給屠殺魔獸的我來說，沒有什麼事比這更適合為我劃下人生的句點。

這將是我最後一次為他人效勞。我這次並不是為了帕魯薩姆王國效勞，而是為了居爾、為了愛朵菈小姐效勞。就讓我在戰場上盡情發揮吧！

話又說回來，喬格啊！你真是為我準備了相當盛大的舞台呢。

你就這麼想與我一戰嗎？你就這麼想殺我嗎？

對了，喬格啊！我們在兩年前的那場對戰，你對我手下留情了呢。你沒有殺了右手行動不便的我，反而放了我一馬。我——巴爾特．羅恩居然被你這毛頭小子喬格．沃德放了一馬。

你想復仇？別開玩笑了，該是由我來還你這人情才是。

喬格．沃德，你等著吧。

就由我來取你性命。

（邊境的老騎士③巴爾特．羅恩與王國太子　完）

——後記——

第六代三遊亭圓生師父的「淀五郎」是我很喜歡且反覆觀賞的演出節目之一。澤村淀五郎在市川團藏的推薦下，在忠臣藏的這齣戲劇獲得鹽治判官一角，並因此晉升為名題（註：歌舞伎演員的等級）。然而他因為太過緊張，未能好好發揮他的演技。

忠臣藏的第四段是前半段最精彩的場面，劇情是首席家臣大星由良之助眼見主君鹽治判官切腹，發誓要為他報仇。判官即將切腹，他一直等待由良之助，卻未見由良之助前來。最後在留下「告訴他，有生之年未能再見，我深感遺憾」這句話後，以九寸五分的短刀刺進腹部。此時，由良之助從花道（註：歌舞伎的舞台延伸走道）登場叩拜，再行至判官面前，陪伴他走完人生最後一段路。而當時得到判官一角的就是淀五郎，擔綱演出由良之助的就是團藏。

然而，因為淀五郎無法將這個名場面演譯得足夠完美，所以大大地打壞了一心提拔他的團藏心情。而且，依原本的劇情，由良之助應該要走近判官身邊，團藏也不願過去，演到這場戲時，他只停留在花道上跪拜。

「由良之助是因為見到判官，才必須走至判官身邊。但是我怎麼可能走到正在切腹的淀五郎身邊呢？」聽團藏這麼說，淀五郎在演技上又下了許多工夫，但是隔天，團藏還是沒有走近他身邊。「你就真的舉刀切腹就好啦！真的刺下去。我覺得演員最好自己先死過一次。」淀五郎沒有聽懂團藏這句帶著諷刺的激勵，於是終於下定決心要在舞台上刺殺可恨的團藏，自己也切腹而死，於是去向對他多有照顧的中村仲藏辭別。名人仲藏看穿了淀五郎自殺的決心，用婉轉的詞彙讓淀五郎明白他其實誤會了，並指導他如何改善演技。

這次的指導真是太精彩了。

「你想被別人稱讚你演技好，卻不可以將這種渴望表露於外，也不能讓它妨礙你的演技。不然，你怎麼能夠將這坐擁五萬三千石的諸侯，舉刀傷人似的斷絕家系，且給多位家臣添了麻煩的無奈心情傳達給其他人呢？」、「在你舉刀刺入腹部時，如果你是從膝蓋高度下手，肩膀會往下垂，看起來品格不夠高尚，這樣不行。飾演勘平時，可以用痛得滿地打滾的方式，誇張地演繹切腹這個動作。但是在演判官時，則必須在不失品格的情況下演繹。」、「你頭抬起來的時候，相貌上有變化嗎？沒變化？嗯～這有點難辨呢。那這樣吧，你拿一小塊青黛稍微卡在耳後，趁由良之助出現在花道上，觀眾們的眼光都集中在他身上的時候，你就拿青黛塗抹嘴唇，這樣相貌上看起來會有所改變。」、「聽說刀刃刺入腹部後，會給人帶來寒冷的感覺。等你把九寸五分刺入腹部，接下來只要一直在想著很冷、很冷的狀態下說出台詞，這麼一來，你的聲勢不會太過張揚，聲音也會較為沙啞，聽起來比較像傷者說出來的台詞。」

等等，給了他諸多助言。

仲藏對舞台的一切瞭如指掌，他的這番指導，既具體又容易實踐，就連不懂戲劇的我都忍不住拍了拍大腿，想說句「原來如此！」。淀五郎頓時有種又活過來的感覺，他為了挑戰隔天的舞台，徹夜練習了一次又一次。

好，第三天的舞台即將開場。團藏接觸到淀五郎的演技，他感覺到「哎呀，這傢伙氣勢不同了呢」。那當然。此時淀五郎的心中，可是滿滿都是想立刻去砍團藏兩刀的衝動。團藏開始期待切腹的場面了，然後這個場面終於到了。

團藏在看過他演譯切腹的演技後，驚訝地目瞪口呆。

「辦到了！……這判官演得真不錯。人家說富士山是一晚之間形成，僅僅這麼一天，他就變成一位如此優秀的演員。好！既然如此，我也得走到他跟前去。」

結束切腹，飾演判官的淀五郎看向花道，卻沒看到飾演由良之助的團藏的身影。可惡，今天連花道都不上來了嗎？可是他的聲音聽起來近在咫尺啊。

淀五郎心裡這麼想著，視線往下一移，團藏居然在他跟前跪拜。

「我等了好～久～啊～～」

淀五郎這句台詞與他的心聲合而為一，整場戲就在這個場面中閉幕了。

我一直覺得這句「聽說富士山是在一夜之間形成的」的說法極佳。

等我自己動手去查，我才知道民間好像流傳著一個故事，說的是大太法師搬運近江的土，在一夜之間造成了富士山。不過我不知道這個傳說是否就是「聽說富士山是在一夜之間形成的」這句話的典故。

先不管由來，我從這句話中感受到強烈的觸發力。這句話沒來由地深深觸動了我的心，挑動著我腦海裡的各種想像，給我一種彷彿說中了某些重要事物的感覺。

於是我借用了這個表現。

用於本書中，多里亞德莎在一夜之間有所成長，而巴爾特為此感到驚嘆不已的場面。

「據說大障壁是在一夜之間形成的。雖然這只不過是一個傳說，但是這其中還有另一種涵義，就是一個人只在一夜之間就展露出驚人成長的意義。昨天之前的多里亞德莎，和今天能打出一場精彩戰鬥的多里亞德莎可說是判若兩人。」

這段描寫是我邊想著「淀五郎」這段表演，用自己的方式消化後，用簡潔易懂的方式寫出來的內容。

二〇一五年五月　支援ＢＩＳ

老騎士將奔馳

在洛特班城迎戰總數
突破八百的魔獸大軍。
在這生死一線中，
巴爾特的古代劍為之轟鳴!!

前往被捲入

兵荒馬亂的

邊境的老騎士 4

作者 支援BIS

插畫 笹井一個

2019年冬發售預定

中原諸國！

艾梅洛閣下II世事件簿 1~4 待續

Kadokawa Fantastic Novels

作者：三田誠　插畫：坂本みねぢ

「觀看是人類歷史上第一個魔術。」——
在許多雙眼眸的注視下，第三起案件開幕。

因為一封邀請函，被捲入風波的艾梅洛閣下 II 世，和天體科家族的奧嘉瑪麗一行人一起參加魔眼拍賣會。不過，他的目的並非拍賣會，而是取回對他來說不可或缺——被奪走的驕傲。想要魔眼的人與忌避魔眼的人，何謂祕中之祕的「彩虹」位階魔眼？

各 NT$200~270/HK$65~80

怕痛的我，把防禦力點滿就對了 1~3 待續

Kadokawa Fantastic Novels

作者：夕蜜柑　插畫：狐印

日本公布動畫化企劃進行中！
令官方頭痛的梅普露創立公會【大楓樹】！

梅普露成了官方頭痛的超強玩家。她創立公會【大楓樹】，邀請夥伴莎莉、高超工匠伊茲、冒險中認識的強力玩家克羅姆、霞等人加入，日後玩家稱作「妖獸魔境」、「魔界」而避之唯恐不及的最凶公會就此誕生！這次梅普露變成大開無雙的神？

各 **NT$200~220/HK$60~75**

練好練滿！用寄生外掛改造尼特人生!? 1~4（完）

Kadokawa Fantastic Novels

作者：伊垣久大　插畫：そりむらようじ

窮盡寄生之力解救雅莉的故鄉！
規模更甚以往的前尼特助人冒險譚第四集！

旅途下個目的地，榮司決定前往雅莉的故鄉。想不到因為先前獲得了能寄生在怪物身上的技能，使他得以入手許多獨特的技能。某天，城鎮裡接連因為不明異變而大量出現怪物，榮司於是接到了討伐怪物的委託。而這個現象，似乎與巨人的傳說息息相關——

各 **NT$220~240/HK$70~75**

LV999的村民 1~4 待續

Kadokawa Fantastic Novels

作者：星月子猫　插畫：ふーみ

「你的覺悟只有這種程度而已嗎？」
揭開瀰漫世界的謎團，將付出重大的代價！

艾莉絲等人在新世界「厄斯」和鏡會合了。鏡一行人在目睹把怪物、異種族投放到世界，可能是在暗地裡控制「厄斯」的強敵之後，一步步地逼近蔓延世界的謎團真相。然而，敵人的魔手防不勝防，鏡一行人遭逢難以想像的背叛以及重大的喪失……

各 NT$250~280/HK$78~85

國家圖書館出版品預行編目資料

邊境的老騎士. 3, 巴爾特・羅恩與王國太子 / 支援BIS作 ; 劉子婕譯. -- 初版. -- 臺北市 : 臺灣角川, 2019.08
面 ;　公分
譯自 : 辺境の老騎士. 3, バルド・ローエンと王国の太子
ISBN 978-957-743-156-1(平裝)

861.57　　108009739

Kadokawa
Fantastic
Novels

邊境的老騎士 3
巴爾特・羅恩與王國太子

（原著名：：辺境の老騎士 3 バルド・ローエンと王国の太子）

2019年8月26日　初版第1刷發行

作　　者：支援BIS
插　　畫：笹井一個
譯　　者：劉子婕

發 行 人：岩崎剛人
總 經 理：楊淑媄
資深總監：許嘉鴻
總 編 輯：蔡佩芬
編　　輯：陳凱筠
美術設計：胡芳銘
印　　務：李明修（主任）、張凱棋

發 行 所：台灣角川股份有限公司
地　　址：105台北市光復北路11巷44號5樓
電　　話：（02）2747-2433
傳　　真：（02）2747-2558
網　　址：http://www.kadokawa.com.tw
劃撥帳戶：台灣角川股份有限公司
劃撥帳號：19487412
法律顧問：有澤法律事務所
製　　版：巨茂科技印刷有限公司
ＩＳＢＮ：978-957-743-156-1